新潮文庫

鬼怒川

有吉佐和子著

新潮社版

2627

目次

鬼怒川

第一章　綿帽子

一

まっ黒な鶏がク、ク、ク、と鳴きながら庭を横切った。チヨは機《はた》から顔を上げた。首は細いのに胴が急にふくらんで形の悪い鶏を目で追い見送った。機へ目を戻して緯《よこ》糸《いと》に白く染抜いた点々が、経糸《たていと》にも染抜いてある無数の点々と一つ一つ正確に交叉《こうさ》するように指先で塩梅《あんばい》してから、梭《ひ》を両手に持ち直して向うから手前へ力一杯に二度打込む。このときは腰にも充分な力を入れ、経糸に張りをもたせるために腰当をしっかりと押えつける。次の瞬間、足が動いていざり機《ばた》はきしみ鳴り、緯糸のための開口装置が筬《おさ》の向うで動く。チヨは右から左へ梭を走らせ、打込みは音をたてて二回、そして機はまたきしんで経糸を組みかえる。左から右へ梭が走り、今度はまた経緯《たてよこ》の括《くく》りめが交叉するので丁寧に目を合わせる。チヨが織っているのは細かい十字絣《じゅうじがすり》で、東京へ出れば蚊絣《かがすり》と呼ばれる紬《つむぎ》であった。

庭にまたまっ黒いものが動くのを感じてチヨは顔を上げた。今度は鶏でなく、大きな人間だった。どうしたわけか村長がフロックコートを着て山高帽をかぶるという正装でこちらへ歩いてくる。はて今日は何の日であったか。どこの家に葬式があったかとチヨは考えた。村長はチヨが目を上げる前からチヨの方に視線を向けていたらしく、顔を横にひろげて笑った。

「おチヨ、父っつぁは居るかね」

「お父っつぁは絣しばりが終ったで藍屋《あいや》へ出かけっちが」

「そんじゃまずかったな、いい話で出かけて来ただがね。お袋は居るかね」

「おっ母《かあ》、村長さんが来たぞ」

チヨは暗い家の中に向って大声を出した。機は日の当る南側の縁に置かれている。そこで終日機織りしていると、家の中はまっ暗に見える。チヨの母親は上り框《あがりかまち》で、竹製のつくしを立て苧桶《おぼけ》を手前において、つくしの頭に白くからみつけた真綿から両手の指を使って糸を紬ぎ出していた。日がな一日同じ姿勢で、指先に唾《つば》をつけては紬ぎ糸をひき出し、糸を苧桶の中に繰込んでいるので、俄《にわ》かに呼ばれてもすぐ立上ることができない。

「おや村長さんかね。あれ山高帽かぶってどげしただね。どっかで芽出てえこどでも有ったかね」

チヨの母親は、こちらを眩《まぶ》しげに振向いても、べたんと坐《すわ》ったままだった。

「ううむ、芽出てえことで出かけて来ただ。与助は留守だっちが」

「昼《ひ》飯《る》喰ってすぐ出たがら、もうじき帰って来るべ。何か家のお父に用かね」

「んだが、まあ待つべ」

村長は縁側に腰をおろし、チヨの斜め前で機嫌のいい顔をしている。チヨはどうして村長がチヨの顔から目を逸《そ》らさないのか訳が分らないから挨拶《あいさつ》に困って、ともかく機織りを続けることにした。梭が音をたてて動く度に、藍の色濃い糸が大きく動いて、小さな蚊絣がまるで花模様のように踊る。村長が山高帽を取って縁側に置き、縞《しま》のズボンのポケットから手拭《てぬぐい》を引っぱり出して顔から頭へ拭《ふ》き上げた。

「おチヨッ子は今年幾つになるだかな」

「十六です」

「十六か、やっぱり。ううむ、やっぱりんだっちか」

チヨの母親がようやく湯《ゆ》呑《の》みに茶をくんで村長の前に運んできた。

「からっ茶だがね」

「うむ」

村長は湯呑みを鷲摑《わしづか》みにして、がぶりと音をたてて飲んだ。

「おチヨッ子は十六になったそうだな。ついこないだまで子供だと思っていたが、大《て》えしたものだな」

「なにまだ十六ぐれでは子供だよ、村長さん」

「いや十六ならもう立派なもんだ。立派な嫁になれるっちに」

チヨの母親は、ひょいと息を呑み、まるで怕《こわ》いものでも見るような眼になって村長の顔を見たが、村長はすぐ話題を変えた。

「なんだな、明治八年だっけかな、京都の博覧会で賞取ったのは、お前《め》のおっ母だったなあ」

「へえ」

「大《て》えしたものだな、おチヨッ子は。立派な血筋だわね」

「何《あに》を言っちょってか、俺《おら》だちのような貧乏百姓に血筋みてなものあるわけがね」

「それこそ何《あに》を言っちょうか、この小森ではおチヨッ子の織る蚊絣が一番評判がえだぞ。目が揃《そろ》ってムラがねといって評判だぞ」

「それはお父の絣しばりが上手《うめ》からだ。チヨの手柄でねだがら」

「なんぼ絣しばりが上手《うめ》え男がいても、織り子が下手なら十字が出合わねで、蚊絣がぼうふらになるでねだか。おチヨッ子が上手《うめ》のは血筋だわさ」

チヨは目の前で自分のことが、それも村長と母親の二人で取沙汰《とりざた》されているので恥しく耳が火照《ほて》っていた。逃げ出すわけにもいかないので、機を織り続けていた。いざり機は他土地の高機《たかばた》などと違って、足も腰も力を入れて動かす上に、他処《よそ》では筬を使う打込みも、この土地では一尺五寸もある大きな樫《かし》の木で作った梭を使うので、そして力一杯二度ずつ打込むので、全身の運動になる。冬でも単衣《ひとえ》を着てやる作業なのに、春が来ていて、今日は珍しく風もない温かな一日だったから、チヨは全身に汗をかいていた。いったい村長は何をしにこの家にやって来たのだろうかと梭を打込みながら考えると、また顔が熱くなった。チヨが十六歳で、十六なら立派な嫁になれると村長がたった今言ったのを思い出したからである。

チヨの父親が帰って来るまで村長は上機嫌で四方山《よもやま》話を続けていたが、相手をしているチヨの母親の声は沈みがちで、相槌《あいづち》を打つのも億劫《おっくう》な様子がチヨの耳にも聞きとれた。

チヨの父親が帰ってくると、村長は立上って山高帽を頭にのせ、気取った顔をして家の入口から中へ入った。ときどき声高に喋《しゃ》べり、チヨの両親たちの声はチヨには聞こえないほど低かった。チヨは気にはなったけれど手を止めると盗み聴きしていると悟られるだろう。それに話の内容に察しがついてきたものだから、一層恥しくなって、いよいよ汗をかきながら一生懸命で機を織った。バタンバタン、ぎぎィ、バタンバタン、ぎぎィ。目を凝らして蚊絣の経と緯を組み合わせるのが、だんだん難かしくなり、手先が狂う。チヨは梭を引き抜いて二度も三度もやり直した。

「おチヨ、達者でな。また逢《あ》うべ」

村長は山高帽を片手で持上げ、チヨに振って見せ、上機嫌で帰って行ったが、家の中は夕餉《ゆうげ》どきが来ても火の気も立たなかった。

村長はチヨに縁談を持って来たのだった。

「俺げでは死んだに、生きて帰ったげに嫁にいかすっちなあ、俺はどうも気がすすまねなあ」

「俺げでも生きて帰ってれば、喜んで嫁に出せたかもしんねが、俺も気が重え。村長さんが十六なら立派に嫁に出せると言ったときっから俺あまりいい気がしねかった。いつかは嫁にやんねばなんねとは思っていたっちが、よりによって兄《あん》さが戦死したげっから嫁とるこどはなかんべに」

「戦死したから生還した家に嫁にやれば、お前も息子が生きて帰ったと思えるべと村長さんは言うちったが、妙な理屈だな」

「んでも山高帽かぶって来ただからな。断われねべ。断われっか」

「二〇三高地の生き残りだっち。よっぽど運の強え男だんべ」

「お父は断わらねえ気だな」

「俺げのガキゃ運がなかったんだべ。二〇三高地でも生き残る兵隊がいただっちに」

「お父は断わるのか、どげするっかちってんによ」

「俺、知《し》んね」

夕闇《ゆうやみ》が迫って、藍地に白い蚊絣は糸目を合わせるのが出来なくなっていたが、チヨは機から降りることが出来ず、音も立てられずにいざり機の中で身をすくませていた。

チヨの兄が戦死したのは明治三十七年の二月九日であった。日本政府がロシヤに対して国交断絶を通告したのが二月六日。日本が正式にロシヤに対して宣戦布告したのは二月十日であり、同時に大詔が渙発《かんぱつ》された。が、チヨたちが戦争の始ったのを知ったのは十二日であり、チヨの家では新聞をとっていないので、チヨの弟が小学校から帰ってきて知らせたのである。チヨの兄が徴兵検査《けんさ》に合格して海軍に入ったのは前年の秋だったので家にいなかったし、日清戦争以来十年も戦争はなく、検査の後で入隊するのは若者に当然の習慣だから、働き手がとられるので困りはしたが、海を一度も見たことのないチヨの兄は海に憧《あこが》れていて志望を書込む欄に海軍と書いたのだった。

戦争が始ったといってもチヨの家では別に驚かなかった。チヨの父親は日清戦争のときにはもう二人の子持ちだったし、その頃はどの家でも長男は徴兵の枠外におかれていたので、今度も関係がないと思ったのである。開戦と同時に赫々《かくかく》たる戦果をあげている有様を、チヨの弟が小学校の校長から朝礼の度に聞かされて、家に帰ると得意そうに喋べったが、一家は他人事のように聞いていた。日清戦争にも勝ったから、今度も負けることはなかろうと思っていた。一度だけチヨの母親が息子の身を案じたが、

「長男でねだか。直《じき》に帰るべ」

父親はこともなげに言い、それでもう誰も心配しなかった。

戦死の公報が入ったのは、三月一日であった。役場の戸籍係が息を切らして知らせにきたが、あまりに思いがけなかったので一家は声も出なかった。いつ何処《どこ》で死んだのか、よく分らない。詳報は五日遅れて届き、二月九日の旅順大海戦のときだという。村役場に駈《か》けこんで新聞を読ませてもらったが、二月十二日付の記事に「旅順大海戦公報」というのがあって、「聯合《れんごう》艦隊は去六日佐世保を出発したる後、総《すべ》て予定の如《ごと》く行動し、八日正午我駆逐艦は旅順にある敵を攻撃せり、……我艦隊は九日午前十時

旅順港口に達し、正午より約四十分間港外に残留せる敵艦隊を攻撃せり、此《この》攻撃の結果は未《いま》だ明瞭《めいりょう》ならざるも……此攻撃に於《お》ける我艦隊の損害は軽少にして、寸毫《すんごう》も戦闘力を減ぜず、死傷は約五十八名にして内戦死は四名……。……」チヨの両親は狼狽《ろうばい》していて、殊《こと》に母親の方はほとんど文字が読めないので、記事を見つけたのは役場の書記だった。何しろ村でも最初の戦死者だったから、村長も出てきて、狭い役場はいつの間にか人が一杯に詰めかけていた。

「妙でねけ、戦争は十日に始ったたに、九日に戦死すっとはね」

「宣戦布告が十日だべ。うむ、妙だぞ」

「まっと妙だぞ、こりゃあ。官報の方には我艦隊ハ損害ナク、又一ノ死傷者モナシ、我軍気大ニ振フと書いてあっぞ。やっぱ、九日正午だがね」

集った連中の方が熱心に新聞を読み返し、二月二十八日付の新聞に報道された旅順港口閉塞《へいそく》の壮挙に沈没した乗組の勇士として有馬良橘中佐、広瀬武夫少佐以下二等水兵から四等機関兵に到《いた》るまで戦死者の名が七十七名漏れなく列挙されているのを発見した。が、宣戦布告前の戦死者の名は、どこにも見つけることができなかった。

「たった四人の中の一人じゃっち、よっぽど運が悪かっただな」

年寄りが、ぽつんと言い、みんな気の毒そうにチヨたち一家を見て、慰めの言葉も

ないのか一人帰り二人帰りして、最後に村長が、

「日本は必ず勝つけに、こりゃあ尊い犠牲だべ。葬式は村でやっから」

と言ってチヨの父親の肩を叩《たた》いたとき、チヨの母親もチヨもわっと声をあげて泣き出した。兄《あん》さが死んだ。我艦隊の損害軽少という文字の中でチヨの兄は死んだのだった。やがてチヨの弟も火がついたように泣き出し、記事に穴があくほど見詰めていた父親は、うっと唸《うな》って新聞に頭を突っこむようにしたかと思うと号泣した。その日の電報新聞には決死隊先登広瀬少佐という大見出しで、英雄の半生が報じられていた。

チヨの兄は二等水兵として戦艦「富士」に乗組んでいた。後に旅順口海戦と呼ばれる戦闘で、文字通りの緒戦に旅順要塞《ようさい》の海岸砲台と艦砲の一斉射撃を受け、東郷元帥《げんすい》のいる旗艦「三笠《みかさ》」も戦闘旗を撃落とされ、三番艦であった「富士」にも二弾命中し、砲術長は即死した。チヨの兄は、砲術長のすぐ傍にいて伝令役をしていたので同時に爆死したという。そういう詳しい話は戦争が終って、上官からの手紙が届いて分った。

一年半にわたる戦争中、絹川村の小森でも子供たちの遊びといえば必ず戦争ごっこだった。突貫とか攻撃とかいう言葉を口々に叫びあっていたが、チヨの家では誰でもそういう遊びを見ると顔色を変えて家の中に逃げこんでいた。餓鬼大将だったチヨの弟も、戦争ごっこが流行しだしてからすっかり温和《おとな》しくなってしまった。戦況は連戦

連勝で、クロパトキンなどという敵将の名などもチヨたちは知ったが、どの会戦に勝っても、どの要塞を占領しても、チヨの一家には少しも嬉《うれ》しい話題にはならなかった。

チヨの兄の葬式は、村長が約束通り村葬にしてくれ、県庁からも偉い役人が来て弔辞を読んでくれたし、まずチヨの家だけではとても考えられないような立派な葬式で、棺桶《かんおけ》も白木の大きなものが担《かつ》ぎこまれたが、その中に納められたのは遺体でなく、小さな骨壺《こつつぼ》と血で黒く染まった水兵帽だけだった。チヨの兄は戦場から葉書を数通よこしていたが、それが親には何よりの形見だった。

「海軍は喰物がいい、飯が旨《うめ》えといいこどばっか書いて来ちっちが、ありゃ当人も死ぬた思ってねかったがらだべ」

「鬼怒川の水より海の方がどんけえ泳ぎやすいかと書いてきちっちが」

「運が悪かっただな。陸軍の方が戦死は何十倍もあったっちに」

日本海海戦でロシヤ軍は五千人死んだが、日本海軍の戦死は二百名足らずだった。しかし陸軍は、二〇三高地を落すのに一つの師団を殆《ほとん》ど潰滅《かいめつ》させていた。チヨの両親は、ポツンポツンと湿った会話を続けていて、いつまでも板敷の框の上から動かなかった。チヨの弟が風呂敷《ふろしき》包を抱えたままで駈けこんできて、

「腹減ったあ。あれ、飯は炊《た》いてねのけ」

と竈《かまど》に火の気がないので驚いて訊《き》いた。

「まだ炊いてねが、冷飯が残ってるべ」

「んだが湯は……、ああ俺が沸かすべ」

小学校の帰りに道草を喰って暮れるまで遊んできたので、両親の機嫌の悪いのはそのせいだと思ったのだろう。留吉は粗朶《そだ》を使って湯だけ沸かし、麦の方が多い冷飯に干納豆を数粒のせた上から熱湯を注いで、口にかきこみながら眼だけきょろつかせて両親や姉の様子を見ている。干納豆というのは納豆を塩でまぶし日光で干しあげたこの地方特有の簡便な保存食であり、四季を通じて食べられるものであった。塩気が強いので二十粒もあれば三杯の飯が食べられる。

「絹村の中島っちば、ベタ亀甲《きっこう》でねべか」

チヨの母親が言い出した。

「うむ、中島はベタ亀甲だべ」

ベタ亀甲というのは反物一面に隙間《すきま》もなく小さな亀甲模様を織り出す絣のことである。絹村は栃木県下都賀《しもつが》郡にあって、チヨの住む茨城県結城《ゆうき》郡とは近接している。県の名は違うが栃木県の絹村や桑村もひっくるめて昔の結城百八郷が今でも結城と呼ばれている。それで県が違い集落が違っても何かと様子が分っていた。村長が持ってきたのは、栃木県絹村の中島という集落の山本という家の息子に、チヨを嫁がせてはどうかという下話だった。が、村長は何しろ絹村の村長と紬の品評会で顔を合わせた折に、すっかり意気投合し、自分ではもうチヨを嫁がせることに決めてきたので、チヨの親の意向など一向に頓着《とんちゃく》していなかった。

「おチヨに、ベタ亀甲が織れっかね」

チヨの母親が、またポツンと言った。

「絣しばりの腕次《し》第《でえ》だわさ」

「んだべか」

結城と一般に呼ばれている地方は鬼怒川に沿った貧しい農作地帯であった。貧しさを補うために江戸時代に結城の藩主が農閑期の養蚕業と機織りを奨励し、百姓が片手間でごつい指を使って不器用に織り上げた部厚い紬は、却《かえ》って丈夫で長持ちする。江戸に売り出すと評判がよかった。代々の藩主の中に名君がいたのであろう、絣の技術を江戸で出会う九州や信州の藩主たちに頼んで輸入すると、一層積極的に領民に指導したのが、今日の結城紬の名声に繋《つなが》っている。絣の技術は末端の小さな集落ごとに種類が分けられていた。たとえばチヨのいる小森という集落では代々小さな十字絣ばかり織っている。絣しばりの上手と、織り上手の男女の組み合わせがうまくいっている家では、十字絣が、細かくなって蚊絣と呼ばれるものが織れる。チヨの父親は、小森では一番絣しばりが器用で正確にできるところへ持ってきて、三年ばかり前からチヨが織り出した。これが母親よりずっと上手なので、今では来る日も来る日もチヨが蚊絣ばかり織っている。きっと品評会の席上で、チヨの蚊絣が絹村の村長の目に止まり、チヨが嫁入り前だというので中島にいる帰還兵、つまり日露戦争の勇士と婚礼をあげさせてはどうかという話になったのだろう。結城郡絹川村の小森が十字絣の集落であるように、絹村の中島はベタ亀甲という絣模様を織る集落なのである。チヨの母親はチヨがベタ亀甲を織れるだろうかという心配を口にしたが、夫の返事通り絣は紬糸を染める前に、白抜きにすべき部分を木綿糸で正確にしっかりと縛ってさえあれば、後は藍屋から戻ってきた糸を、縛糸をほぐして機にかけ、緯糸は糸巻きに巻きこんで梭の中におさめ、織り子が丹念に目を揃えて織ればいい。蚊絣もベタ亀甲も要するに経糸と緯糸の絣目を正確にあわせれば、模様は美しく織り出される。そんなことは誰にでも分っている常識だった。だからチヨの母親が口にしたのは愚痴なのである。

村長は三年もたっているから忘れているのかもしれないが、この家では三年たっても兄《あん》さが死んだ悲しみは少しも薄れていない。その証拠に、村長が縁談の相手を誰とも言わぬうちからチヨの母親は沈んでしまった。日露戦争大勝利の提灯《ちょうちん》行列は去年の秋祭りに結城城址《じょうし》でもやったのだが、この一家はどうしても出かけて行く気になれなかった。チヨの弟だけが晩飼の後で抜け出して、真夜中にそっと帰ってきたが、誰も様子を訊かなかったし、弟も子供ながら何も言わなかった。

チヨの弟は釜《かま》の底の残りを平らげてしまってから、白湯《さゆ》を一杯すすり、どうも家の中の様子が変で、何か言って怒鳴られるよりも又飛び出した方がいいと判断したのだろう。ぬすみ足で裏口から外へきえてしまった。

「うちは運が悪かったっちに、運のいい者《もん》は運がいいだな。二〇三高地でかすり傷もなかったと村長さんが言うちったが、うちのも帰ってりゃ勇士で今頃は同じように縁談があったべか。隣の県から織り上手を嫁にするだら、豪儀なもんだべ」

「まったく篦棒《べらぼう》なこどだな」

「おチヨが嫁にとられても俺げでは嫁とる息子が戦死して、おチヨが嫁に行けば誰が機織るだ。留吉が嫁とるのは十年も先だっちに。俺はようやく紬ぐにいい齢《とし》になったっちが」

チヨの母親は愚痴を言いながら親指の先に唾をつけて指先を濡《ぬ》らしてつくしから引いた真綿に撚《よ》りをかける。織り上げた紬がバリッと堅く仕上るのは、この唾が糊《のり》のような働きをするからで、この地方では娘は子供のころから家の中で糸を紬ぐことを覚えるが、娘子供の紬いだ糸は唾が若いといって問屋からは評判が悪い。紬ぎ糸に頃合いの張りと照りを持たせる唾は四十女のものが一番いいとされていた。機織りは全身の肉体運動なので三、四年前からチヨにその仕事を譲って糸紬ぎを専門にしている母親にしてみると、今からまた織り子に戻るのは考えただけで億劫《おっくう》だった。

チヨの父親にしてみても思いは同じだった。息子が戦死してなければ畑仕事も今の二倍以上の労力があっただろうし、絣しばりにしても二人でやれば随分はかがいくだろう。貧しい中で、ようやく育てあげた子供が、働きざかりを迎えた途端に思いがけず戦争で消えてしまった。まったく戦死といっても死顔を見たわけでなく、届けられた骨壺の中にはほんの二片か三片の骨が入っていて、これが本当に息子の骨だろうか、一人前の躰《からだ》だったのにと心細くなるほどだった。

「断われねべかな」

「うむ、なにしろ村長が持って来た縁談だがらよ。困ったただな」

村長というのは、明治維新の前には旦那衆《だんなしゅう》と呼ばれた家の当代の主人である。チヨたちが住んでいる小森の地主なのであった。つまりチヨの一家は村長の家の小作人であって、先祖代々絶対に逆らうことのできない相手だから、親たちは茫然《ぼうぜん》とし、困った、困った、断われねべかと言いあいながら、どんな口実を設けてもこの縁談は村長がもうきめてきたものなのだから断わるわけにはいかないということを知っていた。

「どげするべ」

「俺、知んね」

「知んねでは、すまねぞ」

「んだら、汝《われ》行って断わって来い」

「なして俺が行かねばなんねか。村長は父っつぁは居るかと言って、お前が留守だば帰るまで待つと言って待ってただぞ」

「困ったな。断われば村長は怒るべ。きまってら。俺、おっかね」

「俺もおっかね」

嘆きあっている両親を家に残して、チヨは、そっと外に出ていた。とっぷり暮れた畑の中の道を、チヨは東へ向ってかなりの早足で歩いていた。何しろ生れて初めて起った縁談だったから誰よりチヨ自身がびっくりしていた。チヨは稚《おさな》かったので、自分が嫁に行くとチヨの家の労働力が減るという大きな問題については親のように切実に考えなかった。兄《あん》さが戦死したことはチヨだって今でも思い出すと悲しく淋《さび》しかったが、兄の死が家の労働力にかかわりがあるということも考えたことがなかった。機を織る手を止めたときなど、兄《あん》さが生きてれば薪《まき》割りしてる頃だなあと思うことはあったが、その分父親が楽ができるとは考えつかなかった。

田や野菜畑の終るところには桑畠《くわばたけ》が続いていた。チヨは、ひたすら東へ向って歩きながら、胸が動悸《どうき》をうち、顔が火照ってくるのを抑えかねていた。正直に言って、チヨは嬉しかった。村長のような偉い人たちの集る品評会で自分の名前が取り沙汰されたというだけでも嬉しいことだのに、おまけに栃木県の絹村の村長さんまで身をのり出してきて、日露の勇士の嫁にしようかと話がひろがったというのである。兄さの死んだのは今でも悲しいが、どこでも英雄のようにもてはやされている日露の勇士に、自分が嫁として迎えられるなどという、そんな晴れがましいことは想像もしていなかったから、親の嘆きをよそにチヨは夢見心地だった。村長が機織りしているチヨを意味ありげに眺めていた理由がはっきりしてみると、思い出しただけで恥しく、甘酸《あまず》っぱい花の匂《にお》いが辺りにたちこめてくるような気がする。

やがてチヨの喜びをかきたてるように、川音が聞こえてきた。桑畠を抜けると鬼怒川であった。鬼怒沼を濫觴《らんしょう》とするこの川は、栃木県と福島県の県境にある山地から茨城県の西を横切って利根《とね》川に合流する。最初は深い谷を東に激しく走って川治《かわじ》温泉で男鹿川と湯西川を合わせ更に水勢を増し、南に方向を変え、中禅寺湖から走っている大谷《だいや》川と出合う頃から平野に入る。しかし平野部の河床はチヨたちの住んでいる結城の辺りまで礫質なので、この辺りで川は乱流する。豪雨や霖雨《りんう》があると、この辺りで は川が大荒れに荒れまくり、作物も家も押し流してしまう。結城の百姓が昔から貧し いのは鬼怒川という暴れ川のせいであり、藩主が紬産業を奨励した理由でもあった。鬼怒川は結城を通りすぎると河床の土質が変るので細くゆるやかに流れる。結城よりずっと川下にある地方は、結城の百姓の苦しみを知らない。

チヨは子供の頃から何度か洪水のあったのを覚えているが、水がおさまると沿岸の人々は一家総出で流木を川砂の下から掘り出して家に持って帰る。薪にするためであった。子供たちはまるで宝探しでもするようなこの流木掘りで、洪水の悲惨さをすぐに忘れた。いま川のふちに立っているチヨもそうであった。チヨは川の底から聞こえてくる唸《うな》り声を、まるで川が朗らかに呼んでいる歌声のように聞いていた。茨城県結城郡絹川村の小森と、栃木県絹村の中島とは、どちらも鬼怒川の西岸にあった。

この川は、絹村から流れてきているのだとチヨは思った。中島の日露の勇士というのは、どんな若衆だろうかと考えると、急に川音が囃《はや》したてるようだった。村祭りなどの祝いごとで会所の前を通ると、夕暮には若衆たちが屯《たむろ》していて、チヨが小走りで通りぬけても何か淫《みだ》らな声をかけて囃したてるのである。それを思い出し、ひとりで顔が赤くなった。兄さも戦争に行っただだから、絹村に帰ってきた日露の勇士は、きっと兄さによく似た男であるに違いないと思った。チヨの兄は小兵《こひょう》だが、動きのすばしこい若衆で、村相撲では横綱にこそなれなかったが、いつでも大きな相手を小技《こわざ》で倒して拍手喝采《かっさい》を浴びていたものだ。ロシヤという地図で見れば大きな国を倒したのだから、日露の勇士は、きっとチヨの兄のように筋肉のひきしまった敏捷《びんしょう》な男であろう。

夜空に春の朧月《おぼろづき》が出て、川面《かわも》はてらてら光りながら、うねり流れていた。川の底から、チヨは呼ばれているような気がした。縁談の相手の名は、チヨの耳には聞こえなかったので、チヨはただ相手を日露の勇士と思うしかなかった。呼び声は川上の勇士からのものかと思うと、また甘酸い香りに噎《む》せるようでチヨは胸苦しくなった。それでもチヨは、いつまでもいつまでも川べりに佇《たたず》んでいた。チヨは両親たちの困惑とはまるで別のところにいた。この縁は、死んだ兄さがまとめて引合わせてくれたものではないかとさえ思っていた。

二

チヨの親たちは二人で交しあっている愚痴を決して他人には洩《も》らさなかったから、この縁談は傍目にはまことにすらすらと事が運んだ。田植が始る前にと、チヨはある朝暗いうちに起きて村長の家に出かけることになった。右手の白い空に筑波山《つくばさん》が薄青く見えた。頂上がぐいとへこんだこの山は結城地方から見るのが一番美しい。結城では太陽は筑波から昇ると信じられている。事実、チヨが村長の家の大きな門の前に立って東を眺めたとき、日の丸のような太陽が筑波山の頂上に上がっていた。村長の妻は待ちかまえていて、大きな風呂敷《ふろしき》包を二つ、チヨに持たせ、

「いい天気で良《え》がったな、縁起がいいでねか」

と上機嫌だった。チヨはこの日、絹川村の村長の妻に連れられて、隣県の絹村中島までお目見得に出かけることになっていた。お目見得というのは見合いなどよりもっと決定的な行事だった。嫁に行くときまった家に出向いて、相手とその眷属《けんぞく》に顔を見せ、一方的に品定めをされるのである。見合いならば、両家の均衡は保たれているし、不都合があればどちらからでも断わることができる。しかし村長の決めた縁談であるからチヨの家では何を主張することもできなかった。しかも相手は日露の勇士だというのだから、絹村ではきっと英雄扱いだろう。絹川村の村長夫婦も、この釣合かげんがよく分っているらしく、こちらからだけ出向くことを少しも不満に思っていない。

「おチヨ、筑波さんを拝んでみな。綺麗《きれい》でねか」

村長の妻は晴れ晴れとした笑顔で重い荷物を持ったチヨに声をかけた。振返ってみ

ると筑波嶺《ね》は青く涼しい色に染まっていた。赤い太陽はもう黄色く遠ざかっていた。

「筑波は日に七度、色を変えると言うが、今日は行きと帰りで存分に見物できるだ。縁起がえだな」

チヨも筑波山を美しいと思わないではなかったが、何分にも持っている荷物の一つは馬鹿に重く、一つは馬鹿に軽く、両手で提げると均衡がとれなくて、まことに歩きにくい。中河原という集落にさしかかったとき、チヨは到頭《とうとう》我慢がしきれなくなって訊《き》いた。

「お内儀《かみ》さん、この包を一つ肩に背負っちゃいけねかね」

村長の妻はチヨが大きい方の四角い包を肩で担《かつ》ぎたがっていると知ると、驚いて止めた。

「箆棒《べらぼう》なこどを言うでねか。それは重詰だがら、少しでも傾《かし》げてはなんね。しっかり提げるこどだよ」

だが機嫌を悪くしたわけではないらしく、にっこり笑って言い足した。

「中島へ着いたら、おチヨも腹一杯《はらいっぺ》食べさしてやるがら楽しみにしてろ」

こんな大きな重箱があるものだろうか、とチヨは驚いた。この重さでは、よっぽどの御馳走《ごちそう》が詰めこんであるのだろう。底は一尺四方で高さが二尺もある大きな風呂敷包なのだ。中には何が入っているのか、麦飯と干納豆を常食にしているチヨには想像ができかねた。が、なんとしても重すぎる。おまけにチヨは小柄で足も短いから、うっかりすると重箱の底が道にひきずってしまう。そこで右腕をたわませるような形で持上げて歩くので、肩や腕の疲れ方が倍もきつい。左に持っている包は嵩《かさ》も小さいし軽いので、チヨは二つの風呂敷包を右と左に交互に持ち替えたり、ときには二つとも前で鷲掴《わしづか》みにして歩いてみたりしたが、どうにも重くて歩きにくい。村長の妻の方は久しぶりの外出《そとで》なのと、今は裾《すそ》をからげているが着ているものは紬《つむぎ》の一つ紋という略正装だし、未明に起き女子衆《おなごしゅう》に手伝わせて結い直した丸髷《まるまげ》の鬢《びん》つけ油の匂《におい》も快く、川上へ向って歩いているのが楽しくてならない様子だった。何分にも彼女の方はパラソルを肩にしているだけであり、チヨは大きくて重い風呂敷包を提げて歩いているので、とても二人の間では会話は弾まなかった。村長の妻はチヨがろくに相槌《あいづち》を打てなくても一向に意に介さず、行手に男体山を仰ぎみたり、魚釣りしている男が気がついて挨《あい》拶《さつ》をすると何が釣れたかと優しく訊いてやったりして上機嫌だった。

「なんだ、こげに見てると鬼怒川は、なかなか綺麗な川でねか。流れも静かだ、水量《みずかさ》も多い、水が澄んで川底まで見えるなんざ、前にも東京から河川局のお役人が来て、いい川だと褒めていたというが、これなら鬼が怒るなんて文字より昔の通り絹川と書いてもらいたいものだよ。そうすれば絹川村も大威張りだのに惜しいね。もっとも荒れるときは本当に鬼のようで手に負えねだがら仕方もなかろうが」

岸福という集落を過ぎる頃、筑波山は藍《あい》の瓶《かめ》のぞきのような良い色になっていた。この辺りの川幅は大層広くて、もう少し上に行けば中島の渡《わたし》がある。筏《いかだ》が音もなく川上から流れていた。

「川下からだがら歩くしか仕方がねだが、川上の人間は舟が使えるから旅は楽だべ。昔は会津から米も材木もこの川で江戸へ運んだっちがら。明治に入ってから結城もすっかり変ったらしいよ。昔は結城といえば縞《しま》ときまっていたのが、絣《かすり》を織るようになったのは慶応からだがらね。家の蔵にある古い縞帳を見ると、今の紬は随分と上等になっているのが分るがらね。百姓するより機織《はたお》りの方がしっかり金になるだがら、おチヨも織り上手で玉の輿《こし》に乗れると旦那《だんな》さんが言うちったがね」

際限なく喋《しゃ》べる村長の妻の後を、チヨは右腕も左腕も抜けそうに痛くなっているのを堪《こら》え、歯を喰いしばって従《つ》いて歩いた。今日がどういう日で、何を目的として出かけてきたのか考える余裕などなくなっていた。

歩き続けで午《ひる》近く、ようやく中島の入口についた。地名は中島だがそこはもちろん島ではなく、集落全体がこんもりした欅《けやき》の杜《もり》で包まれていた。小森よりずっと木が深い。大きな欅が地から太い根を突き上げて胡坐《あぐら》をかいているのを見つけると、村長の妻はチヨに合図して軽い方の荷を解かせ、ひろげた風呂敷の上で足袋をはきかえ、それまでの藁草履《わらぞうり》を下駄に替えた。着物の裾もからげていたのをおろして、身づくろいをした。風呂敷の中に手提型の小さなハンドバッグも入っていて、そこからコムパクトを出して化粧も直した。チヨはハンドバッグもコムパクトも見始めなので目を瞠《みは》っていると、

「おチヨも、ちょっと紅くらい差したがよかろ」

と、小さな紅入れをつついた薬指の先で、チヨの唇を軽くなぞってくれた。

「さ。もうじきだがら、行儀よくしでろ、分ってるね」

絹川村の村長の妻は再びパラソルを掲げると、左手首にハンドバッグをぶらさげ、気取った姿でパラソルをくるくる廻しながら歩き出した。チヨは再び重箱などの入った風呂敷包を持ち上げ、ふらふらと後に従った。欅の梢《こずえ》には春に萌《も》え出た緑がすっかり色濃くひろがっていて、村には初夏の香りがたちこめていた。

しばらく行くと、袢纏《はんてん》姿の男たちが三、四人駈《か》け寄ってきて、

「結城の絹川村がら来だかね」

と訊く。

「へえ、そうでよ」

「んだら絹川村の村長さんのお内儀さんでねべかね」

「へえ、私がそうだがね」

「やっぱり、そだっちか。俺っちは絹村がらの迎えの者でがす。俺っちのお内儀さんも待っちてがすけ。荷は、これでがすか。俺っちが持ちやしょう」

と言ってチヨの荷を奪うようにして抱え、二人を先導した。

荷がなくなるとチヨは、自分の両手をどうしたらいいのか分らなくなってしまった。俄《にわ》かに今日ここへ出かけてきた理由が思い出され、急に恥しくなった。できれば来た道へ駈け戻り、逃げ帰ってしまいたい。が屈強な男たちが、じろじろと遠慮のない眼でチヨの全身を眺めているようなので、チヨは顔を上げることもならず、村長の妻の後に小さな躰《からだ》をいよいよ小さくして従いて行った。お内儀さんの方は、チヨのことなど考えてもいないように、パラソルをくるり、くるりと廻しながら歩いて行く。そのパラソルは薄い水色だとばかり思っていたが、こうして後からよく見ると、全体が淡い暈《ぼか》し染めで桃色や薄紫など七色ぐらいの色数を使ってあるようだった。それがくるりと廻る度に水色一色になってしまう。チヨは目を凝らして、どうやらそれが上等の絹で作ったものであり、部厚い紬とはまるで違うのに気がついた。

「山本げは、あの家でがす」

一人の男が指さしたとき、チヨたちは小さな藁葺《わらぶ》きの家の前に立っていた。

先方の家には女たちが十人も群れていて、中で一人、年寄りだが小さな丸髷を結った上品な女がにこにこしながら戸口に立って出迎えた。絹村の村長の妻である筈《はず》だった。絹川村の村長の妻は急いでパラソルを閉じ、丁寧に頭を下げた。絹村の村長の妻は縮緬《ちりめん》の小紋を品よく着こなしていたが、年配は絹川村より二十一歳も上らしく、互いに何度も頭を下げ、初対面の挨拶から時候の挨拶と長々と口上を述べあいながらも、

「歩きづめでは疲れなさったろう。まあむさい家じゃが上って下さい。さあ、さあ、御挨拶はそれからにしましょうよ」

と、まだ何も挨拶をしていないようなことを言って、絹川村を家の中に招じ上げた。

「絹川村の村長さんはお若いがなかなか行動力のある方じゃと言うて、宅では主《あるじ》がよくお噂《うわさ》を致しておりますよ」

「どう仕《つかまつ》りまして。家の主こそ絹村の村長さんは流石《さすが》に東京で勉学なすっただけあって御立派じゃと申しております」

「なんの、あなた、教育は機会均等という時代が来ましたもの、東京じゃ田舎じゃと今じゃ変りはありませんが」

「それでもこちらの村長さんは物識《ものし》りでお目にかかる度に賢くなると主がいつも申しておりますけに」

「なに、あのお喋べりは持ったが病のようなものですよ。それよりあなたのパラソルは、まあ花が咲いたように綺麗でしたよ。東京のおみやげでしょう」

「はい、たった一つしか持っておりませんで、お恥しいものでござんすよ」

「いいえ、若い方なりゃこそのお楽しみ。ハンドバッグも、よくお似合いですが」

「まあ、お恥しい。これもたった一つしか持ちませんで。それよりお内儀さんのお召しは、お見事でござんすねえ。江戸小紋のようにお見受けしましたが」

「古い古い江戸みやげ。少し派手になりましたが、これが私の一張羅ですからねえ」

「ご冗談を」

村長の妻たちは際限もなく互いの主人を褒めあい、相手の着ているものや持ちものを隈《くま》なく褒めあって、しかしその間に互いに気心をさぐりあって心を落着かせていたが、チヨは三和土《たたき》の上に一人でポツンと立ったままであった。

「何をしているのだねえ、遠くからおいでになったのに、白湯《さゆ》はまだかえ」

絹村が振返って催促すると待っていたように、湯呑《ゆの》みに汲《く》んだ白湯が運ばれてきた。縁起ものには茶は使わないのがこの地方でも昔からの風習である。

「まず寛《くつろ》いで下さい。この度の御縁は何よりも主が大喜びを致しておりますのですよ」

「有りがとう存じます。私どもの主も我がことのように嬉《うれ》しいと申しております。品評会で織物がお目に止まってからの御縁でございますけに」

「結城でなければ結ばれない御縁ですからねえ。なんせこの家の倅《せがれ》は二〇三高地の戦いで生き残った勇士でしょう。凱旋《がいせん》したその日から主が胸叩《たた》いて嫁探しを引受けました。三国一の嫁を迎えてやると申しましてねえ。結城一番の織り上手を探すんじゃと言うて、あなた、品評会を待ちかまえていたですもの」

「そげなことであっちったですか、まあ」

「こうなれば絹村と絹川村の婚礼だっちて、主は大層もなく張り切っとります。まあ何もないが、地《じ》のものばかりで煮炊《にた》きさせましたけに、ごゆるりと召上って下さい。おなかも空《す》きなさったろ」

「こりゃまあ、気遣いなさらずと、私の方も詰らぬものばかりですが僅《わず》かながら用意しって来ましたけに。おチヨ、おチヨ」

料理が出始めてから、絹川村はおチヨの名を初めて呼んで、持ってきた重箱を畳の上に運ばせた。

「まあ見事なお重でねですか」

「なに、昔っから蔵ン中に寝ていたものですっから。何かお口にあうものがありゃあ、いいですっけどねえ」

「これはまあ、お手数でございましたねえ」

絹村の方で用意した料理と、絹川村で用意した重箱五つかさねを畳の上にずらりと並べたところで、ようやく村長の妻は傍で小さくなっているチヨを相手に紹介した。

「この娘でござんすよ。チヨと呼ばいますっけが」

「そうけ、そうけ、十六と聞いちったが、まちっと若く見えっけどね」

「躰が小せえせいでねすか。丈夫で風邪もひいたことがねと言うちってますが」

「丈夫が何よりですっちに」

絹村の方ではチヨの相手の男も両親も紹介せず、二人の女は、つまり村長の妻たちは箸《はし》をとって一々相手の料理を褒め、自分の方の煮炊き方をくさしながら贅沢《ぜいたく》な昼食を摂《と》ることになった。温い清汁《すましじる》を運んできた女も、茶碗《ちゃわん》に白い飯をよそってきた女も、漬物皿を持ってきた女も全部違った顔で、どうやら村の女たちは総出で絹川村からきた客をもてなしているらしい。村長の妻たちは、あちこちに話を飛ばしながら、やがて双方に共通の親類があることを発見し、

「まあま、ご縁の深いこどで」

「これでいよいよ本当の親類付き合いをさせて貰《もら》えます。主が聞けば喜びましょ」

などと、すっかり打ちとけていた。

チヨは片隅に小さくなって坐《すわ》っていた。村長の妻たちの前には塗りの高脚膳《ぜん》が置かれていて、村の女たちが指図されては料理をそれぞれの皿小鉢に盛りわけていたが、双方の分を合わせて全部で二十人前もある料理は、とても二人で食べきれるものではなかったにもかかわらず、誰もチヨの前によそってやる者がなかった。チヨの前には丸いくり盆の上に粗末な茶碗と汁椀と箸が、ほんの形ばかり置かれていたが、誰も食べろとすすめてくれないし、チヨが顔を上げると、絹村の村長の妻の顔が見えるし、次から次に部屋に給仕に入ってくる女たちが、みんなじろじろとチヨを見るので、とてもその中で茶碗と箸をとり上げる勇気は出なかった。もちろん空腹で、胃からグウグウ音がして情けなかったが、チヨには食事をする機会が与えられなかった。この縁談にチヨは重大な関わりがあるのに、彼女は部屋の片隅で村長の妻の従者として畏《かしこま》っていただけであった。

同じ頃、絹川村小森のチヨの家では、チヨの両親たちが麦八分の冷飯に干納豆をのせ、湯づけにして口へ掻《か》きこみながら、

「俺っちの伜も生きて帰ってれば日露の勇士で嫁もとれっちに、運が悪がったな。戦争で伜をとられた上に、娘は嫁にとられっか。一度に二人も消えてなくなるべか」

「死ぬ者貧乏だな」

「堕《お》ろし損ねて留吉を産んでおいただけが、ちったあ運がよかったべ」

「留吉は、まだ十歳でねか。役に立つまで十年あるに。十年たてば、また徴兵検査《けんさ》があっぺ。ほんでまた戦争だべ。日露の十年前にゃ日清戦争があっただがら」

と、他人には言えない愚痴を、際限もなくこぼしあっていた。

絹村で昼の宴が終ると絹川村の村長の妻は絹村の村長の家に是非一泊するようにと引止められたが、この日の首尾を夫に報告する義務があったから、絹川村は丁寧に辞して帰り道についた。お目見得は大成功であると思われた。

日露戦争が始ると日本の財政はたちまち窮乏し、税法は大幅に改訂され、それは織物業にも及んでいた。明治三十七年には非常特別税法によって毛織物が一割五分の課税を受けることになり、翌三十八年には毛織物以外の一般織物に対しても従価一割の消費税が課され、これらは非常特別税法であったのだが、戦争が終っている明治三十九年に法律第七号によって織物税は永久税になってしまった。この税法を実施するに当り、結城紬のような農家の副業的生産品への課税は技術的に難かしいので、織り手が買継商の店頭までは未納税品を搬出してもいいこと、事前承認の許可によって買継商が結城織物置場として農家の生産品を買取り、買継商が納税するという、全国的に見れば異例の処置がとられた。買継商というのは、このとき税務署相手に使い始めた言葉であって、それは結城では嶋屋《しまや》と呼ばれている人々のことである。結城に絣の技術が入るのは明治維新の直前で、それまでは木綿を織っていた大昔から結城といえば柳条《しま》であった。縞木綿という書き方もする。今でも結城では一般に織物は木綿も紬も絣もひっくるめて縞と呼び、それを売りに行くことを嶋売りといい、だから問屋が嶋屋なのである。

結城にとって幸運だったのは、日露戦争の始る四年前に同業組合が結成されていたことだった。当時としては粗製濫造《らんぞう》することによって結城紬の声価を落すことのないようにという厳しい自己規制が目的で、これが結果としてまことに先見の明があったということになった。税法改正に当っても結城の業者はたちまち団結して事を運ぶことができた。同業組合を結成した人々は先覚者であった自分たちにいたく満足していた。明治の廃藩置県以来、結城が地理的に二県に分裂した形になって何かと不便であったのが、非常税法によって更に団結し、日露戦争の勝利さえ茨城県と栃木県が一致協力したからで、自分たちの手柄であったというような錯覚を、彼らに覚えさせていた。栃木県絹村の村長と、茨城県絹川村の村長が興奮して今度の縁談をまとめようとしているについては、こうした背景があった。

絹村の村長も、絹川村の村長も、それぞれの村の大地主であると同時に結城織物同業組合の役員であって、絹村は年齢からいってもボス格である。東京で教育を受けている新知識であり、その妻もこの地方では珍しく教養があった。教育は機会均等などと言って自分の夫を謙遜《けんそん》してみせることは、誰でも真似《まね》のできることではない。絹川村は、聞きしにまさる御方だったと絹村の内儀にすっかり感服して、彼女から手厚いもてなしを受けたことを思い返すと心が弾んだ。行く手には筑波山が遠く薄紫色をして待っている。

「良《え》がったなあ、おチヨ。気に入ってもらえたようだっち。それにしても、さすが日露の勇士だねえ、立派な男だったでねけ」

村長の妻はパラソルをくるくる廻しながらチヨを振返って言ったが、

「へえ」

と、チヨの返事が冴《さ》えないので、

「どうしたのだねえ。婿《むこ》さんをどう思ったかね」

と訊き返された。

「へえ」

「あれま、見ながったっちかね。どげしてだ」

どうしてと言われたって、あんなところでチヨは顔を上げてじろじろと家の中を見まわすことなどとても出来なかったし、あの家の中に男がいたどいう記憶さえもないのだ。

「まあ婿の顔も見なかったとね。おチヨはねんねだねえ」

村長の妻は半ば呆《あき》れてから、説明をしてくれた。

「向うの父っつぁあと、お袋さんと三人で頭さげに来たでねか。絹村のお内儀さんが、にこにこしていたでねか。あのときだよ。まだ汁がでていなかったから、箸とるちょっと前《めえ》のこどだよ。覚えてねだかね」

「へえ」

「緊張していたんだっぺ。若《わけ》えときは、そんなもんだ。俺も見合いのときに仲人《なこうど》の方と見間違えて、えれえ年寄った男だなと思っただから、ひとのこどは笑えねよ」

村長の妻は朗らかに笑いとばした。

「それにしても、大《てえ》したご馳走だったでねか。こっちも出来るだけのものを作っていったから恥かかねですんで、ほんとに良かった。絹村のお内儀さんはすすめ上手だから、俺も出てくるもの出てくるものついつい食べてしまって、おしまいはお腹がふくれで、お辞儀もできねぐらいだったよ」

チヨの方は返事もできないほど空腹だった。数々の料理はチヨの前を素通りしただけで、チヨは殆《ほとん》ど何も食べなかった。同じ形の包をまた持っての帰り道だが、重箱の中身は持って行った分は空になった代りに、先方で作った料理が詰め直されている。重さも持ちにくいものであることも変りがなかった。おまけに行きと違って帰りは空腹と疲れが加わっている。相槌など打てるものではなかった。

「あれだら日露の勇士と讃《たた》えられて、村長さんが肩入れして嫁とりするのも尤《もっと》もだっち。おチヨも幸せ者だ。嫁入りのときにゃあ、絹川村でも立派に送り出してやらねばなんねっち、俺からも言っておくからね」

「へえ」

村長の妻は興奮していた。彼女は大任を果したのだ。同業組合の品評会では、製品について一反ごとに厳正な検査をし、不正品を悉《ことごと》く退けるために検査を通過した分には証票を貼付《ちょうふ》するという規約があるのだが、それは例外なく男たちの仕事であり、この仕事場で組合の役員たちは親交を深めて行く。今日は、それと同じことを妻たちがやったのだ。連れていったチヨという織り子を、絹村の村長の妻たちが気に入るかどうか、絹川村の方でも製品を品評会に出す村の幹部同様、緊張して過したのであった。村長の妻は、まるで自分が検査を通過したように思い、喜びに浸っていた。絹村の村長の妻から手厚くもてなされて、上流社会に初めて入れてもらったような嬉しさがあった。村長たちは栃木県と茨城県の一層の団結のためにこの縁組を成立させたいと願ったのであったのだが。

「おチヨ」

「へえ」

「おチヨの花嫁衣裳《いしょう》には、なんだ、俺の嫁入のときの振袖《ふりそで》を貸してやるよ」

「へえ」

「俺げの娘の嫁入には使えねし、たった一度しか晴れをしてねのが勿体《もったい》ねと思っていたんだよ。あれを着せてやるべ。帯も丸帯だよ。遠慮しねで身につけな」

「へえ」

「あの分では絹村の方でも豪勢な婚礼を上げる気でいるようだがら、絹川村でも負けちゃいられねべ。なんといっても結城は名前通り俺だちの結城郡が本場だからよ。相手はベタ亀甲《きっこう》の中島だが、栃木県だし、下都賀郡だ。結城から日露の勇士に送り出すに、粗略なこたあ出来ね」

絹村では緊張して上品な言葉を使うようにせいぜい心掛けたが、根が優雅な言語とは縁のない関東の人間で、家に近くなればなるほど村長の妻の言葉は元に戻っていた。

「あれ、見ろ。見ねえか、おチヨ。筑波の色をよ」

指されて目を上げれば、見遥《みはる》かす関東平野の遥か向うに、夕日を受けて薄紅色に染め変った筑波嶺が見えた。

「綺麗だねえ。絹村のお内儀さんが、本日はお日柄もよろしくてと言うちったが、本当に良い日だった。行き帰りとも筑波さんに見守られてよ。おチヨは冥加《みょうが》だぞ」

しかしチヨは感慨に浸る余裕もないくらい空腹でふらふらになっていた。疲れ果てていた。寝起きに冷飯に干納豆をのせて、湯もかけずに食べたっきりなのだ。中島の山本家で出た膳——というより盆——の上のものは、ほんの一度だけ箸をとって口に入れたが、誰もすすめないのに食べるのはいけなかったかと思って、すぐ箸を置いた。緊張していたから食べたものが何であったのかも覚えていない。ただもうじろじろと人の目で全身を舐《な》められるようで、身をすくませ、閉口していた。花婿になる人や、チヨの舅《しゅうと》や姑《しゅうとめ》になる人々が挨拶に来たということだが、チヨはまったく気がつかなかった。

空腹と疲れで、桃色の筑波山を見ても何の感激もなかったが、しかしチヨの耳の底には、さすが日露の勇士だ、立派な男であった、あれだら村長が肩入れして嫁取りするのも尤もだといった絹川村の村長の妻の言葉だけは大切にしまいこまれていた。行き帰りとも筑波山に見守られて、おチヨは冥加だぞ、と言われたのも。

三

紬《つむぎ》の生産地帯である鬼怒川の沿岸は沖積層で、その肥土《あくと》は作物の生育に適していたため大昔から早く人間が住みつき、恵まれた土地と稠密《ちゅうみつ》な人口との関係が、一戸当りの耕地面積をひどく限られたものにした。洪水が上流の沃土《よくど》を運び土地を豊かにする働きを果したので、どんなに洪水に悩まされても人間が土地を見捨てることはなかった。ろくに肥料を施さなくても農作物は立派な稔《みの》りを迎えていた。しかし、なんといっても一戸当り三反歩から五反歩どまりの田畑しか持てないのでは、農作だけで百姓が生きていくことは無理だった。この河原地が桑の生育にも適していたところから百姓が養蚕と織物を副業とするようになったのは、ごく自然のなりゆきというものであったろう。

が、副業はあくまで副業であったから、農繁期にはどの家からも機織《はたお》る音は聞こえなくなり、一家総出で土を起し種を蒔《ま》き、田植に草むしり、休む暇もなかった。チヨの家には牛がいないので、人間が重労働をしなければならなかった。農繁期には留吉も学校を休んで田植も草むしりもさせられた。

「おチヨがいてもこげなこどだがら、嫁に行ったらどげすべ」

とチヨの母親は溜息《ためいき》まじりで、こんなことを言い続けた。

チヨがちょっとでも手を休めていると、

「何しっち。親だけ働かすっ気か、この阿魔ァ」

父親が怒鳴る。

チヨは悲しかった。縁談がまとまり、婚礼の日取りは農閑期に入ってすぐということも決まったのに、両親の機嫌は悪くなる一方である。朝起きるから晩寝るまで嫌みの百万遍を言われている。朝誰よりも早く起きて竈《かまど》の火をくべて麦飯を炊《た》くのは母親の仕事であったのに、縁談がまとまってからは、急にそれがチヨの役目になってしまった。

「勇士の嫁になるだら、こげな親孝行は何でもあんめ」

と、母親は姑の嫁いびりみたようなことを言い、

「中島の山本げにゃあ牛がいるっち、畑に出ても楽だべ。この家では、おチヨだけ籤《くじ》

運《うん》がえだがら」

　父親もチヨを追いまわすようにして力仕事を押しつける。十六歳のチヨは心身ともにへとへとになって、夏の盛りには畑で貧血を起し、倒れたこともあった。

　弟の留吉までが、

「おチヨ姉《あね》はえだな。中島へ嫁に行けっからな。お父うたちの面倒見んですむがら。俺は兄《あん》さの分とおチヨ姉の分と、三人前働かねばなんねこどになるっち。おっ母もそう言ってる。おチヨ姉は嫁に行けば楽ができっから。牛がいるだってなあ」

　と羨《うらや》むとも恨むともつかぬことを言うのだ。チヨは悲しかった。親も弟も、こんな有様では、嫁入ったらもう二度とこの家には戻りたくない。もう少しの我慢だ、とチヨは自分に言いきかせた。お目見得の日のことを思うと、ただ小さくなって坐《すわ》っていたという以外になんの記憶も残っていないのだが、そして以後の話は絹村と絹川村の村長たちの間でとりきめられていて、チヨは立派な男だという勇士の顔をまだ一度も見ていない。

「やれやれ、兄さは死んだっちに、おチヨは嫁に行って晴れをするだ」

「死ぬ者貧乏たらこのこどだんべ」

「牛のいるげにゃ勇士が帰ってくるに、牛のいねえ百姓げは戦死だあ。運が悪《わ》《れ》えげは、いつも運が悪かんべか」

チヨは親の言葉に耳を掩《おお》いながら、もう少しの辛抱だ、嫁に行きさえすれば、こんなことを言う親とは別れられるのだと自分に言いきかせた。チヨは死んだ兄さが恨めしくなっていた。兄さが死なずに勇士として帰っていれば親も愚痴はこぼさなかっただろうし、兄さもこの縁談を喜んでくれただろう。

稲が黄金色の波に変り、刈り入れが終ると、いよいよその日がきて、チヨは村長の家で朝から風呂《ふろ》に入り、髪結いの手で高島田に結いあげられた。約束通り村長の妻の振袖《ふりそで》を貸してもらったが、黒紋付で裾《すそ》に鶴《つる》を染出してある振袖は、とびきり躰《からだ》の小さいチヨにはあまり似合うとは思えなかった。立ってみると振袖の先が畳につく。

「あれま、おチヨは小せえだな」

村長の妻はそう言ったが、チヨのために振袖を縫い直させる親切はなかった。仲人《なこうど》は絹村の村長夫妻がやることになっていて、絹川村の村長夫妻は花嫁側の介添人になる。村長は山高帽にモーニングにするべきか、紋付の羽織袴《はかま》にするべきか、ぎりぎりその日が来るまで迷いぬいたが、村長の妻はいい機会だからと留袖を新調していたので、それに手を通すのが何よりの喜びだった。こちらの柄は松と竹で、刺繡《ぬい》の入った贅沢《ぜいたく》なものだ。

支度が出来上ると、村長夫妻は人力車に乗り、チヨは村長の家の赤牛の曳《ひ》く荷車に乗り、婚礼に出席する絹川村の男女が荷車をとりかこむ形になって出発した。女子供が総出で見物に来ていて、村外れまで見送っていたが、花嫁のチヨの冠《かぶ》りものに子供たちはびっくりした。

「のっぺら坊のお化けみてだ。でっけえ袋でねか」

「なんだべ、ありゃ」

「なんであげなもの冠るだ」

物識《ものし》りの老婆《ろうば》が、子供たちの質問を受けて丁寧に、少々自慢げに説明していた。

「あれが綿帽子っちものだわさ。玉繭《たままゆ》を煮崩してから、両手で湯の中でゆっくりひろげて何枚もかさねて袋にしたものだ」

「だら、ありゃ真綿か」

「うむ、そげで綿帽子っち言うだぞ」

「おチヨ阿魔は蚕になっただな」

「うめえこど言う。その通りだべ」

「変でねか」

一人の子供が言った。

「俺っちに嫁がきたとぎは、あげなもん冠ってなかったぞ」

他の子供たちも口々に、これまでの婚礼で花嫁が白い綿帽子をかぶったのを見たことがないと言い出した。

「いや、近頃こそ誰も冠らねだが、昔は豪勢な婚礼にゃ嫁は綿帽子冠ったもんだ。絹で縫う綿帽子だの角隠しだのは近頃のものでよ、昔の立派な婚礼にゃあ、嫁は真綿で作った綿帽子冠ったんだ」

「おチヨ姉は勇士のとごへ嫁入るだがら、綿帽子冠ったか」

「んだべ」

「真綿にしちゃあ随分白い袋だな」

「真綿のまま冠れば、脱ぐとぎに事だっちに。綿帽子にゃあ表にも裏にも糊《のり》で紙張ってあるだ。でなけりゃあ盃事《さかずきごと》のとぎに櫛《くし》も髷《まげ》もひっかかって脱げるもんでねえべ」

「あの白いのは、んだら、紙のせいか。そげなら分るだ」

「おい、おチヨ阿魔は蚕でねべ、つくしでねけ」

「んだ、んだ。婿《むこ》が夜なべに糸とるべ」

子供たちが淫《みだ》らな声をあげて笑った。老婆はすっかり腹を立てた。

「この頃の餓鬼はまあ、ませてっから」

つくしというのは糸とり道具の一つで、一寸丸の竹を一本、欅《けやき》の台の上に垂直に立てたものである。竹の上部にはもろこしの殻を三方に結びつけ、これに真綿を巻きつけ、そこから一摘《つま》みの糸をひき出して指先の唾《つば》で紬《つむ》いで行く。名手ほど糸が細くひけることになっているが、百姓の副業だから誰の手も繊細な仕事には向いていない。鍬《くわ》を使って土を耕し、鎌《かま》を振って稲刈りをするのと同じ手でやることだから、結城の紬糸は他県の山村の紬より遥かに太い。武骨な手で紬ぎ出されるので、仕上った糸も節があったり同じ太さでなかったりして、それがやがて機にかかり、梭《ひ》で叩《たた》いて織り上げられると、まるで手織木綿と同じようなごつごつした手触りのものに仕上るのだ。

花嫁の一行は、先頭の人力車二台がたちまち先へ行ってしまったが、何しろ牛の足まかせの行列なので誰も慌《あわ》てなかった。荷車の上には新しい夜具が二組、もちろん結城の縞《しま》木綿を使って仕立てたもので、これは村長の贈りものである。チヨが嫁入りのために用意したものは何一つなかった。この辺りでは嫁入りといっても小作人同士の間では猫の子のやりとりと変らない。みんな貧しいので、寄合の衆にはうどん玉を配るぐらいの振舞をするだけで、とても嫁入支度といって箪笥《たんす》一棹《さお》でも持たせてやれる親はいない。チヨは身のまわりの着がえや肌着を、小さな風呂敷包にしただけで、それを膝《ひざ》の上にのせてしっかり両手で押えていた。綿帽子は高島田に結ったチヨの頭をすっぽりと覆《おお》い、チヨの小さな鼻の上で外へ折り返してあったから、息苦しくはなかったけれど、生れて初めて髪結いの手で髷を結われたので、脳天の痛みが激しく、眉《まゆ》が吊上《つりあが》っていた。頭髪の中心部を一束とって元結《もっとい》で縛り、そこを芯《しん》にして高く島田髷が結いあげてある。髪を結うのが、こんな痛いものだとはチヨは今まで考えたこともなかった。道は凸凹が激しいので、荷車の轍《わだち》がきしみ、チヨの躰もその都度揺さぶられた。歩くほうがよっぽど楽だとチヨは思わないではいられなかったが、地をひきずるほど長い振袖や、紐《ひも》で幾重にも縛りあげられている胴や、胸高に巻かれた丸帯という姿では、とても歩けたものではなかった。嫁入りというのは大変なことなのだなと、チヨは半ば呆《あき》れて自分の置かれている有様を考えていた。

「こげに豪勢な嫁入りは小森では初めてだべ」

「いや、絹川村でも村長の家は別だが、他にはあんめ」

「おチヨ阿魔は果報者だぞ。今の若衆は本物の綿帽子なぞ見たこどもねべ」

「縮緬《ちりめん》のべべ着た嫁っちな、俺っちの身分じゃ一人もあんめ。与助も運がえだぞ」

「あに言うか」

父親の与助はおそろしく不機嫌で、一行の中で黙々として歩いていたが、運がいいと言われたときは突然声をはりあげて怒り出し、相手を鼻白ませた。

茨城県結城郡から栃木県下都賀郡へ行くには、小森から中河原へ行く手前で、大きな沼が県境になっていた。チヨがお目見得に出かけたときは、この沼の東側を通って北へまっ直《す》ぐ歩いたのだが、このときは沼を半めぐりして西北の方角へ向った。福良橋を渡り上梁《かみやな》という集落を通りすぎるときには、右手に中島のこんもり繁《しげ》った木立が見えた。そこには村長夫妻が人力の車夫を休ませて待っていて、やがて中島から花婿の一行が来るのと落合った。その頃には道中の集落から、物見高く集った群衆で、大層もない大行列が高椅《たかはし》という集落へ向うことになった。綿帽子をかぶっているチヨには見えなかったが、チヨの冠りものについて子供たちが可笑《おか》しがって笑うのや、物識りが大声で説明しているのが聞こえ、チヨは嫌でも自分が見世物になっているのを感じないわけにはいかなかった。チヨは牛に背を向けて腰かけていたのだが、綿帽子のせいで、この日は一度も筑波山を見ることができなかった。

高椅には高椅神社があって、そこは花婿になる山本三平が武運長久を祈った所だというので、結婚式はその神社であげることになっていた。途中で、急に女たちの声が甲高くなり始め、ざわめきがはっきりチヨの耳にも聞こえてきた。

「あの模様は鶴でねか。こりゃま、大変だべ。鶴でも鳥は鳥だんべ。嘴《くちばし》が長いから、こりゃ大事《おおごと》でねか」

「このままでは鯉《こい》さまが怒るだがら、高椅にゃ入れねべ」

「だっち、今から着替えるわけにもいかぬべ。こりゃ困っただなあ」

なんのことか分らないが、どうもチヨの着ている振袖に鶴が飛んでいるのが問題になっているらしい。

「どうすべ」

「鯉さまの話など俺は聞き初めだ」

「ここまで来て、そげなこと言われても、どうするわけにもいかねべ」

「俺、知んねえ」

「あれだけ騒ぐものを、放っておくわけにもいかねべ。どうすべっかな」

困っているのは結城から出かけてきた連中で、みんな田圃《たんぼ》道で立往生をしてしまった。見渡すかぎりどの田にも稲株が絣《かすり》模様を描いている。

その場を救ってくれたのは、どうやら仲人の絹村の村長の妻であったらしい。彼女は近くの家から針と糸を借りてこさせ、振袖や裾模様の鶴の嘴を、赤糸で一つずつ綴《と》じて縛り上げさせた。三羽の鶴は全部、嘴を縛り合わされた形になった。

「絹村のお内儀《かみ》さんは、なんつう智恵《ちえ》者だべ」

絹川村のささやきの中を行列は再び動き始めて高椅神社へ向った。道々の話でチヨもやっと事情が分ったのだが、高橋では昔から鯉を鯉さまと呼んで信仰し、決して食べないのだという。山本三平の家は高橋の者ではないが応召するとき一家で高橋神社に参拝し、一生鯉は食べないから三平を生きて帰らせて下さいと頼んだという。すると今日の婚礼には鯉の料理は出ないなと大声を出した者がいたが、ここは高橋だから鯉さまを呼び捨てにしてはなんねぞと、たちまち土地の者からたしなめられた。鳥は池の魚をつつくので、鶴の模様も忌《い》まれたのであろう。赤糸で嘴を縛られた丹頂の鶴は、しかし却《かえ》って彩《いろど》りを添えて華やいで見えた。

高橋神社の前で、チヨは荷車から降り、絹村のお内儀さんに手を曳かれて神殿に上った。神主が祝詞《のりと》を上げ、やがて巫女《みこ》の手で土器《かわらけ》の盃《さかずき》に神酒《みき》が注がれ、チヨがそれに口をつけると、盃は次に花婿の方へ行き、また戻ってきてチヨが呑み納めた。有りがたいことに土器は水分を吸うので、チヨが呑む酒の量は少かった。巫女の方も心得て注いでくれたのだろう。

三々九度が終ったのだから、もう綿帽子は取るべきだという意見と、いや披露のときまでこのままがいいという絹川村の意見とが、式の後で対立したが、絹村の村長がすぐ中に入って、

「楽しみは後ほどよかんべ」

と絹川村の意見を通した。これから中島まで、行列して戻るのにチヨの立場を考えてくれたのかもしれない。

中島の山本家に着いたときは、もうとっくに正午を過ぎていて、結城からきた連中は、すっかり腹を減らしていた。山本家は八畳二間が続いていて、間の襖《ふすま》を外し宴会場になっていた。この日は縁にすえた機に布がかけられ、端の方へ片寄せてある。奥の床には村長の家から持ってきた旭日《きょくじつ》輝く蓬萊山《ほうらいさん》の軸が下げられ、嶋台《しまだい》の上に勲章のついた陸軍の軍服と軍帽が飾ってある。それを背にして花嫁花婿が並んで坐ってから、ようやく結城の絹川村の村長夫妻の手でチヨの綿帽子が取られた。

ほうっと集っていた人々の口から溜息《ためいき》が洩《も》れた。チヨが想像以上に美しかったからである。陽灼《ひや》けしているので白粉《おしろい》がのり難いと化粧着付までやってくれた髪結いがこぼしていたのだが、厚化粧が荷車に乗っての行軍中に汗と脂《あぶら》ですっかり肌に馴染《なじ》んでしまっていたのだ。チヨは俄《にわ》かに拓《ひら》けた視界に、人々の目が全部チヨに注がれているのに気がつき、白粉の下の肌をまっ赤にして俯向《うつむ》いてしまった。目を伏せるとすぐ右に、男が坐っていて、彼の膝《ひざ》には仁王さまのように大きな手が指を五本ひろげたまま載っているのが見えた。チヨはどッと胸を衝《つ》かれて驚き、これが今日から婿になる人の手かと思った。そっと左の様子を伺うと、どうやら絹村の村長の妻が坐っているらしい。黒地に雪輪を金箔《きんぱく》仕上げにした留袖の模様が上品だった。膝の上で重ねた手は優雅で小さかった。ようやくチヨは自分が嫁入りしたのだと気がついたが、まだ夫になるべき人の顔を見ていない。しかし、あの掌の大きさから見ても、よほどの大男に違いないだろう。絹川村の村長の妻が、立派だ、立派な勇士だと言っていたのは、体格のことだったのだろうか。

花嫁花婿の両側は仲人の絹村の村長夫妻で、花嫁側はそこから結城郡長と同じく町長と、絹川村の村長と区長、校長、在郷軍人会の肝煎《きもいり》、村役場の書記という具合に並び、チヨの両親はどうにか畳のある端っこに坐っていた。

「俺っちは信心っけがねえけ、罰《ばち》が当っただべ。鯉ぐれえなら断つに苦労もあんめに」

小さな声でチヨの母親がこぼした。

「なんで罰が当っか。俺は生れてから一度も鯉喰ったことねえぞ」

とチヨの父親は吐き捨てるように言う。

「俺、喰ったっけが」

「いつだ」

「村長げで赤児《やや》生れたとぎ、俺、台所手伝いに行って、どんな塩梅《あんべ》か、洗いを一切喰ってみた。あまり旨《うめ》えもんでもなかったっけが」

「盗み喰いだら、罰はお前に当っただべ。俺、知んねぞ」

チヨの母親はもう少しで泣くところだった。芽出たい席だから辛抱しなければならないと自分に言いきかせた。もちろんこの夫婦の会話は小声で交されたし、場所は台所に近く、そこに集って待機している女たちの賑《にぎ》わいで二人の話は誰の耳にも聞こえなかった。

正面の花婿花嫁は誰が見てもそれと分る借衣裳《いしょう》だった。花嫁の振袖は大きすぎた。チヨがとりわけ小柄だったからである。花婿の紋付は小さすぎた。花婿が並外れた大男だったから、両腕が袖口からにゅっと突出て、手の大きさが一層目立った。花婿の隣には、髪は殆ど白いのに眉と口髭《くちひげ》だけは黒々としている老人が坐っていた。絹村の村長であった。彼は、この日この席に連るべき人々が座についたのを見はからうと、座布団《ざぶとん》の上に立上り、ごほんと咳《せき》一つしてから、いきなり蛮声を張り上げた。

「筑波ねにィ雪かも降らるゥいなをかもォ、かなしきィころがァ、にのォほさるかもォォ」

下都賀郡の人々は馴《な》れていたが、結城から出かけてきた連中は仰天した。教養のある連中は今上陛下の御製であろうかと緊張したが、チヨの両親は浪花節《なにわぶし》かと思った。

所変れば品変るというが、栃木県には同じ紬の産地でも茨城県の結城とは、まるで違った奇習があるのかと、花嫁側はびっくりした。

絹村の村長は、二回朗唱してから、

「さて満場の諸君」

と、最初から大演説の調子だった。

「唯今《ただいま》、私が朗詠いたしましたのは実に万葉集《まんにょうしゅう》に歌われておりますところの和歌でありまして、筑波の山に雪が降ったっちか、いやいや、ありゃあ可愛《かわい》い女たちが布を干しているんだべ、とこういう意味であります」

呆気《あっけ》にとられていた人々は、大層もない歌がいきなり耳懐《みみなつか》しい言葉に翻訳されたので、どっと笑い崩れた。村長は、効果を充分計算しているのか、にこりとも笑わずに続けた。

「これが我が国上古の文献に見られますところの最初の常陸紬《ひたちつむぎ》を詠《よ》んだものでありまして、我々の地方で産出する織物には実に二千年余の歴史があることが分ります。さて常陸の国と下野《しもつけ》の国において産出されていた織物が、なぜ今では結城と言われるようになったたか。存外、地元の人々が正確な知識を持ち合わせず東京から調査に来る人々の前で恥をかくことが多いので、この際その沿革について私いささかながら知るところを中述べたいと思うのであります」

下野《しもつけ》の国人たちは、又かという顔でうんざりしたが、常陸の国から出かけてきた連中は、これでは料理が出るのはまだまだ先のことだとがっかりしてしまった。

絹村の村長が喋《しゃ》べっているのは、四年前に出版された「結城織物史」という坂本大次郎の著書に勝手な注釈を付したものであった。天照皇大神《あまてらすおおみかみ》が天日鷲命《あめのひわしのみこと》を木綿者《ゆうはぎ》という職に就かせ、原料を作らせて、棚機姫命《たなばたひめのみこと》が織ったのが本邦の布の始りであること。上古は織物の材料を木綿《ゆう》と言ったのであって、楮《こうぞ》の木の皮を晒《さら》して糸をとったから、楮が木綿《ゆう》の木《き》と呼ばれ、それが詰って木綿《ゆう》木《き》になった。それは桑科の植物であるから、今日我々が桑と呼んでいる木が木綿木であると思って差支えない、というかなり乱暴な演説であった。

「即《すなわ》ち神代の昔から、この地方は衣料資源地であり、織物についても日本の地方開発の祖が即ち我々の先祖であります。その頃には茨城県とか栃木県などという区分もなかった。ましてや結城郡とやら下都賀郡などという地名さえもなかったのであります。しかるに、なぜ常陸紬が、今日結城紬と言われているか、下都賀郡で織っても何故《なにゆえ》に結城紬であるかと申しまするとそれは唯今の結城町に鎌倉幕府が北関東の要地として結城家十八代の居城を築き、その城下町が即ちこの地方の産業経済の中心地として発展するにつれて、紬にも結城の名が冠せられ、あたかも結城家の始祖、小山《おやま》七郎朝光が、結城姓を名乗るのと期を一にして朝廷にも献上され、紬と言えば結城、縞と言っても結城と喧伝《けんでん》されるに到《いた》るのであります」

絹村の村長が長広舌を振ってても意を尽したいと思っているのは、つまり結城紬と言ってもそれは茨城県結城郡だけの特産品ではないのだということだった。そこで万葉集から説き起し、中世から戦国時代へとその沿革を語って、

「鬼怒川沿岸は養蚕が盛んでありましたので、川の名も古くは絹の川と書きました。洪水が多いところから鬼が怒るなどと当て字をしているのでありますが、本来絹の川と書くのが正しいのであります。その証拠が、今日の芽出たき日を迎えた花嫁の出身地の村の名が正しく絹の川と書いておる。即ち絹川に沿った村であるからして絹川村なのであります」

ようやく今日が婚礼であることを忘れていなかった証拠を示して、人々を安心させた。

「神代から等しく桑を植え、蚕を飼い、糸を紬ぎ、機を織っていながら、栃木県と茨城県に別れている地理的矛盾を、私はかねてから同業者を結束させることによって解決したいと願っておった。諸君も知らるる如《ごと》く、明治三十三年には同業組合の結成を

見たのであり、日露戦争に際しましてはどこの地方よりも早く織物によって納税献金し、遂《つい》に我国は日清戦争にひき続いて大国ロシャを倒し、赫々《かくかく》たる大勝利を得たのであります。私は、我が絹村に山本三平君が勇士として生還されましたとき、大日本帝国の臣民として三平には日本一の嫁を見付けねばならん。それには棚機姫のような織り上手が最もふさわしいと思ったのであります。御承知のように結城織物同業組合は、織物製造業者も、買継業者すなわち嶋屋《しまや》も、染色業すなわち藍屋《あいや》も加盟いたしておる。組合では製品を一反ごとに丹念に検査をして粗悪なるものは結城の名を冠せしめぬよう厳正を旨《むね》としておるのであります。私も、絹川村の村長さんも検査員でありましたために、織物から先に見て及第した織り手の中から、まず婆さんは落した」

かなり退屈していた聴衆もここへきて、ようやく笑い出した。山本家の中はもちろん、庭にも人々は笊《ざる》を手にして群がっていた。帰りには祝儀物《しゅうぎもの》の太くて長いうどんをもらう用意である。

「山本三平君は二十七歳でありますから、いくら織り上手でも婆さんを嫁にするのは可哀《かわい》そうだ。私は十反ばかりの紬を選びまして、それを織った女の中から嫁探しをした。すでに人の女房になっている女も落した。いくら相手が日露の勇士じゃとて、それはいけん。三平にも人の嬶《かか》を当てがうわけにはいけん。若いのがええ。わけても別嬪《べっぴん》でなけりゃいけん。こげにこ難しい条件を総《すべ》て備えておった棚機姫が、即ち今日の花嫁、絹川村のおチヨさんであったのであります」

　チヨは自分の名前を呼ばれて、我に返った。馴れぬ姿で、帯は高い、髪は重い、頭の芯が痛くてたまらないところへもってきて、朝食もろくにとっていないので疲れと空腹が重なり朦朧《もうろう》としていたのだった。

「花嫁の在所は絹川村の中でも最も養蚕業に由緒《ゆいしょ》の深い小森であります。花嫁のお祖母《ばあ》さんに当るお方は明治八年の京都における博覧会におきまして褒賞《ほうしょう》を受けた方であり、花嫁が棚機姫であるのはまさに血筋であると言えるでありましょう。さらに小森には有名な大桑神社があります。わが絹村の隣に桑村というのがありまするが、小森の大桑神社の由来を聞けば、本当の桑村は小森ではないかと恥しく思うでありましょう。すなわち大桑神社は神武天皇が天富命《あめのとみのみこと》に命じて織物業をひろめられたとき、天富命の家来でありますところの斎部氏《いんべうじ》をこの地方に派遣され、小森の地に桑の木を数株植えつけられたのが、大桑神社の御神木となったのであります。この立派な神社の氏子である花嫁は、この絹村に日露の勇士の妻として、今日から夫と共に新しき人生を生きるのであります。その門出に当って、私は花嫁の御両親に心から申上げたい言葉があるのであります。花嫁の兄君は日露戦争の勃発《ぼっぱつ》に際し、旅順海口にて大日本帝国万歳の礎《いしずえ》として大義につかれました。思えば祖国に仇《あだ》なす敵と直面し、三千年来一の汚点なき神州を護《まも》らんため、紅顔を花と散らした人々の如何《いか》に多かったか。武臣は身を挺《てい》して戦いに捷《か》ちしに、文臣は敵に降《くだ》る。あの屈辱的な講和に関しては本日は論じますまい。花嫁の御両親、すなわち小森のお父さん、お母さんに申上げる。あなた方の倅《せがれ》は、今日生き返った、そう思って下さい。この花婿が、失われた息子の身代りだと思って頂きたい」

それまで我慢に我慢をしていたチヨの母親が、遂《つい》に顔を掩うと、大声をあげて泣き出していた。こんな大男を、死んだ倅とは似ても似つかない大男を、急に息子と思えと言われたって、とんでもないことだった。まず今日は倅のことはできるだけ思い出すまいと自分に言いきかせていたのに、こんなに多勢が居並んだところで、吼《ほ》えるように倅の死が論じられるのは耐え難かった。縁談がまとまる前後からずっと今日まで躰の裡《うち》に鬱積《うっせき》していた不満と嘆きが、このときチヨの母親の全身から噴き出した。

号泣する妻に、与助はすっかり慌ててしまった。

「ええ、泣くな。泣くなっちに、みっともねっから」

叱《しか》りつけても、妻は畳に突っ伏して哭《な》いている。座がしらけるのが与助には、骨身にこたえた。絹村の村長の熱弁もひるんだらしく続かない。与助にとっては天下の一大事だった。夫婦の間でだけ交しあっていた愚痴や怒りや悲しみが白日のもとにあばき出されたので、これを糊塗《こと》するのに彼は懸命になった。彼は米搗《つ》きバッタのように八方にお辞儀をしながら、

「こ、こりゃあ、嬉《うれ》し泣きでがんすよ」

えへへ、えへへへと戯《おど》けてみせたが、笑っているつもりでも顔中べそをかいていた。

四

大がかりな婚礼ではあったけれど、午下《ひるさが》りの宴であったから、暮れる前には地酒の「大吉慶」の四斗樽《しとだる》も底をついた。絹村の村長も絹川村の村長も酩酊《めいてい》して口々に講和条約が弱腰であったことを嘆き、従ってかなり荒れ気味でお開きになった。チヨは元《もっ》結《とい》で締め上げられた頭の芯《しん》から痛みが脳の中にしみこむようで、床の間を背負っている間は料理に箸《はし》をつけることもならず、空腹とともに眼がくらみかかっていた。人々が千鳥足で帰って行くのを頭を下げながら見送るときにも、格別の思いは何もなかった。

厨《くりや》に犇《ひし》めいていた女たちも、笊《ざる》を持って庭に群がっていた男たちも、祝儀《しゅうぎ》もののう

どん玉を貰《もら》うとさっさといなくなっていた。家の中には舅《しゅうと》と姑《しゅうとめ》、花婿《はなむこ》花嫁の四人が残り、このとき初めてチヨは自分の夫の両親の顔を見たのであった。どうやって挨拶《あいさつ》をしたものか、チヨは誰からも教えられていなかったから迷ったが、思いきって両手をつき、

「いろいろ教えて下せえ。頼みますっちに」

と言うと、

「疲れたべ。大層もね婚礼だったたっち」

舅が気さくに言い、姑も、

「腹空《す》いてるべ。握り飯作っといたっけが、うどんでも好きな方を喰えばいいぞ。だが、まず着替えた方がよかんべ。その振袖《ふりそで》に汁でもこぼしては大変だ」

早速チヨの後にまわって帯を解き、木綿の不断着と着替えさせてくれた。

「んだが見事な花嫁姿だったたっけね。女衆が綺麗《きれい》な嫁だ、綺麗な嫁だと言うがら、俺は鼻が高かったぞ。まあ、この帯は豪勢だな。この光るのは本物の金だべか」

「うむ、本物でねばそげに光らねべ」

「やっぱ本物だべ。三平は果報だぞ、金の帯巻いた嫁とったもんね」

チヨは北向の板の間で、ぺたんと坐《すわ》って、夢中で握り飯と舅の温めてくれた汁を交

互に口に運んでいた。飯は冷えていたが白く、甘い味がして、舌ざわりもなめらかだった。こんな旨《うま》いものは生れて始めて食べるような気がした。汁の中には太いうどんがたっぷり浸《つか》っていたが、歯ごたえのする練り方がまだ芯に残っていて旨かった。塩《しお》鮭《ざけ》の切身も部厚く、人参《にんじん》と牛蒡《ごぼう》の煮つけには鰹節《かつおぶし》が一面にふりかけてあった。こんな上等の料理はチヨの家では正月でも作ったことがない。自分の家であったら、仮に兄《あん》さが戻っていても、とてもこんな料理を用意することはできなかっただろうと、チヨは握り飯の三つ目を食べながらようやく人心地づいて思った。

「振袖っちな、やっぱ見事なものでねか。着ていたときも良がったが、こげに手にとって見ると帯に負けね豪勢なもんだぞ、お父。見ねか、お父」

姑が、隣の八畳でチヨの脱いだ振袖を眺め、ひろげ、やがて畳み出した。

「気の毒に鶴が嘴《くちばし》縛《しば》られっちが。解いてやれや。おっ母」

「んだ。この家には鯉《こい》はいねだがら」

姑は肯《うなず》いて納戸《なんど》から針箱を運んでくると、小さな鋏《はさみ》の先で、振袖の鶴の嘴をくっていた赤糸を切って抜いた。

「俺はこの赤糸にはすぐ気がついて、頭ばっかでねで鼻にも赤いもん付いてる鶴もいるもんだかと思っちったが、高椅《たかはし》に入る前に騒ぎだったたっち。そでねかったか」

「へえ、俺は何のこどか何も分らなかったすが、みなして鶴の口を縛ったす」

「婚礼が高椅神社だっけに、鯉さまが怒るっちて高椅の者がいけねと言い出したんだ。まあそれも尤《もっと》もだべ」

姑は高椅が鯉を尊んでいることを詳しくチヨに説明して聞かせた。三平が出征するとき、無事に帰れるようにと、両親は魚類を断つことを誓ったのも高椅神社であったと言われて、チヨは胸がつかえた。

「俺、俺、困ったこどしたす」

「なんだね」

「俺、今、鮭、食べちまったす」

舅と姑は声をあげて笑い出した。

「なんち可愛《かわい》げなこど言うだか。おい、三平、お前も嬉《うれ》しかんべ。そげな隅で膝《ひざ》抱いてねで、早くその部屋に床敷けや。よし俺が手伝ってやるべ」

床の間のある八畳に、舅が花婿をせきたてて夜具を敷きのべた。今朝荷車にのってチヨと共に運ばれてきた新しい布団《ふとん》であった。舅もかなり大柄だったが、何分にも六十歳という年齢で、三平と並んで立つと息子より遥《はる》かに小さく見えた。チヨは男二人が夜の支度を始めたので、すっかり気が転倒した。腰を浮かし、逃げ出そうとしたが、姑が嫁の心を和《なご》めるように話しかけてきた。

「何も心配するこどはねぞ。魚を断ったのは俺たち親だけだったがら。三平も喰うし、お前も食べて、元気な子供を産まねばなんね。まあ鯉だけは義埋もあるから喰わねようにしたがえと思うけどよ」

「へえ」

「髪もええ塩梅《あんばい》に結い上ってるでねか。崩すのは惜しかんべが、仕方ねな。明日は俺が撫《な》でつけてやるべ」

　チヨは自分の親にもこんなに親切にされたことがなかったので、村長たちから玉の輿《こし》だと言われたが、本当のことだったなとしみじみ思った。それにしても、これからどんなことが起るのか、チヨは自分の幸福に思い浸っているわけにはいかなかった。

　布団を敷き終ると、舅は土間におろしてあった襖《ふすま》や障子を担《かつ》ぎあげ、三平と二人で家中の建具をはめて閉じた。だだっ広かった家が、ようやく落着いた。

「三平、お前も飯にしろ」

　チヨの父親と違って舅はこまめによく働く男で、土間で火を起し、湯を沸し、汁もまた温め直して四人前の晩餉《ばんげ》の支度をした。

「お父もたんと喰えや」

「うむ、明日からはまた麦飯だがら」

「三平、汁はどうだ」

三平は大きな躰《からだ》で、ほとんど口をきかず、ただ黙々と食べている。百姓家の常で、この家にも卓袱台《ちゃぶだい》はなかった。板の間に坐るか、土間に降りて框《かまち》に腰をかけるか、めいめい居心地のいい場所を選んで食べるのだが、三平は玄関口の八畳と板の間の境にある太い柱に背をつけ、土間の竈《かまど》に向って、つまりチヨと反対の側を見て食べているのだった。

「鰯《いわし》も焼けたのがあるぞ、三平」

「頭から喰って力つけろ」

父親も母親も口々にまるで励ますように言い、三平は黙々と喰うばかりで返事もしない。チヨは不思議な生きものを見るような思いだった。戦死したチヨの兄は、躰は小さかったが剽軽《ひょうきん》な口をきき、敏捷《びんしょう》に動き、貧しい家の中に笑いの種を播《ま》いて歩いていた。チヨの両親は、惣領《そうりょう》息子によって日々の働きに勢を得ていたのだった。だからチヨの兄の死は、チヨの家の火を消してしまった。チヨは今日、自分の夫になった男が、兄とはまるで違った男であることに気づき始めていた。さっき食べたばかりだったので、今度は食慾《しょくよく》がなかった。食事の後はどうなるのかと思うと怖《おそ》ろしかった。

花婿は父親から、

「三平、牛が羨《けな》るがらねように、あっちにも喰わしてやれ」

と言われて、のっそりと立上り、外へ出て行った。

「嫁が来て嬉しくてなんねだべ」

「てれてっだ。まだ嫁の顔もろくに見られねだがら」

「お父も思い出すっかね。俺だちも若え頃があったっちか」

「俺、忘れた」

「あんね言って。俺はこれっぱちも忘れてねに」

チヨの両親と違って、この家の舅と姑は陽気でお喋《しゃ》べりだった。冗談を言いあい、すぐ賑《にぎ》やかな笑い声をたてた。

「化粧はそのままでえだか」

舅が、暮れていよいよ白さの浮き立つチヨの顔を見て言ったが、

「そのままでえだ。朝になったら俺が手伝って落してやっから」

姑は確信しているように言い切る。

そして、夜がきた。三平もチヨも奥の八畳の間に親の手と口で追いこまれた。三平の両親は北側の納戸に床を敷いて寝ることになっていた。

チヨは先に寝ている三平の隣に、そっと横になると、眼を閉じ、手も足も力をこめて躰を堅くしていた。脳天が相変らず痛く、頭の地肌が腫《は》れあがっている。箱枕《はこまくら》というもので寝るのも生れて初めてだったから、首の当てどころがよく分らないのだが、一度きめた姿勢から寝具合よく躰を動かし直すのは、隣の三平へ憚《はばか》りがあって出来なかった。それにしても島田という髷《まげ》を結うのは一度で沢山だとチヨは考えていた。村長の妻たちが、年がら年中こうした大ぶりの髪型で暮しているのが理解できなかった。箱枕に首をかけても不安定で、このままではとても眠れない。鬢《びん》つけ油で横に突っぱらせた髪が、匂《にお》う。この妙に鼻をつく香りが、頭の痛さの因《もと》ではないかとさえ思う。が、チヨは不自然な姿勢で横になったままピクリとも動かなかった。

三平も息をひそめているようだった。長い間、花婿は部屋一杯に詰った闇《やみ》を睨《にら》んでいたが、やがてがばと半身を起し、チヨの方に向き直り、チヨの片腕を探り当てると、乱暴に自分の方へひき寄せようとした。三平には箱枕と島田髷を思いやるゆとりがなかったのかもしれないが、チヨの方は動転した。彼女は自由な手の方で必死に箱枕を持ち、自分の首に当てがったまま動こうとした。その結果はいよいよ枕とチヨの首の関係が不自然なものになった。三平の手がチヨの着ているものの前をはだけたとき、チヨは恥しさで悲鳴を上げそうになったが、喉《のど》の奥で押えこんだ。それよりも髷が潰《つぶ》れることの方が心配だった。岩のように大きい三平の躰が、チヨの全身にのしかかってきたときも、チヨは自分の首が、髷と躰の中間でねじ切れてしまうのではないかという心配で戦《おのの》いていた。何が起っているのか、よく分らなかった。チヨは両手で枕の位置を直すことばかり考えていた。脳天の元結で締め上げた髪の根が痛い。首が痛い。三平の体の動きの下で、チヨは下半身にも急に疼痛《とうつう》を覚えた。痛みの数が殖《ふ》え、どの痛みも異質のものであったから、チヨは一層心驚き、人々が卑《いや》しい笑みを浮べながら語る男女の事というのが、こんな篦棒《べらぼう》なものだったかと慌《あわ》て呆《あき》れていた。三平の躰が上下に激しく動いたかと思うと、すぐ止まり、急に重くなった。チヨの両手が宙を掻《か》き、首の骨が折れるかと思ったとき、頭が枕から外れて落ちた。あ、髷が潰れる、とチヨは我に返り、三平の躰の下で身を捻《ひね》って枕をひき寄せようとした。すると三平は、のっそりと起き上り、チヨから躰を外した。自分の坊主《ぼうず》枕をひき寄せ、チヨに背を向けて横になり、もぞもぞと動いて自分の寝巻の前を掻き合わせた。その度に三布《みの》半《はん》幅の掛布団が三平の方に引寄せられ、チヨの背中には隙間《すきま》があく。夜が更《ふ》けると部屋の中も冷たくなっていて、チヨも寒い。思わず枕を引いて掛布団にもぐろうとすると、

「狭《せめ》えな」

三平が呟《つぶ》やいた。

それはチヨが生れて初めて聞いた夫の声だったのだ。チヨは胸の中に大砲の玉が轟《ごう》と撃ちこまれたような気がした。それで、もうどんなに寒くても動くまいと思った。再び全身を硬くして眼を閉じた。すると頭の芯の痛いのと、首の痛いのが消えたようになくなっていて、そのかわり下半身に別の感触が残されているのが分った。腰の中に何か差しこまれたままになっているようである。チヨは兄や弟と戯《ざ》れあって幼時を過しているので、男女の体の違いは見知っていた。あれを、夫はチヨの躰の中に入れ忘れたまま身を離したのだろうか。そう思うと気になって、寝つかれなかった。というより、チヨは便所にたちたくてたまらなくなった。三平の両親は二人の枕許《まくらもと》に紙の用意をしてくれていたのだが、若い二人は気がつかなかった。チヨは自分の股《また》から滲《にじ》み出ているものが多いので閉口していた。寒さも手伝って、チヨは我慢しきれなくなり、そっと躰を布団から畳へ滑り出させた。

家の中の勝手はまだよく覚えていなかったし、どこにも明りがないので手探りで隣の八畳へ出ると、急いで襖を閉めた。その部屋は這《は》って通り、玄関の三和土《たたき》に降りると、履きものが見つからない。しかしもう草履を探す余裕がなかったから、チヨは爪《つま》先《さき》立ちして素足で歩き、ようやく裏の戸を開けて外へ出た。ひやりと冷気がチヨの頬を撃つ。すぐ左手に井戸がある。辺りは月光で明るかった。右手に牛小屋があるのが臭気で分った。牛小屋の向いに立った別棟の小屋が目ざすところであるのも別の臭気で分った。チヨは急いでかけこみ、用を足した。新聞もとらない農家には、後を始末する紙の用意がない。大便用に藁《わら》を置いてあるのが普通だが、この家ではそのための藁は牛の餌《えさ》と一緒にして外に積んである。チヨはそれを知らなかったから仕方なく、そのまま外に出たがどうにも気がすまないので、井戸端でそっと水を汲《く》んだ。伏せてあった盥《たらい》に水を明けていると、姑が様子に気がついたらしくて顔を出した。

「どげしたかね」

「へえ」

チヨは悪いことをして見つかった子供のように顔を伏せた。

「腹具合でも悪くしただか」

「いんね」

「塩梅が悪いんでねか」

「へえ。洗うべかと思ったっけが」

「ああ、洗うだら手拭《てぬぐい》持ってきてやるべ」

姑はすぐ呑《の》みこんで、顔をひっこめると、間もなく手拭と藁草履を持ってきて井戸の傍へ置き、さっさと家の中へ入ってしまった。婚礼の夜、性的に無知な花嫁が驚いて逃げ出すのはよくあることなので、三平の両親は隣の納戸で耳を敧《そばだ》てていたのだろう。

白い月光を浴びて、チヨは井戸の流し場に踞《しゃ》がむと前をはだけ、水を掌で汲んでは流した。最初は手も前も痺《しび》れるほど冷たかったが、次第に気持まで洗われると、チヨは大胆になり、井戸水を盥に汲み直し、裾《すそ》を思いきりよくまくりあげて尻《しり》を冷水に浸して洗った。夏の行水より、もっと気持がよかった。姑が出してくれた手拭で、内股も丹念に拭《ふ》きあげ、空を見上げると満月であった。嫁入りしたのだとチヨは思った。下着を巻き直し、寝巻の前をたっぷり重ねて、チヨは手拭を濯《すす》ぎ、物干し竿《ざお》にさげてから、家の中に入った。

三平は寝息をたてていた。口を少し開けているらしく喉《のど》の奥から息を吐いている。チヨは、躰を横にして、夫の眼をさまさせないようにそっと三平の隣に躰をすべりこませた。チヨのいない間に、三平は仰向きになり、敷布団の中央で天井を見上げる形で大威張りになって眠っていたので、チヨの寝場所はいよいよ狭くなっていたが、外で水を使ってきたチヨの躰には、それでも夫の温かさが伝わってきて、チヨは三平の巨大な躰を有難いものに思い、嫁入りしたことの喜びを初めて感じていた。さっき枕を外したとき髷の根が緩んで、頭の痛みは止まっていたし、箱枕の扱い方も少し要領が分ってきた。それは落着きを取戻したせいでもあっただろう。チヨは三平の寝息を幸福に浸りながら聞き、こげなことだから女はみんな嫁入りしたがるかと肯《うなず》き、やがてまどろんでいた。秋の夜は長く、虫の声はこの草深い田舎では止《や》むことがない。

チヨは夢の中で兄《あん》さに出会っていた。あれ、兄さも帰ったかとチヨは両手を叩《たた》いて踊りながら出迎えていた。弟の留吉も、傍らでしきりと数え歌を唄《うた》っている。イチレツダンパンハレツシテエ、ニチロセンソーハジマッタァ、サッサトニゲルハロシヤノヘー、シンデモックスハニホンノヘー……。チヨも一緒になって唄っていた。それと重なって絹村の村長の演説が聞こえてくる。花嫁は、この絹村に日露の勇士の妻として、今日から夫と共に新しき人生を生きるのであります。この席でのただ一つの不幸は、花嫁の兄君が日露戦争の勃発《ぼっぱつ》に際し……。突然、大砲の弾丸が婚礼の席に飛込んできた。轟音《ごうおん》が聞こえ、チヨの躰が吹き飛ばされた。チヨの母親の号泣も同時に聞こえた。

チヨは飛起きていた。夢を見たのだとすぐ気がついたが、眼がさめても異様なもの音が、すぐ身近に聞こえている。

「うわァッ。うおうッ。ぎゃぁッ。ぐあぁッ。うははッ。ぎゃああッ」

三平が大きな躰を自分で抱えこんで、狂いまわっている。叫び声が、獣の咆哮《ほうこう》のような声が、三平の口から肉を裂くように飛出てくる。チヨはしばらく呆気《あっけ》にとられたが、すぐに三平に飛びついていた。

「どげした。どげした。しっかりするだ」

大きな躰に、チヨの小さな躰はすぐはね飛ばされたが、チヨは再びむしゃぶりついた。

「おい、どげした。しっかりしろっちに。おい。おい」

チヨは夢中になって、夫をゆさぶり起こそうとした。吠《ほ》えるのが止まり、息をはずませながら、三平が眼をさました。全身が汗でぐっしょりになっているのに気がつくと、チヨは、さっき自分が使った手拭を思い出し、それを取りに井戸端へ走り出た。

外は朝の近さが夜の闇を払っていて、井戸も盥もはっきりと見えた。チヨは急いで水を汲み、手拭を濯ぎ直し、ついでに傍に柄杓《ひしゃく》があったので、それに一杯水を汲み二つを同時に持って駈《か》け戻った。

三平は黙って水を呑み、大きな吐息をついた。チヨが手拭を差出すと、それで首筋を拭いて、

「冷てえ」

と言った。

「夢でも見たかね」

「うう」

どんな夢かと訊《き》きたかったが、訊けなかった。チヨは、昨夜のことを思い出し、急に恥しくなって、空柄杓を井戸端へ返しに行った。咄嗟《とっさ》にあの手拭を使ったが、自分の下《しも》を拭いたものであったので、後で姑に叱《しか》られはしまいかと気にかかった。チヨも、落着くことが必要だったので、もう一杯水を汲んで、柄杓で掬《すく》って飲んだ。冷たくて、快かった。旨い水だと思った。チヨの家には井戸もなく、隣家の水を汲ましてもらい水瓶《みずがめ》にはっておくのだが、やっぱり水は井戸から汲み上げたときに飲むのが一番おいしいと思った。

井戸端から首を捻るようにして背後を見ると、大きな赤牛が柵《さく》の中に見える。この家には牛もいる。井戸もある。チヨの生家になかったものがあるのを見るのは嬉しかった。だから玉の輿《こし》と言われたのか。チヨは家の中に戻っていった。

三平の隣にもう一度、躰を滑りこませると、チヨの首が枕に当るか当らぬうちに、待っていたのか三平がチヨを再び抱きにきたので、チヨはびっくりした。夫婦というのは、こんなことを何遍もするものかと驚いたのである。漠然としたチヨの性知識によれば、それは夜の事であって、朝の、もう白々あけのときにするものとは思えなかった。しかしチヨの躰は小さく、三平の躰は大きく、チヨは抗《あらが》うつもりがなかったし、そして、やっぱり今度もチヨの頭は枕から外れて落ち、髷が崩れた。

三平がチヨに背を向けて、もう一眠りにかかったが、チヨは眠るどころではなかった。髷が崩れたのでは、姑にどう思われるか考えただけで恥しかった。厠《かわや》に行ったときでさえ姑は様子を見に来たのだ。手拭と草履を揃《そろ》えて出してくれた姑が、髷の崩れたのに気がつかない筈《はず》はない。そう思うと、チヨは自分がこれから何をするべきか、はっきり分った。

前髪の根に塗櫛《ぬりぐし》が刺さっていたのが有難かった。チヨの持ってきた小物類は、どこにしまわれたか皆目見当がつかないのだ。チヨは枕許《まくらもと》にべったりと投げ出されてあった濡《ぬ》れ手拭を摑《つか》むと、又もう一度、井戸端へ出た。股から腿《もも》の内側を伝って、何かが流れ落ちた。チヨは月のものでも始ったかと思い、慌てて掌で拭きとってみたが、その液体は気が遠くなるような激しい匂《におい》がした。栗《くり》の花と同じ香りだと思った。チヨは井戸端へ再び蹰みこみ、濡手拭で、そっと拭いてみた。すると今度は手拭に、赤いものが付いてきたから、動転した。月のものが始ったのだろうか。チヨが初潮を見たのは二年ばかり前で、最初から次までには半年の間隔があり、今でも毎月きちんとあるわけではなかったので、これは困ったことになったと思った。婚礼の夜からこんなことになったのでは、どうして夫にそれを告げたらいいものかと思う。当てがう襤褸《ぼろ》の用意もない。本当に困ってしまった。

が、チヨにはもう一つの心懸りがあったから、それはそれとしておいて、すぐに始めなければならないことがあった。腰をよく拭いてから、チヨは両手をあげて、髪に飾ったものを取り外しにかかった。櫛と簪《かんざし》を抜き、さて高髷の根を探ってみたが、どこをどうすれば手絡《てがら》やタケナガがとれるのか分らない。右手が疲れると、左手にかえて頭の上を探ってみたが、結髪《ゆいがみ》というものは他人のを見たことがあっても自分では初めてなので、どういう手順で形が仕上っているのかまるで見当がつかない。ようやく手絡の先が指の先で摘《つ》まめたように思い、力を入れてひっぱってみたところが途中までで、後は結髪の根がぐらぐらするので引張れない。根の下の地肌は腫れあがっていて、髷がゆらぐだけで飛上るほど痛い。女が髪を飾りたてるのは、なんという痛苦が土台になっているのだろう。チヨは生家の母親が、一度もチヨの頭を桃割れに結ってくれたことがなかったのを怨《うら》んでいた。祭や正月の初市などには、チヨの育った村小森では娘っ子たちの多くはひっつめの桃割れに髪を結い、何はなくとも一張羅に着替えて歩くのに、チヨの家では赤い手絡の一枚も買えず、母親は不器用でチヨの髪を結う腕がなかった。もし嫁入り前に桃割れに結ったことがあったなら、昨夜の箱枕もあれほどの苦労ではなかっただろうし、今朝もこんなに狼狽《ろうばい》することはなかっただろう。手首は疲れてくるし、思いの半分も髪を崩すことができないのに苛々《いらいら》しながら、チヨは自分を産み育てた母親を怨んでいた。婚礼の宴の最中に大声をあげて泣いた母親を、チヨは恥しく思い出した。あんなに玉の輿に乗るといって、まるで妬《ねた》んでいるような嫌みばかり言い、二度と里には帰るまいとチヨに思わせた母親が、婚礼の披露の席でまで嫌がらせをしたのかと、チヨはまったく誤解していたから、実の親を恨みに恨んでいた。

「どげした」

朝が来ていた。姑は井戸端に、まだ奥で寝ているものと思っていた嫁が、もう起きて何かしているのが思いがけなかったようだ。

「へえ、髪を解くべと思って」

「髪を解くっちて、それを壊すっ気か」

「へえ」

「勿体《もったい》ね。まだちっとも崩れてねによ」

「へえ」

「待て。俺が撫《な》でつけてやるべ」

姑は家の中から櫛や筋立てなどを取って井戸端へ戻ってくると、ありあう桶《おけ》を伏せてチヨを腰かけさせ、馴れた手つきで島田髷を直しにかかった。彼女はチヨが何を恥じているかよく分っていたのかもしれない。鬢つけ油でこてこてに塗り固めてある髪は一朝一夕に解き流せるものでないことを姑は知っていたし、多少根がゆるんでも撫でつけるだけで結構三日や四日は保《も》つように髪結いの方は心得て頑丈に結いあげてあるのだ。チヨが無茶にひっぱり出した鴇色《ときいろ》の手絡も、姑は指先で元通りに直してしまった。

「昨夜はよく眠れたか」

「へえ」

本当は碌《ろく》に眠っていないのだが、夜のことや明け方のことを思うと、チヨは口がきけない。

「三平の寝言にゃびっくりしたべ」

「へえ、へえ」

「あれにゃ俺たちも毎度びっくりすっから、おチヨもさぞびっくりしたべと思ったたっけがね」

「あれは子供のときっからでがんすか」

「いや、子供のとぎっちゃ寝相は悪かったっちが、あげに喚《わめ》くこだなかっただ。戦争に行く前は、決してなかったこどだ」

「へえ」

「戦争から帰って、毎晩あげだ」

「毎晩でがんすか」

「んだべ、嫁取れば止《や》むかと思っちったが、駄目だっただな」

チヨは面目ないことだと思った。項垂《うなだ》れて聞いていた。しかし姑は気楽に話し続けていて、櫛の先は細かく動き、

「やっぱ髪結いの結ったのは違うぞ。良《え》え形だ。俺が結ったでは、こげにいい格好に髱《たぼ》が張れねだ」

「それでも頭の芯が痛くってなんねがね」

「髪結えば誰でも頭は痛いものだぞ。すぐ馴れっけどよ。俺は自慢にしてだがら、しばらくこのままでいてくろ。俺が毎朝、撫でつけてやっから」

亀裂《きれつ》の入った古い手鏡を渡されて、チヨは髪の形よりも先に自分の顔に昨日の朝塗りたてた濃化粧が、醜くところ剝《は》げになっているのに驚き、この白粉《おしろい》を落すにはどうしたらいいかと姑に哀願するように訊いた。

「三平の姉が嫁に行ってからこっち、この家に白粉はなし、困ったぞ。俺はもう子供産んで以来、まるで紅も鉄《かね》もつけてねだから」

「俺、化粧するのは嫌だす。洗ってみべ」

「水じゃ落ちねべ。待て、油使えばえだから、油で落すべ」

姑はこまめに台所へ入り、灯油の残り粕《かす》みたいなものを小皿にとって戻り、いきなりチヨの顔に塗りつけてから、手拭の端でごしごしと擦《こす》った。チヨは実の親からもこんなに面倒をみてもらったことがないので、すっかり感動していた。油が魚臭く気持が悪かったが、姑がチヨの顔を見詰めて忙しく手を動かしているのを享《う》けて、今日から死ぬまでこの人が親だと思っていた。

「さあ落ちたぞ。白粉とってもこげに別嬪《べっぴん》だがら三平は目ェ廻すべ」

姑は陽気な人柄であった。チヨは親しみを覚え、つい心配をうちあける気になった。

「俺、困ったことが起きたっけがね」

「なんだ」

「俺、月厄が始ったただ」

「本当かね」

姑は、チヨの顔の前にかがむようにして、この前の月厄は、いつ終ったかと訊き、それがつい十日前だったと知ると、弾《はじ》けたように笑い出した。

「それだら月厄でね。芽出てえ印《しるし》でねか。おチヨは純《うぶ》だァ。まるきし赤児《ねんね》みてなこと言う。お父に言わねばなんね、どんだけ喜ぶか」

それから真剣な顔をして、笑いごとではないのだと言った。嫁は村長の口ききでまとまった話だから万に一つの心配もしていなかったが、三平が立派な男であるかどうかは、親二人のこの上ない心懸りだったのだと言った。その真剣な顔つきに、ついひきこまれてチヨは黙って聞いていたが、夫の両親がどうしてそんなに心配していたかという理由は分らなかった。

「生きては帰って来ただが、戦争へ行く前と帰ってからとでは、三平はまるで変ってしまっただ。毎夜のように喚く。どんな夢だと訊いても何も言わねえだ。それでも生きて帰ってくれたが有難えと思っているがね。おチヨの家じゃあ、帰って来なかっただべ。お母が泣いたときゃあ、俺、胸が痛かったぞ。親だら、子供が死ぬのは我慢がなんねっからよ」

チヨは姑の理解を通して、ようやく昨日の母の嘆きを知ったが、それでも姑の方がずっと人柄もいいし、こんな母親を持ったから三平も生きて帰れたのだと思い、まだ実家の両親を腑甲斐《ふがい》ないものに思っていた。

五

山本三平とチヨの縁談がまとまったとき、絹村の村長は仲人《なこうど》もする関係で、彼の懐中から二十円という結納金がチヨの実家へ届けられていた。それは勿論《もちろん》、大昔の人身売買から生れた慣習であったろうけれど、今では結納金の半分は嫁入るときに返して、残り半分で嫁入支度をするというのが、この辺りでの常識であった。しかし受取った与助夫婦は、二十円の紙包みは瓶《かめ》の中に蔵《しま》いこみ、床下に隠して、半金を返すことも、チヨの嫁入支度を整えることも気のつかない風を装《よそお》っていた。

幸いなことに三平の両親は、そんな大金がチヨの実家に贈られていることを知らなかった。村長夫婦から一切まかせるようにと言われていたので、婚礼について細々したことは何も考えず、それより何もかも大がかりになってしまったことにむしろ当惑していた。二人とも戦争から帰ってきた三平が、すっかり別人のようになっていることに気付いて以来、縁談というものに気乗りがしないで過していた。この辺りでは嫁が飛出してしまうことを恥とする気風がある。というのも結城では女が男より勝れた働き手であったからかもしれない。村長は三平が日露の勇士だから、三国一の嫁を探してやると公言していたが、三平の両親は三国一の嫁が三平のような男を我慢して一生この家にいつくかどうか心もとなかった。だから三平の両親は、婚礼の初夜を誰よりも心配して、隣の納戸《なんど》で息を凝らしながら様子をうかがっていたのだ。三平の親たちはすっかり人間が変ってしまった自分の息子が、不能者になっているのではないかと、それを一番怖《おそ》れていた。姑《しゅうとめ》の報告を聞いて舅《しゅうと》も大喜びをした。

老夫婦は晴れ晴れとした顔をし、本当にほっとしていた。どちらも、チヨの実家から結納の返しが来ていない、などと思わなかった。婚礼に関する費用と手間の一切は村長がとりしきってくれたので、三平の婚礼にどのくらい金がかかったかということさえ、舅も姑も知らなかった。牛もあり井戸もあったが、農地は自前でなかったし、身分は村長の家の小作百姓であることではチヨの実家同様であったから、余分の金は持ったことのない暮しなのであった。

婚礼の翌日には、他家へ縁づいていた三平の姉二人が前後して訪ねてきて、

「塩梅《あんべえ》はどうだったかね」

と小声で母親に訊《き》いた。みんな同じ心配を持っていたのだった。

「安心してくれ。お父も良《え》がった、良がったと胸撫《な》でおろしてるだがら」

「夜は魘《うな》されねですんだか」

「そのこどだが、それは駄目だったぞ」

「んだったかね。嫁とったら癒《なお》るっかと思っちったがね」

「俺だちもそう思っちったが、こればっかりは仕方ねな」

「嫁はびっくりこいたべ」

「おう、井戸へ吹っ飛んで行ってよ、三平に水飲ませてやっちった」

「気のつく嫁でねか。やっぱり村長が見つけただけあるべ」

「生きて帰《けえ》って来たのは、やっぱり運が強かっただべ。ええ嫁だぞ。三平は幸せもんだ」

「そげにええ嫁か。えがったあ。お母も運が強えだがら」

「うん、俺もそげに思ったぞ。おチヨの家《げ》にゃあ、兄《あん》さは戻らなかっただがら」

「嫁のお袋が婚礼に泣いたっち、死んだ倅《せがれ》のこど思っただべ。俺も気の毒に思っただがよ」

　チヨには小姑に当る三平の姉たちも、ひどく物分りのいい態度を持っていたから、チヨは幸せだった。小姑は口々にチヨの島田髷《まげ》を褒め、婚礼の日の衣裳《いしょう》をもう一度見せてくれと言い、振袖《ふりそで》の鶴《つる》の模様に改めて感嘆し、丸帯の見事さに再び見惚《みほ》れた。チヨは慌てて説明した。

「それでもこりゃあ俺のものでねすがら。みんな村長のお内儀《かみ》さんから借りたもので、返すもんでがすがら」

「借り着でもこれだけの晴れをした嫁は、この中島には一家もねだがらよ。みんな魂《たま》消《げ》たと言うちったぞ。女たちはみんな羨《けな》るがってっがら」

「なに男の方も大層羨るがってっぞ。客がええ顔ぶれだった。まるで村長が嫁とるような塩梅だったと言うちったぞ。俺も帰ってからお父に鼻が高かった」

小姑たちが聞いた評判を言いたてる横で、姑は目を細めて喜んでいて、この家の中は平和と歓《よろこ》びに充《み》ち満ちていた。チヨの育った家では、かつて家族が寄り合って賑《にぎ》やかに喋《しゃ》べるなどという習慣がなかったから、チヨは嫁入ってこんな幸福な環境に包まれることは想像もしていなかった。チヨはまだ十六歳だったから、チヨの兄の葬式が村をあげての盛大なものであったのを、自分の婚礼と較《くら》べてみることもなかった。

嫁いで三日目には、チヨはもういざり機《ばた》に腰をおろし、中島特有のベタ亀甲《きっこう》という絣《かすり》の織り方について姑に教えてもらっていた。絣は織る技術もさることながら、チヨの父親が言っていたように絣しばりさえしっかり出来ていれば、仕上げるのにそれほど難しいことはなかった。ベタ亀甲といっても一幅に二十八の亀甲を織り出すだけだから、チヨが小森で織っていた細かい蚊絣《かがすり》に較べて、苦労するところは何もなかった。間もなくチヨは安心して、梭《ひ》を打ちおろし、腰を捻《ひね》って機を鳴らしながら経糸《たていと》の上下を変え、緯糸《よこいと》を走らせるという作業の繰返しを始めていた。

「おチヨは旨《うめ》えなあ。村長が織り上手と太鼓判押したのも無理でね。今に中島じゅうが噂《うわさ》するべ」

　姑が感心すると、舅も一緒になって、

「んだっち。昼日中《ひるひなか》っから若衆が垣覗《かきのぞ》きしてよ、中島の男は誰も仕事が手につかねと篦棒《べらぼう》なこど言ってるだべ」

　と、面白そうに言う。

　チヨは驚いて、

「本当でがすか。俺ちょっとも知らねで、目を揃《そろ》えるに夢中だったから」

　馴《な》れた蚊絣なら庭を鶏が走っても分るし、人が訪ねてきても分るのに、やっぱり難しくはないと思っても経糸と緯糸で亀甲模様を織り出していくのはチヨには前より三倍の集中力が必要だったのであろう。

「んだっち、俺は髪は結ったまんまでいてくれろと言ってただ。白慢の嫁だっち、飾りたてて見せびらかしてやんねばなんね」

姑がそう言ったので、ようやくチヨは姑が毎朝せっせとチヨの髪を撫でつけてくれる理由が分った。婚礼の日から五日間、チヨは絹川村を出たときの島田髷のままで過し、六日目の朝ようやく姑の手で元結が切られ、梳《す》き直して、鬢《びん》の詰った丸髷に結い上げられた。脳天の髪の根は腫《は》れ上っていたが、姑は無雑作に力を入れて梳き、チヨはその痛さに悲鳴をあげそうになったが、これが嫁の辛《つら》いところかと自分で納得して我慢し、姑の言いなりになっていた。しかし馴れるのはえらいもので、十日もすると頭の痛みがとまり、箱枕《はこまくら》で寝る要領も覚えた。姑は自分の娘二人によく髪を結ってやっていたらしく、気楽に撫でつけも掻《か》きあげもやってくれた。痛みが止まって、根の下が痒《かゆ》くなると、

「よし、掻いてやるべ」

筋立てを逆に持って、尖《とが》った先でチヨの頭の地肌を掻いてくれる。実の親からはこんな優しいことはしてもらうこともなかったから、チヨは頭の痛みがとれると、もう姑のことは、ずっと前から自分の親だったのだという気がしてきた。

ベタ亀甲を織る要領も覚え、庭の向うに中島の若衆たちが立ってチヨを眺めているのにも気がつくほど余裕が出る頃、チヨはようやく自分の嫁いだ家の様子も分ってきた。姑は大分前から娘に機織り仕事をまかせて、糸とりに専念していたようだった。

唾《つば》がほどよく練れている年頃なのでもあった。髪を結う器用さは、糸を紡《つむ》ぐ技術にも現れていて、つくしに巻きつけた真綿から、指先の唾で糸をひいて撚《よ》るのもチヨの母親よりずっと上手で、細い糸が節もできず、太かったり細かったりという出来の悪さもなく、まるで生糸のように平均して細い上手な糸を紡いでいる。糸の出来がよければ、その分織る方も織りやすいのだ。苧桶《おぼけ》に溜《たま》る糸玉《ぼっち》は、糸が細いせいかキラキラ輝いて美しかった。

「おっ母は糸とりが上手だなあ。こげに細い糸が紡げるだら、もっと細《こま》けえベタ亀甲でも織れるのでねけ。この糸で蚊絣べ織ったら、どんな細《こま》けのでも織れっぞ」

チヨが感嘆して言うと、姑は素直に喜んで、自分の夫を大声で呼んだ。

「お父、来ねえか。おチヨが良《え》えこど言ってるぞ」

チヨの舅はよく働く男だった。一日中、こま鼠《ねずみ》のように動きまわり、この家では掃除も飯炊《めした》きも舅の仕事だった。洗濯だけは女二人がやったが、舅は手があいていれば、すぐ干すのを手伝いにきた。

紬《しま》に関して言えば、舅は姑が、七つばかりの糸ぼっちを仕上げると、それを管に巻き取り、それから整経《はたのべ》にかかる。七つの糸玉が一反分の紬に必要十分な糸量なので、それを経糸と緯糸に分け、緯糸の分は反物幅の倍に当る枠に巻きつけ、綛上《かせあ》げという作業でまとめ、経糸はのべ台の上で念入りに寸法をとり、きまった長さと糸の本数をしっかりきめてしまい、それから絣しばりにかかるのである。

絣くびりとも、絣くくりとも言うこの仕事は、結城《ゆうき》ではどこの家でも男の分担だった。チヨの父親は小森では右に出る者がいないという絣しばりの名人だったが、この家に嫁入って考えてみると、チヨの母親が撚ったあの糸の太さでは縛るのも楽ではなかったろうという気がする。この家の姑の紡いだ糸を使って縛ったなら、もっともっと評判のいい蚊絣が織れたのではないか、と思うほどだ。整経《はたのべ》が終ると、方眼紙を本《もと》にした絣の設計図に従って、数本ずつ束ねた経糸に絣模様の白く色抜きすべき部分を墨で印をつけていき、それが終ると今度は白い木綿糸を使って、張り渡した紬糸数本の墨印の上を堅く巻いて縛り、鋏《はさみ》の先で綿糸を切って、次の墨印をまた縛る。絣しばりもまた織るのと同じように丹念な根気のいる仕事であった。一反分の柄を絞る《くく》には、何万回となく同じ作業をくり返さねばならないし、ただの一ヵ所でも力を抜いて絞ってあれば、そこに染料が浸《し》みこんで、織ったとき絣くずれを起してしまう。木綿糸で縛り上げることによって次の加工過程である藍染《あいぞめ》で、白ぬきの絣模様の目が出来るのであり、綿糸は防染の役を果すのである。チヨの舅は、チヨの父親より、もっと手がまめで上手だった。チヨの実家では与助が一反分の絣しばりに早くて十二日かかったが、チヨの舅は絣しばりも早手間で、十日で一反の絣しばりを仕上げては、結城の町にある紺屋《こんや》と呼ばれているところへ出かけて行って染めに出した。昔は染色も家内工業であったが、近年は専門の藍染屋《あいぞめや》が農家で絣しばりを仕上げた糸を一手に引受けて藍瓶《あいがめ》に漬けて染める。ここ二十年ほどの間に絣の技術がどんどん進歩して、東京でも大層評判がよく、無地や縞《しま》よりずっと注文が多い上、この方が農家も嶋屋《しまや》も利益が大きいのである。

　姑の紡いだ糸を、舅が縛り、チヨが織る。姑は終日家の中でつくしの前に苧桶を置いて糸をとり、舅はまめまめしく立働き、チヨの機の音も勢がよかった。一家をあげて結城紬の生産に取組んでいる中で、チヨの夫である三平は何をしているかと言えば、薪《まき》割りとか、畑の土を起すような仕事を、父親に指図されるとのっそり立上って外でやり、しばらくすると家に黙って帰って、畳の上でごろごろしている。舅はそれを追いまわすようにして、糸車を廻させたり、綛上げをさせたりするが、チヨが梭を打込んでふと三平の方を見ると、車の把手《とって》を持ってぼんやり目で宙を眺めていたり、舅が口喧《やかま》しく言わぬ限りは一向に自分から働く気配がない。

　絣しばりをしていた舅が、家の中を覗きこんで、放心している息子を叱《しか》りつけた。

「おい、三平。牛に餌《えさ》やって来い」

三回ほど大声で叫ぶのを聞いてから、三平はのっそり立上って牛小屋の方へ行ってしまう。そうすると今度は牛小屋の前にいつまでも坐《すわ》っていたりして、食事どきに呼びに行くまで帰って来ない。

「しょんね奴《やつ》になったな。前《めえ》は、あげな男でなかったっけが。戦争からこっち、腑抜《ふぬ》けになっちって、おチヨがびっくらこいて、がっかりしてんでねかと俺は心配でなんねぞ」

舅はときどき愚痴をこぼしたが、姑は明るい口調で、

「なに、子供でも生れれば三平も正気に返るべ。腑抜けか腑抜けでねか、おチヨがいっちよく知ってっから、お父が心配するこたね。なんにしても生きて帰ってきたが一番でねだか」

と、なだめるのだった。

食事の支度も舅が整えて、

「おい、喰いにこねか。飯だぞ」

と台所から呼ばう。

姑は苧桶の前から、よいこらしょと言いながら立上り、曲った腰を叩《たた》いて伸ばし、

「おい、三平、飯だぞ」

三和土で綯《な》いかけてぼんやりしている息子に声をかける。

チヨがいざり機から這《は》うようにして畳に降り、台所へ出るまでに親子三人は思い思いの場所で、もう箸《はし》をとっていた。食事の貧しさは、チヨの実家とあまり変らなかった。いくらか麦より米の量が多かったかもしれない。朝は炊きたてで汁もついたが、昼は冷飯に干納豆を投げこみ、熱い湯をかけて食べる。食事の間は誰もものを言わなかった。飯は何杯でも自分で釜《かま》の蓋《ふた》をあけて勝手によそっていい。初めはチヨが遠慮がちなので姑と舅が交互に何杯でもよそってくれたが、一カ月するとチヨも平気でほしいだけ食べるようになった。機織りは全身労働なので、若さも手伝ってチヨはすぐ空腹になった。実家にいたときは三杯目をよそうときには必ず父親か、母親か、でなければ弟が、「おチヨは大飯喰らいだ。嫁に貰《もら》い手がねべ」と言ったものだが、この家では誰もそんな嫌がらせを言わないかわり、舅も姑もチヨの両親より遥《はる》かに大喰いだった。しかし誰よりもよく食べるのは三平だった。チヨはいつも一番おそく箸をとるのだが、三平はその頃には一膳《ぜん》めを終えて釜の蓋をとり、チヨが三杯食べ終って立上るときになっても、三平はまだ黙々と食べていた。あるときふとチヨは自分の夫がどれほど食慾《しょくよく》があるのか見定めてみようという気になって、舅の手伝いをして井戸端に食器を洗いに出たが、三人前の箸と茶碗《ちゃわん》を洗い終って厨《くりや》に戻っても、まだ三平は食べていた。舅も姑も、もうそれぞれの仕事についている。チヨは何か話しかけたかったが、三平がチヨの顔を見ようともせず、茶碗にいつまでも鼻を突込むようにして食べているのを眺めていると、ひどく物悲しくなった。

チヨが機に戻って織り始めると、しばらくして舅が厨の方で、

「もうやめろや、三平。腹こわすぞ」

と言った。

「本当に三平はよく喰うなあ。牛と同じくれえ喰うべ。一度、牛と較べてみたらどうだべ」

姑が朗らかに苧桶の前で笑っている。

「馬鹿《ばか》こけ。牛が喰うのは藁《わら》だが、三平の喰うのは飯でねけ。較べようがねぞ」

舅が、ぶつぶつ言い返す。

チヨは三平の食欲には、ほとほと恐れ入ってしまった。あのくらい巨《でか》い躰《からだ》では、よっぽど喰わねばならないのだろうと思うものの、夜中にのしかかってくる三平の大きくて重い躰を思い出すと顔が赤くなる。

丸髷にも馴れ、姑の性格も、舅が働き者であるのもよく分り、牛の餌《えさ》のやり方も覚えたし、ベタ亀甲を織る要領を手のものにしてからも、チヨにはどうしても馴れきれ

ないことがあった。それは夜中の三平の、あの唸《うな》り声である。

初夜だけは表の部屋で寝たが、翌日から舅夫婦と入れ替って三平とチヨは北側の納戸に二組の夜具を敷いて寝ている。チヨは毎晩、床に就く前に必ず枕許《まくらもと》に茶碗に水を一杯と、三平の寝汗を拭《ふ》くための手拭《てぬぐい》を用意して寝た。営みごとは毎晩欠かさずあり、チヨはそんなものかと思って抗《あらが》わなかったが、月の厄のときは流石《さすが》に、

「今夜は、なんね」

と言ったところ、三平は温和《おとな》しく眠ってしまった。月のもののあるときはチヨは大層眠くなるたちで、今夜は思いきり眠れるかと嬉《うれ》しかった。

しかし、真夜中に、

「ぎゃおォッ」

三平は叫ぶと同時に掛布団《かけぶとん》と組打ちを始めた。

「う、う、うわあッ。ぐおゥッ。があぁッ。ぎゃあォッ」

獣と怪鳥が同時に喚《わめ》きあっても、これほど凄《すご》い声は出ないだろうと思うような、三平の躰が幾つにも裂けて、その都度悲鳴が上るのかと思えるような、凄《すさ》まじい喚き声を、チヨは毎晩、飛上って聞き、三平に飛びかかって眼をさまさせる。

「おい、おい、おい。しっかりしろよ。俺だぞ、俺だぞ」

は、隣で姑たちが同じように目をさまし、息をこらしてこちらの様子を伺っているのにチヨはいつも気のつく余裕がなかった。

三平が、ようやく目をさまし、はァはァ息を切らしているところへ、

「さあ、水だぞ」

茶碗の水を飲ませ、寝汗でぬるぬるになっている肌を手拭で拭いてやるのが、チヨの毎夜の仕事であった。叫び声があまりにも大きく凄まじいので、チヨはこればかりはいつまでたっても馴れず、その度に飛上って驚き、そうだ夫にはこういう癖があったのだと気がつくまではいつも間があって、それまで夢中ですがりつき、水を飲ませ、汗を拭いている。

「夢でも見たかね」

ときどきチヨは訊いてみるのだけれども、三平は返事をしない。

「どんな夢だべか。随分おっかね夢だべ」

と、しつこく問い続けると、三平はうるさそうにチヨに背を向けて寝てしまう。そこでチヨも諦《あきら》めて、自分も眠ることにするのだが、時として寝そびれると、いったいどうして三平は、こんなに毎夜々々魘《うな》されるのだろうか。何か人に言えないような怖ろしい悪事を働いていて、それで眠る間も安閑としていられないのではないだろうか。

たとえば人を殺すとか――思いさして、チヨは闇《やみ》の中で眼を瞠《みは》り、ぎょっとしていた。まさか、そんな筈《はず》はない、と慌《あわ》てて打消してみたが、そんな想像をした自分自身が怖ろしくて、チヨはしばらく床の中で震えていた。絹村の村長さんが仲人だったではないか。絹川村の村長も大層喜んで纏《まと》めてくれた縁談ではないか。人殺しなんぞと、そんな怖かね男と俺が結ばれるわけはないと、チヨは必死になって自分に言ってきかせた。姑の言葉が耳の底に浮かんできた。

「なに、子供でも生れれば三平も正気に返るべ」

しかしチヨの躰は十六歳で、まだ稚《おさな》かった。嫁にきてから躰ははっきり大人になったらしく、月厄がきっちり二十五日目に訪れるようになり、チヨも月日の勘定を間違えぬように、粗相のないように気をつけることができたが、三年たっても兆《きざし》が見えないので、姑がまず気をもみだした。

「お父、三平は種なしになって帰ってきたでねべか。おチヨは、まだけろけろしてっぞ」

「心配するなって。子供は授りもんだ。授りすぎてひいひい悲鳴あげてる家《げ》が多かんべ。堕《お》ろしそこねておチヨにもしものことが有ってみろ、元も子もねべ」

「あにを言うちっか、お父は。俺はまだおチヨの子を堕ろす話はしてねぞ。おチヨがまだ兆《きざ》さねと言ったばかりでねか。気が早すぎるぞ、お父は」

「気が早すぎっちのはどっちだ。時がくりゃ妊《はら》むものは妊むべ」

「それでもよ」

「黙れっちに」

舅が珍しく声を荒げて姑の口を封じたが、チヨは二十歳の春を迎えると同時に月のものが止まってしまい、変だ、変だと思って半年もたつと、誰の目にも立派な妊婦になって、いざり機に納らない躰になっていた。まるきり悪阻《つわり》というものがなかったので、チヨも姑も気がつかなかったのである。

「女だか、男だべか、どっちだべ」

舅は上機嫌で同じことばかり言うと、姑は、

「顔がきつくならねがら女だべ」

と言ってみたり、

「いや、腹が前に突き出てっがら男が生れるべよ」

と言ったり、これも大喜びしている。

「おい三平、嬉しかんべ、どうだ」

と、舅と姑がかわるがわる倅《せがれ》の顔を覗くようにして訊くのに、三平は格別嬉しそう

な顔をせず、その代り、

「三平は男が欲しいか、女が欲しいか、どっちだ」

と訊かれたときは、

「女が良《え》だ」

はっきり答えた。

機織りが出来なくなるころ農繁期に入り、チヨは稲刈りは出来なかったが、それでも大きな腹と一緒に抱え上げるようにして、稲束を運ぶ仕事をしていた。相変らず、舅と姑は田の中で黙々と働いているのを、三平は畔道《あぜみち》で牛と一緒にぼんやり眺めているだけだった。猫の手も借りたいとき、五体満足で帰った日露の勇士が、黄金色の波を手をつかねて見ているというのは、およそ考えられないことだとチヨは思った。

そのとき激痛が、突然チヨの腰に襲いかかった。チヨは自分の腰骨が、砲丸を浴びて砕けたかと思った。めりめりと音をたてて腰から腹へ痛みがまわる。チヨは唸《うな》り声をあげた。立っていられず、田の中に倒れて、悲鳴をあげた。

チヨの一番傍にいたのは三平だった。チヨが稲穂の中に俯伏《うつぷ》して唸り出したのを、彼は不思議そうにしばらく眺めていたが、やがて畔からむっくり立上ると母親を呼んだ。

「おい、おっ母」

姑は鎌《かま》の手を止めて顔をあげ、三平が指さしている方を見ると、すっ飛んできた。

「産気づいたな。ちっとすれば痛みが止《や》むっから、そしたらすぐ家に帰れ。なに、まだまだ生れっては来ねぞ」

姑はチヨの帯を解き、楽にしてやりながら、三平に先に家に帰って湯を沸す用意をして、二人の姉たちに知らせてこいと威勢よく命令した。

激しい痛みで、どうなることかとチヨは気が転倒していたが、姑の言葉通り、間もなく痛みが止まると、あの苦しみは嘘《うそ》かと思うようにケロリとしている。

「俺、たまげたっけが、えれえ痛えもんだ。これで間なしに生れてくっかね」

「なに、まだまだだべ。最初の子供を産むにゃあ一日仕事だわさ。俺ついてってやっから家に帰るべ」

姑と一緒に帰る道は何事もなかったのに、家の中に一歩入ると、またチヨは脇腹《わきばら》を押えて三和土の上に横倒しになってしまった。唸り声が、歯を喰いしばっても全身から噴き上げてくる。腰骨が再びめりめりと音を立てて裂けるかと思うように痛い。

姑はチヨが苦しんでいるのを放ったまま、釜の下に火をくべつけて、それから釜の蓋をとり、

「あれ、空っ釜だ。三平に言っといたに、何もしてねぞ。しょんねえ奴だ」

と文句を言いながら、水を汲《く》んだ。痛みの止んだときに、チヨに髪を洗わせるつもりだったのである。産後は風呂《ふろ》にも長い間入れないので、この辺りでは産気づいた女に髪を洗わせるのが習慣になっていた。

チヨが姑に手伝ってもらって髪を洗いあげ、またまた苦しんでいるとき、のっそりと三平が帰ってきた。

「姉さに言ってきたか。なんちってた」

「刈入れの最中だで、暮れってから来るべ」

「俺も、この分だら夜にならねば生れねべと思うがら、稲刈りして来るべ。三平が見てってやれ。産湯《うぶゆ》の支度は、お前《め》がしろ。水汲んで、この釜と鍋《なべ》に水はっとけ。それから、盥《たらい》と手桶《ておけ》は全部板の間に運んどけ。手桶には水を入れとくだぞ」

姑はきびきびと言いおいて、田の方へ再び出て行ってしまった。

チヨは、三平が傍にいると知ると、押えられるものなら、この唸り声は押し隠してしまいたいと思った。毎夜の三平の呻《うめ》き声と似てはいまいかと心配したからである。が、そんなことは、本格的な陣痛の前ではたちまち霞《かす》んでしまった。それに新しく生れてくる子供の生命のために、チヨの全身が総《すべ》てを犠牲として捧《ささ》げているような激しい痛みだった。チヨの陣痛は昼食後、間もなく起ったので、高く晴れ上った秋空の下で、チヨは稲の中に倒れたのだ。姑の言うように夜にならなければ子供が生れないのだとしたら、夜までこの苦しみが躰を襲い続けるものならば、チヨはとても生きてはいられないと思った。

チヨは三平が、姑に言われたことを何一つやらないのも気になっていた。釜と鍋に水を張れと言われたではないか。盥も運んでおけと言われたではないか。間欠的に起る痛みが過ぎると、チヨは起き上って、姑が三平に言っていたことを自分でやった。少しは手伝いに来るかと思ったが、三平は家の中にぼんやり坐っているだけで、チヨ自身さえ驚いているあの呻き声にさえ、びくともしていないようなのだ。

「俺、我慢してっけど、痛えものだぞ」

チヨは脇腹にまた痛みがさしこんできたとき、三平に向って恨みがましく言った。が、こう口に出したのがいけなかったのかもしれない。チヨはもう黙って唸っているだけではいられなくなった。

「痛えッ。う、ぐうッ。痛えッ。う、う、う、ぐうッ。痛えぞッ。う、う、おっ母ッ。ちょ、ちょっと来てくんねか。ここ押えてくんねか」

チヨは床の上で狂いまわった。チヨに指図されて、ようやく三平はチヨの背後から

腰骨に手を当てがったが、

「痛えッ」

チヨが動きまわるので、どうしていいか分らない。そのうちに、チヨも三平も、チヨの下半身が血に染まっているのに気づいた。

「ぎゃおうッ」

三平が、真夜中と同じ叫び声をあげた。次の瞬間、彼は、それまでの彼からは考えられないような早業で三和土に飛び降り、家から飛び出して行った。

間もなく姑が戻ってきたが、チヨの様子を横目で見て、

「騒ぐな。まだまだ痛えぞ。命とひきかえと思わねば生れねもんだ。誰でもそげに痛い思いして子を産むもんだ」

沈着に言いきかせながら、竈の下に火をたきつけ、米を研《と》いで飯を炊き、チヨの痛みがやむと温い握り飯を食べさせた。

「うんと喰っとけ。力がいるだっから。味噌《みそ》を舐《な》めとけ、精が出るべ」

チヨが出血していることを心配そうに告げると、

「そりゃお前、親の躰を掻きわけて出てくるだがら、血も出るぞ」

当たり前のように言う。

チヨの寝室は納戸であった。開け放ってあるので、隣の部屋も越して、庭に舅が牛を連れて戻ってきたのが見える。稲束を、庭に渡した木組の上にせっせと吊《つる》している。三平は一向に手伝っている様子がない。

産湯が沸くのを待っていたように、チヨの陣痛は間断なく続き、もう駄目だと観念したとき、チヨの股《また》にぬるりと濡《ぬ》れた固りが滑り出た。姑が一人で取り上げた。麻紐《あさひも》で臍《へそ》の緒を二カ所しばり、その間を鋏で切りとると、嬰児《えいじ》は弾《はじ》けるように第一声をあげた。

チヨは、不思議なくらい痛みのとれた躰で、大の字になったまま、子供の産声に聞き惚《ほ》れていた。チヨは、かすかに首を振りながら、その雄叫《おたけ》びが夫の夜の唸り声とは似ても似つかないことに満足していた。

姑と舅と二人で産湯を使い終せたところへ、三平の姉二人が手伝いにかけつけた。

「えれえ早かっただな」

「うむ、女だった」

「おチヨにそっくりでねけ」

チヨの後産は、三平の姉が始末をしてくれた。チヨは股を自分の手で拭《ぬぐ》いたかったが、

「恥しがるこだねべ。女は皆やるこどだっちに。俺も始は恥しかったがよ。まかせとくこどだ」

と、小姑にたしなめられた。

三平がいない、と、一段落してから姑が気がついた。下の姉が飛出して行って、家の廻りをうろうろしていた三平を連れて帰ってきた。

「どこの家でも亭主野郎っちな、こげなとぎの役にゃ立たね。水一杯《いっぺ》汲むこともできねえがらよ」

姉たちが口々に自分たちの経験と同じだと言って笑っているのを聞いて、チヨは少し安心し、とろとろと眠り始めた。

チヨの実家の方へは、三平の上の姉が初孫の誕生を知らせに行ったのだが、与助夫婦は互いに顔を見合せ、結納金の二十円を猫ばばしているのがチヨの嫁ぎ先に勘づかれたのではないかと怯《おび》えた。

「俺、行かねぞ。お前《め》、行って来い」

与助は首を忙しく振って言い、チヨの母親は途方に暮れた。

「祝いに何か持って行かねばなんねべ。どげすべか」

「俺、知んね」

「手ぶらでも行かれねべ。どげしたらよかんべ」

「俺、知んね」

何日たっても来ないので、今度は下の姉が三平に子供が生れたから見てやってくんなせえと催促にきた。チヨの母親は、その使いに取りすがるようにして正直なところを訊いた。

「俺、こっ恥《ぱずか》しいこどでがんすが、碌《ろく》な祝いもできねで、行くにも行かれねだ。俺っちは見る通りの貧乏暮しでよ」

三平の姉は明るく笑い飛ばした。

「祝いなんぞと水臭えな。顔せえ見せてやればおチヨも喜ぶべ。目も鼻もちんまい赤児だちゅうて、おチヨにそっくりだと皆で言ってるだがら」

チヨの母親は、そこで意を決して一人で出かけた。与助は性格が少しねじくれているので、どう誘っても行きたくないと言い通した。彼は結納金が、もう四円も減っていることにこだわっていた。

チヨの母親は、チヨと並んで寝ている赤ン坊の顔を碌に見もせずに、いきなり愚痴を並べたてた。

「おチヨは良《え》だな。俺っちは貧乏という棒ひきずって歩いてるだが、お前は牛も井戸もある家に嫁入《げ》って、子供も産んで、芽出てえことずくめだべ。運の良《え》のは、おチヨ一人でひっ担《かつ》いで出てったとお父も言うちったが。こげして寝ているのもそうだべ。俺なんぞ、お前を産んでも横になったのは一日だけだったたっけが。おチヨは良《え》だな。俺っち庭で見たが、この家《げ》にゃあ稲も頭が重げに稔《みの》ったでねけ。何もかも豊作だべ。俺っちの稲は今年は不作でよ、田んぼじゃ穂先がおっ立ってた。牛が耕すのと、お父と俺の力で鍬《くわ》で起すのとでは、土も肥《こ》え方が違うだべ。留吉はまだ何の足しにもなりゃしねしよ。あれが嫁とるにゃ、先のこどだべ。俺がまた機織りしてるだが、絣の目くずれがあると、お父は拳《こぶし》こふりまわして怒るだから。この齢《とし》で機織りは疲れてなんねが、おチヨが嫁入ったっから、仕方がね。俺っちは倅も戦死するし、何も良《え》ことはねだから」

チヨは黙って相手をしながら、情けなくなっていた。チヨの兄《あん》さが帰っていても、この家の三平のような有様であったら、この母親はどんな愚痴をこぼしたろう。働き者の姑の明るさを、チヨはあらためて有難いものに思った。

三平は、娘が生れて父親になってからも、少しも変らなかった。夜は相変らず魘される。チヨはその度に赤ン坊が泣き出すのではないかと心配したが、子供はすやすやとよく眠り、チヨの乳の出方も充分だった。

三平が、親になってたった一つだけ言った感想といえば、ある日、庭では干した稲束から稲穂をこき下すのに舅姑が猫の手も借りたがっている最中、例によって家の中にいた三平が、しげしげと子供を見詰めて、

「良《え》がったな、女で」

と吐息をつくように洩《も》らしたことである。

第二章　黄金伝説

一

その男が、中島の山本げに姿を現わしたとき、チヨの長女は九歳、次女は三歳になっていた。初夏の日ざしの下で、チヨは縁側でいざり機《ばた》に腰をおろし、機織《はたお》りに余念がなかった。長女は小学校に行っていて、次女は家の中の柱に端を縛りつけた長い紐《ひも》の先に繋《つな》がれていた。三平は日光を背にうけて、ぼんやり膝《ひざ》を抱いて坐《すわ》っていた。姑《しゅうとめ》は苧桶《おぼけ》を抱えて糸を紬《つむ》ぐことに熱中している。舅《しゅうと》も家の中で忙しく手を動かして絣《かすり》しばりに没頭している。それは種蒔《ま》きの終った結城《ゆうき》の農家では、ごくありふれた平和な佇《たたずま》いであった。

梭《ひ》を取って打込もうとしたとき何か奇妙なものが庭先でこちらを窺《うかが》っているのに気がついた。顔を上げて見ると、躰《からだ》の歪《ゆが》んだ男が、チヨを見て、ちょっと笑い、

「山本三平という人の家は、このあたりでねえですか」

と訊《き》いた。

「へえ、山本げは俺んちだがね」

「そうですか。三平さんは、おられますか」

三平は、このときようやく振向いて、まぶしそうな顔で訪れた男を見た。

「山本、俺だ。重田だ」

男が縁側に駈《か》け寄るとき、チヨは彼がひどく足をひきずっているのに気がついた。そのために全身が曲って見え、歩いたり走ったりすると肩を大きく揺《ゆす》るのが目立つ。彼はまた、大きな風呂敷《ふろしき》包を、しっかりと胸に抱えていた。

三平は、重田と名乗る男をしばらく不思議そうに眺めていたが、俄《にわ》かにびっくりした顔で、おうと唸《うな》り、

「戦友でねか」

大声で叫んだ。あんまり大きな声だったので、それまで無心に遊んでいた子供が驚いて激しく泣きだした。三平は、そんなことには構わず縁側で、男と手をとりあって再会を喜んでいた。

「久しぶりでねか。髪が伸びたっち分らんかったぞ」

「お互い戦場ではいがぐり頭だったからな」

「元気か。よく来たぞ」

「俺は東京で働いていたが、急に山本はどうしてるかと思うと矢も楯《たて》もたまらず店を飛出してきたのよ」

「店って、何の店だ」

「神田の本屋だが、なに三日や四日休んでも平気だ」

「俺の家がよく分ったな。どげして探した」

「結城と言っていたのを覚えていたから、いきなり結城の町へ行って山本三平と訊《き》いたら、ああ日露の勇士かと言って、すぐここを教えてくれた。貴様、この土地では有名だな。大したもんだ」

「なに、在郷軍人会に入ってるからだべ」

この会話の間に、チヨもいざり機から下りたし、舅も姑も手を止めて、不時の来客を迎え入れる用意を始めた。戦友、と三平が叫んだのが、一家を緊張させていた。男が家に上るとき、チヨは重田の右足が、足首から先がないことに気がついた。戦争では、チヨの兄《あん》さのように死ぬ者もいるが、生きて帰った三平の他に、こうしてこんな姿になってしまった男もいたのかとチヨは胸を衝《つ》かれた。

重田の方でもチヨをまじまじと見ていて、三平と見較《みくら》べ、

「山本、貴様の嫁か」

と訊き、三平が頷《うなず》くと、

「そうか、貴様は運のいい奴《やつ》だ。嫁もとれたし、子供も生れたか。野戦病院では俺の隣に寝ていたのに、かすり傷一つなかった。子供が作れたというのは、よっぽど運が強かったんだな」

呆《あき》れたような、羨《うらやま》しがっているような、ねちっこく妙な言葉つきだった。チヨには意味が分らなかったし、三平が黙っているので早々に台所に逃げこんだ。台所では舅と姑が酒を買ったものかと相談しているところだった。

「三平に訊いてみるべ」

チヨが子供を連れに行ったついでに、三平を呼んで訊くと、

「うう、買いに行け」

という。チヨは娘をおぶって高椅《たかはし》の酒屋まで走った。高椅神社の近くであったから、酒屋より先に神社の赤い鳥居をくぐり、本殿の前で手を合わせた。

「お父が、怪我《けが》もせず、無事に帰れたな高椅の神様のおかげだっちに、俺たちも礼を言うべ」

背中の次女に言いきかせながら、鈴を鳴らして頭を下げた。すると、あの戦友の言った通りだとしみじみ思えた。あんな足首のない男が夫だったら、と思うとチヨは今しがたの男の無遠慮な視線を思い出し、嫌な気がした。だがしかし、あの男が言った通りだ。怪我もせず生きて帰れたのは三平の運が強かったからだろう。

「おッ母、おッ母」

あたりを見まわすのに飽きた子が呼ぶまで、チヨは社殿で一心に祈っていた。有難うございます。有難うございます。と、それだけ呟《つぶ》やき続けていたのだった。いや、そう呟やいてもチヨには足首のない客に対する気味悪さは消えなかった。

三平は飲む方ではないので、少し多いかと思いながら五合の酒を買って帰ると、姑はもう小鰯《しこいわし》の干物《ひもの》を焼く用意をしていたし、舅は麦を入れずに米を研《と》いでいた。

「俺っちには何も言わねっすが、野戦病院でお世話になったべでがんすが」

姑が手早く作った菜浸しや、人参《にんじん》と牛蒡《ごぼう》の煮ものを運んで話しかけると、

「なに、世話になったのは僕の方ですよ。山本君は怪我がなかったですからね」

重田は舌滑らかな東京弁で返事をする。

「三平は、なんで病院に入ったっすかね」

「二〇三高地で気絶していたんですよ。あすこは死人の山でした。山本はその下敷き

になって、三日も人事不省でしたが、息を吹き返したんです。僕は隣のベッドでしたから、彼が生き返ったときのことは覚えてますが、獣《けもの》が吼《ほ》えるみたいな大声を出しましてね、看護兵が驚いて駈けつけたくらいですよ」

なにしろこの家には、僕などという言葉遣いをする客が来たことがなかったので、重田の話し方には家中の者が圧倒されてしまった。三平を貴様と呼ぶのも、チヨには耳新しい言葉だった。すると毎夜のあの叫び声は、三平が息を吹き返したとき以来、続いているのだろうか。

酒と肴《さかな》を出した後は、チヨもいざり機に戻り、舅も場所を変えて絣しばりを続け、姑も苧桶の前に坐った。結城の百姓にとって最大の収入源は紬《しま》なので、農閑期に入ると一刻でも手を止めるのは惜しい。野菜も煮たし、汁の用意もできたので、明るい間に仕事は続けてできるだけ先へ進んでおきたい。糸とりは夜なべ仕事にもできるが、絣しばりと織ることは暮れては文目《あやめ》が分らなくなる。最近、舅とチヨとは互いに工夫しあって、ベタ亀甲《きっこう》の模様を細かくし、嶋屋《しまや》で評判をとっていた。一幅に三十二の亀甲を織れるようになって、それが今では一家の自慢なのである。嶋屋も早く織れ、もっと織ってくれろと催促に来るし、前よりずっといい値で買ってくれる。

三平と重田は酒を汲《く》みかわしながら、同じ部隊で生き残った僅《わず》かな戦友たちの噂《うわさ》話《ばなし》をしていた。ときどき三平か重田かが生きていると思っていた戦友が、いや死んだのだと相手に訂正されることがあった。つまりそのくらい多勢の人間が死んだのだということが、機を織っているチヨにも伝わってくる。舅も姑も黙って手だけ動かしていて、耳をそばだて、二人の会話を聞き洩《も》らすまいとしていた。

長女が学校から帰り、暮れてくると、チヨは機織りをあきらめて下の子供に乳を含ませた。舅も絣しばりをやめて釜《かま》の下に火をつけたが、姑は上り框《かまち》に岩のように苧桶を抱いて坐ったまま、糸とりを続けている。

「おい、おチヨ。酒が足んねぞ」

大声で三平が喚《わめ》いたので、チヨは驚いて姑の顔を見た。姑はチヨを手招きして、懐《ふところ》の財布をひき出し、目顔で襖《ふすま》の向うへ返事をしろと言う。

「へえ」

チヨは子供を抱いたまま隣の部屋に顔を出した。

「今から買いに行って来ますっから、ちと待ってて下せえ」

「ラムプつけろ」

「へえ」

「もっと喰いもの持って来い」

「へえ」

三平は客の手前か、ひどく横柄《おうへい》な口調で言い、すると重田は赤い顔でチヨを振向いて、

「お世話ですねえ、お内儀《かみ》さん」

と、にやにやして言う。お内儀さんなどと呼ばれるのも初めてのことだから、チヨはどぎまぎして、姑の渡してくれた銭を握ると、下の子を背負い、上の子の手をひいて、また高椅まで酒を買いに行った。姑が一升買って来るように言ったので、もったいないような気がしたが、言われた通り一升買って帰った。地酒の「大吉慶」で、それはチヨが嫁入りしたとき四斗《しと》樽《だる》で鏡を抜いたのと同じ酒だった。

「おッ母、お父と話してるのは誰だ」

長女が道々訊いた。

「お父の友だちだ。戦友だべ」

「戦友か。だから酒買うだな」

「よく分ったな、そげなことが」

「そんくれえ学校で習ったぞ。んだが、お父はいつ戦争に行くだべ」

「いつって、お父は日露戦争に行っただべ」

「そげなことは知っちったが、今度の戦争は行かねべか」

「今度の戦争て、なんだ」

「おッ母は知らねか、日本はドイツと戦争してただぞ。今度はロシヤと戦争だっちに」


チヨは新聞を読まなかったので、そんなことは何も知らなかった。中島はチヨの生れ育ったところではないので、中の交際《つきあい》は姑が一切やっていた。中島から出征兵士も出たのだが、チヨの兄が戦死しているのを慮《おもんぱか》ってか、姑だけが見送りに出かけ、チヨは話にも聞いていなかった。またロシヤと戦争かと、チヨは身の毛がよだつような気がした。たった今、足首のない男を見たばかりである。


一升壜《びん》を下げて帰ってくると、男二人は奥の部屋の障子を開け放ったままランプの下で喋《しゃ》べり続けている。重田はチヨたちが庭に入ったとき目敏《めざと》く見つけて、

「お内儀さん、ご苦労さまでした。冷《ひや》で結構ですよ。すみませんでしたねえ」

と、愛想笑いをしながら言う。


チヨは小走りに家の中に駈けこんで、姑に訊いた。

「冷《ひや》で良《え》と言うちったが、どうすべ」

「三平に訊いてみるべ」

今度は姑が二人の部屋に入って、

「本当に冷で良《え》だかね」

と念を押すと、三平は怒ったような顔をして、叫んだ。

「壜のままですぐ持って来い」

チヨも驚いて、背中の子供もおろさず、壜をかかえたまま入って行くと、

「子供は一人かと思ったら、二人だそうですね。山本に、あんな大きな娘がいるとは思いませんでしたよ。みんなお内儀さんに似て、別嬪《べっぴん》さんだね。先が楽しみですねえ」

と言いながら重田は壜の栓を取り、湯呑《ゆの》みにこぽこぽ音をたてながら注ぎ、持ち上げると早くも一息で呑みほした。

「ああ、旨《うめ》え。いい酒だねえ、お内儀さん」

「なに、この辺りの地酒だがね」

「山本は軍隊にいる頃は独身だと言い張ってたんですよ。おい山本、貴様も悪い奴だ、こんな嫁のいることを隠していたなんぞは」

三平が黙っているので、チヨが慌《あわ》てて返事をした。

「いいえ、俺は戦争の後で嫁に来たっす」

「そうですか。それでもう子供があんなに大きいとなると、山本、いきなり命中した

んだろう。精の強い奴だとは思っていたが、なかなか大したものだ」

揶揄《からか》う口調も、どこか卑猥《ひわい》で、チヨは居たたまれなくなり、立って台所へ下った。長女が板の間に腰をかけて、貪《むさぼ》るように白い飯を食べている。チヨも飯茶碗《めしぢゃわん》をとって釜の蓋《ふた》を開けてみると、思ったより減っていないので驚いた。舅が、酒が来るなら飯はいらないと客が言ったと、幾分がっかりした調子で言う。無理もなかった。客が食べないのなら、麦を混ぜて炊《た》く筈《はず》だったのだ。

しかし白い飯の旨《うま》さは格別だった。チヨは、三平も客の相手をして飯を食べずにいるのは気の毒だという気がした。そっと一膳《ぜん》に山盛りにして傍まで運んで行くと、三平は待っていたというように急いで受取った。

「いいお内儀さんだねえ。山本も幸せだねえ。二人の子持ちだし、お内儀さんも言うことなしでしょう」

「へえ、でも女ばかりだがら自慢にもならねす」

「そんなことはない。この世は女に生れる方が良いですよ。戦争にとられる心配がないからねえ。そうだろう、おい、戦友」

チヨは、あっと思った。長女を産んだとき、三平が女で良かったとしみじみ言った意味が、このとき理解できた。次女が生れたときも、また女だと舅が言ったとき、男を産むことはねえと三平が言って、チヨにはそのときも意味が分らなかったのだ。

「貴様のように運の良い男には分るまいが、こんな足になって帰ってくると、運の悪い人間には世間も冷てえや。日露の勇士だ名誉の負傷だと言ったって、世間は普通の片輪と同じにしか扱わねえからよ。俺は戦場でも苦しい思いを数々したが、生きて帰ってからも今日までは生きている空がなかったぜ」

「俺も、それなら同じことだ」

「何を言うか。貴様みてえに、嫁とって子供作ってぬくぬく暮してる者と俺と、何が同じなものか」

「いや、同じだっちに」

「違う。見ろよ、同じなのは貴様の両足だ。俺の右足を見せてやろうか」

重田はやにわに右足の先に巻きつけてあった襤褸裂《ぼろきれ》をとり外してみせた。畳の上に、とんと突いた脚の先は、摺子木《すりこぎ》のように丸く尖《とが》っていた。

チヨは蒼《あお》くなって、這《は》うようにして部屋を出たが、隣には舅と姑が、二人で苧桶を抱くようにして、聞き耳を立てて坐っていた。長女は腹一杯に食べたせいか、眠気がさして納戸《なんど》で寝てしまっている。次女は舅の腕の中で眠っていた。

「お前は自分だけが運が悪いというが、戦場では足首どころか本物の首っ玉もころころ転がっていたでねけ。お前一人だけ運が悪いと思うのも間違いだべ。おい、俺にも飲ませろ」

　三平が急に饒舌《じょうぜつ》になってきたので、重田も驚いて酌をしてやっているらしい。

「そりゃそう言えばそうだがね、俺はお前が羨しいのよ。少し酔ったが堪忍《かんにん》してくれ」

「俺を羨《けな》るがることたねべ。俺は、あれからこっち生きてっ気がしてねがら。二〇三高地でよ、俺たち工兵まで総攻撃で飛出したっけが、前からも後からもバリバリ撃ってきてよ。俺は何度、身が裂けて死んだと思ったか知れね。今でも毎晩、あんときの夢を見るだぞ、俺は。血が飛んで肉の裂け散った夢だわ。死んだのが俺か、誰か、分んねほど怖《おっそ》ろしい夢だわ」

「その夢なら、俺も帰って何年も見続けた。不思議に夢の中の俺には両足が揃《そろ》っていて、がたぴしせずと歩けるのよ。走れるのよ。こいつは有難いと思って走り続けると、喚声が起って、俺も叫んでるんだ」

「何遍見ても怖《おっそ》ろしい夢だべ」

「怖ろしいというのは、あれだ。戦場に行ってねえ奴らには説明しても分らねえや」

「俺は説明する気にもならね。おい、もっと注げ」

「大丈夫か。貴様、飲めねえと言ってたじゃないか」

「戦友が来たとなれば、飲めね酒でも飲むべ。帰ってからこっち、村じゃ日露の勇士って騒がれてよ、とんと妙な具合だっちに」

「まったく妙な具合だぜ。勝った勝ったと誰もが浮かれていてよ。俺は日本があの戦争で勝ったとは、どうにも思えねえな」

「まったくだな」

「四年前にドイツに宣戦布告したときゃあ、俺は負傷兵だからもう狩り出されねえと思って、あのときから心が落着いた。貴様は無傷で帰ってきたから、いつまた赤紙が来るか分らねえ。それこそ生きた空はねえだろう。ウラジオに日本軍が上陸したが、あれは今頃は俺たちのような目にあってるに違いねえ。また乃木軍のように古参兵が掻《か》き集められるぞ」

「もう俺は大丈夫だべ。四十になったっから」

「まったく四十になれば、あんな真似《まね》は出来ねえな。家一軒ぐれえの物を担《かつ》いで毎日々々歩かされてよオ。身を鴻毛《こうもう》の軽きに致し、かア。そんなに軽いものが、あんなに重いものを何故《なぜ》担げたかってんだよオ」

「大きな声出すなっちに。誰が聞いてっか分らねぞ」

「誰が聞いても平気だア。俺は名誉の負傷兵だぞオ。憲兵だって怕《こわ》かねえやッ」

「そりゃそうだ。俺も日露の勇士だわ。在郷軍人会でも、偉そうなことこく連中で、一人でも二〇三高地に行ったことのあるのはいねだがら。おい重田、もっと飲め」

二人は冷酒をさしつさされつ、いつまでも尽きない話を続けていた。夜が更《ふ》けても一向に眠る気も起さないので、隣の部屋に舅と姑の夜具をのべ、チヨは納戸に入って子供二人の間に着たままの姿で横になった。が、二人の話し声は納戸にいても手にとるように聞こえてくる。三平が飲み始めてから、急に重田に酔いがまわってきた様子で、口がもつれ、言うことも滅茶々々《めちゃめちゃ》になってきた。

「俺は、戦争で地獄は見てきたから、もう怕えものはねえ。なんでも喋べる。いや、絶対に喋べれねえこともあるが、こいつは言わねえ」

「なんだ、そりゃあ」

「なに、なんでもねえ。俺はな、今にきっと日本一の大金持になって、俺の足を笑った奴をみんな一まとめにしてよ、二〇三高地に積上げて火つけて燃してやる気でいるんだ」

「どげして金持になるだ」

「そいつは言えねえ」

「言えってばよ」

「俺は結城に来るについて、山本のいるところだと気がついたときから、こいつは縁起がいいと思ったんだ、うん」

「お前は結城に、俺に会うために来たのではなかったっちか」

「うん、俺は山本は運の強い男だから、俺もきっと山本に会えば験《げん》がつくと思ったのよ」

「どうして」

「俺は運が悪いこと続きだった。兵隊に行くまで、旨え飯を腹一杯喰ったことがなかった。継母《ままはは》だから、俺のお母は。こんな足になって帰ればよ、親にも兄弟にも気味悪がられた。それで東京へ飛出したが、なかなか傭《やと》ってくれるところがなくてよ、やっと古本屋で働けるようになった。俺は、店を出るときゃあ、主人に蔭《かげ》ながら手を合わしてきたんだ。恩人だからね。随分世話になった。金持になったら一番先に恩返しをしてえと思ってるのよ」

「お前、本屋をやめてきたのか」

「うん」

「それでどげして金持になるつもりだ」

「だから結城に来たんだが、このことは言うわけにいかねえ」

「これから、どげする気だ」

「二、三日、泊めてくんねえか。礼は、たんまりするからよ」

「なに、礼なんぞ戦友からとれるものでね」

チヨは話の入り組んだところで、とろとろとまどろんでいた。子供を産んでからチヨは髪を結ったことがない。姑の関心が孫に移ったので、チヨはずっとひっ詰め髪で暮している。枕《まくら》なしで、ごろんと眠るのは何より極楽というものだった。

夜半、チヨは異様な歔欷《すすりなき》を聞いて目をさました。三平がいつもと違う魘《うな》され方をしたかと飛起きたのだが、夫の躰はチヨの隣にはなく、歔欷は隣の座敷から洩《も》れているのだった。泣きながら、ぐずぐずと喋べり続けているのは、三平でなく重田の方だった。

「戦友、俺はよオ、戦友だから言うけどよオ、失ったのは右の足首だけじゃねえんだ。俺は、俺は、やれねえんだよオ。金貯《た》めて、女買って、手を突いて頼んだが、どうやっても俺は駄目だった。跛になったより本当は辛かったア。安淫売《いんばい》に嗤《わら》われたり、そういう中にも親切な女がいたが、それでも駄目だった。俺は、きっと生きて帰った者は、みんな俺みてえになってると思っていたんだ。だから貴様が嫁とって子供こさえてるのを見たときは、がっかりしたぞオ。山本、お前はどこまで運の強い男だ。俺は、俺は、正直なところ、俺がやれるものなら、お前の嫁を寝取りたいくらい妬《ねた》んでいるぞ。別嬪でねえか、東京にも少ねえぞ、あのくらいいい女はよオ」

三平は返事をしない。黙っているのか、眠っているのか。チヨは、重田の泣きながらの述懐をすっかり聞いてしまって、一層不気味な思いに閉ざされていた。夜のことなどできなくても、どうということはあるまいにと思う一方で、戦争でそうした機能まで萎《な》えてしまうことがあるのかと改めて怖ろしいことだと思った。二人の会話によって、ようやく三平が毎夜魘される夢の正体も分って、死線を越えると言うけれど、戦争というのは日の丸を振って祝うような華やかなものではないのだと知った。重田は足首とともに男の生理も失ったが、三平もまた目に見えぬものを失っている証拠に、チヨが嫁入ってから今日まで働きらしい働きを示したことがない。ものさえ碌《ろく》に言わなかったくらいだ。重田という戦友を迎えて、チヨにはまるで別人と思えるほど三平はよく喋べり、その饒舌の中で本音を洩らしていた。俺も生きて帰ってからこっち、まだ生きているという気がしねえ。

そうか、また戦争が始っていたのか。子供さえ知っていることを、どうして俺は知らなかったかとチヨは恥しかった。重田が自分はこんな身体になっているから、もう赤紙は来ない。そこでようやく心が落着いたと言ったのもチヨの耳の奥に残っている。

三平は五体満足だから、重田のようにはいかないだろう。四十になっているからもう大丈夫だと三平は答えたが果してどんなものか。チヨは高椅神社へ駈けて行って、もう勘弁してやって下さいと祈りたかった。

飲みつぶれていた三平は、明け方になって例の夢を見たらしい。部屋の中で転げまわりながら喚き出したときは重田も驚き、酔いも睡気もさめはてたらしかった。彼は咄嗟《とっさ》に自分の荷物を掻き抱いて外へ逃げ出そうとしたのだが、怪鳥のような叫びが戦友の口からあがっていると気がつくと、我に返って介抱した。

「あの夢か」

「おう」

「凄《すげ》え声だったぞ。俺も前にゃあ家中の者がすっ飛んでくるほどのたうちまわったが、もうこの一年ばかり見ねえようになった。大層な寝汗だな。躰がぐっしょり濡《ぬ》れてるぞ」

「うう」

「この騒ぎを毎晩していたら精も魂も尽きてしまうぜ。よく女房が逃げ出さねえな。よっぽどしっかり者なんだろう。貴様は運の強い奴だ」

朝になると、重田は肩を揺《ゆす》り、はねるような歩き方をして井戸端へ顔を洗いに出て

きた。チヨを認めると、

「お内儀さん、お早うございます。昨夜はお雑作《ぞうさ》でした。おかげで命の洗濯ができましたよ」

と明るい調子で挨拶《あいさつ》したが、チヨは話の一切を聞いているから顔を上げることもできなかったし、重田をまともに見ることもできなかった。井戸端で、重田はいきなり手洟《てばな》をかみ、喉笛《のどぶえ》を鳴らして、大きな痰《たん》を吐いた。チヨは逃げるように台所へ戻った。

三平も、のっそりと起きてきて、彼は朝洗面する習慣をもたないから、いきなり鍋《なべ》の蓋を開け、実をたっぷりと汁椀《しるわん》によそった。

「戦友の分もよそっとけ」

舅が言うと、にやりと笑ってもう一杯の汁を用意した。

そこへ重田が手拭《てぬぐい》で顔を拭《ふ》きながら入ってきて、

「お早うございます。昨夜はおやかましゅうござんした。いやあ、よくも飲んだものだ。一升壜が空になっているのを見て驚きましたよ」

と賑《にぎ》やかに挨拶したが、声がひどい鼻声で、おまけに妙にしわがれている。板の間にあがると持っていた手拭で音たてて洟《はな》をかんだ。

「お前《め》、風邪ひいただな」

三平が言うと、姑も心配そうに、

「いつ布団《ふとん》持って行くべかと思い思いして俺も眠っちまったでよ、すまねこどしちまっただ」

と慌《あわ》てたが、重田は笑って、

「なに、東京出るときから妙にぞくぞくしてたのよ。昨夜の酒でよっぽど楽になったくれえです。気分はさっぱりしてるんだが、鼻っ風邪だけ残ったみてえだ」

と言いながら、またずるずると音をたてて洟をかんだ。

飯は昨夜炊いた分だから冷えていたが、重田は一口たべて驚き、

「山本、貴様の家は大したものだな。こんな白い飯を喰ってんのか。東京は大層もない不景気で、俺たち奉公人は麦だらけの飯しか喰わしてもらってねえぞ。やっぱり関東平野は米どころだな。大したものだ」

言う間に声がどろどろしてきて、また洟をかむ。

「なに、俺っちも貧乏百姓でがすから、ふだんは麦の多い飯を喰ってるだが、倅《せがれ》の戦友と思って昨夜は白く炊いたんでがす。おかげで俺たちまで口に正月が来たみてえでがんした。温《ぬく》いときは、まっと旨え飯だったたっちが」

舅が、正直なところを話した。重田は茶碗に顔を突っこむようにして忙しく食べ、

忙しく洟をかんだ。それでまたたくうちに二杯食べ終り、

「お内儀さん、いいかね、三杯目だがよ」

と、おかわりの茶碗を出した。

三平がゆっくり食べているので助かったが、チヨは釜の中の飯の分量は知っていたので、汁だけしか食べずにいて、よかったと思った。長女の弁当にも、あまり詰めこまなくて、本当によかった。重田は、たえまなく洟をかみながら、

「旨えなあ、日本の米は。東京じゃ、たまに白い飯だってえと、外米ですよ。なんでも支那から輸入してるって話だが、粘りのねえ、まずい飯だ」

「外米っちな、そげなものだかね。話にゃあ聞いちっちが」

「ぱさぱさで、口開けて喋べると飛出るくれえのものですよ。まだ麦の方が、よっぽどましだわ」

「へえ、麦よりまずい米があるだべか」

「あります、あります」

重田は、噛《か》んだり、喋べったり、また洟をかんだり、汁を啜《すす》ったり、賑《にぎ》やかにしかし大変に大喰いで、それは多分昨夜は飲むばかりだったから、よほど腹が減っていたせいだろうとチヨは考えた。

食事がすむと重田は持ってきた荷物の中から、何かを大事そうに取出し、風呂敷で丁寧に包み、一人で出かけてしまった。この上なく賑やかに、喋べりまくる男だったから、重田が足をひいて庭を転ぶように突っ走って行ってしまうと、残った家の者たちはしばらく茫然《ぼうぜん》としていた。

「しばらく泊めてくれと言っちっただべ」

「うむ」

「なんしに結城へ来ただべか」

「それは言わねだったが、二、三日と言っちったから、泊めてやらねばなんね」

「戦友だっち、当りめだべ」

舅も姑も隣の部屋で一切聞いていたのに違いなかった。彼らはチヨ以上に切実に聞いたのかもしれない。なぜなら親は戦争に行く前の三平を知っていたからである。重田の口の軽さや、東京風のお喋べりを、チヨは決して感じよく思わなかったし、摺子木のような足を見せられた恐怖が強く残っていたのだけれども、舅たちが泊める気でいるのだし、重田も遠慮というものは知らない男らしいから、これは二、三日どころではないかもしれないと思った。

日が暮れる前に重田は帰ってきて、機織りしているチヨに、

「お内儀さん、昼飯を抜いたから何か喰わしてやって下さいよ。やっぱり東京と違って、この辺りには蕎麦屋《そばや》なぞないんだねえ」

　と、鼻声でねだった。

　チヨが返事をしないうちに、家の中にいた姑がつ、く、し、の前から立上って、

「昼炊いた麦飯だがね、何もねけど、湯でも沸かすべ」

　と台所へ重田を招き入れた。

　舅は明るいところで、せっせと絆しばり、い、を続けながら、

「風邪ひいて昼飯ぬきは毒だべ。しっかり喰わねば、風邪もぬけねっち。干納豆しかねだが、湯づけで喰っといて下せえ。夜にゃあ卵酒でも作るべ。今夜は早く寝たが良《え》べ」

　と、重田に親しみをこめて声をかけている。

「昨夜も酒の肴《さかな》に旨えものだと思ったが、干納豆というのは旨えもんですね」

「なに、この辺りじゃ年がら年中それればっかりで、粗末な喰物だがね。これっきりねもんだがらよ」

「納豆を干したものですか」

「へえ、塩でまぶして干しただけだ。俺っちは昼も夜もこればっかり喰ってるんで、

すまねな。東京の人の口には合わねべ」

「とんでもない、東京といっても俺たちは沢庵《たくあん》と蕎麦の他にゃあ旨えものは口に入らねえからね。軍隊のようには、いかねえですよ」

「軍隊じゃ旨えもんがあっただべっか」

「滋養のあるものを、うんと喰わせてくれましたが、なに、命とひきかえで喰わせられたんだから今じゃ有難いとも思っちゃいませんのさ」

重田は、朝ほどひどく洟をかまなくなっていたが、食事をとって明るいところへ出てくると、かなり息づかいが荒くなっていた。しかし彼は、縁側で荷物の中から一冊の本を抜出して、熱心に読み出した。チヨが機を織っている背中で、重田の呼吸が激しい。それが耳鳴りのようで、チヨは気になってたまらなかった。

三平は牛を曳《ひ》いて田の土を起しに出かけている。多分今頃はほんやりと畝道《あぜみち》に坐っているのだろう。お喋べりの重田が、はあはあ息を切らして本を読み、指に唾《つば》をつけて頁《ページ》をめくる音を聞く度に、チヨは三平に早く帰ってもらいたいと思った。チヨにとって、ただもう気味の悪い客であった。

二

その男は二、三日泊めてくれと言っていたのだが、二日目は雨であったのに、洟《はな》をすすりながら出かけて行き、帰ってきたときは下着までびしょ濡《ぬ》れで、その上どうしたわけか泥だらけだった。手足どころか顔や腰のあたりまでべったり泥がついていたので、チヨの姑《しゅうとめ》は急いで三平の着物と着替えさせてから、首を捻《ひね》っていた。いったい何処《どこ》へ行って、何をしていたのだろう。

チヨはといえば、いざり機《ばた》の中に終日いて動きがとれないところへ、夫の戦友というその男の言動を薄気味悪く感じていただけだった。風邪なら寝ていればいいのに、雨の中を出かけて肺炎にでもなったらどうするのだろう。が、そうは思っても、チヨは姑のように世なれた口のきき方はできなかったし、そうでなくても機を織っているところへ重田は何かと話しかけてくる。

「よく働くねえ。山本は果報者だねえ。これが東京へ行くと一疋《ぴき》何十円もする結城紬《つむぎ》なんですか。随分てまひまのかかる仕事ですねえ。なにかね、この辺りじゃあ、女ばかりが働いて亭主を喰わす慣《しきた》りかねえ」

「そげなこだね。男は絣《かすり》しばりっち大変な仕事もあるし、畑の上を起すのも女にはできぬ力業だべ」

「そうかねえ。確かに親爺《おやじ》さんの絣しばりもしち面倒な仕事だが、この家の中で山本だけは何もしねえでぼうっと暮してるようだ。俺も生れるならこの村に生れたかったよ」

チヨは黙って梭《ひ》を構え、音をたてて打ちおろした。重田は縁先で手洟をかみ、残りをすりあげ、また傍へ寄ってくる。

「俺が山本なら、こんなに可愛《かわい》い嫁をとったら働かせずに床の間に飾っておくがねえ」

「そげなこど。俺は機織りが好きだがら」

「俺が成功したら、縮緬《ちりめん》の着物と錦《にしき》の帯を買ってやるから待ってなよ」

「そげなもの、俺いらね。着てくとごもねに」

「なに、東京へ行くのよ。百貨店で買物すんのよ」

チヨはもう口をきく気になれなかった。何を言っているのだろう、この男は。仮にも戦友の妻に向って、絹の着物を買ってやるとか、東京へ連れて行くとか、言っていいことだろうか。雨なので、三平は家の中にいて、重田の言う通りぼんやり畳の上に趺坐《あぐら》をかき、たまに下の子の相手になっている。舅は縁先で黙って絆しばりをしていた。重田とチヨの話を聞いていない筈《はず》はない。

「おい山本、お前の躰《からだ》は本当にでけえな。俺はお前のを着ると、まるで幽霊になったみてえだ」

チヨがかまいつけないので、重田は足をひきながら、三平の着物の裾《すそ》をひいて歩き、べたっと三平の傍に坐《すわ》った。

「雨に濡れて出ることもあんめに。お前、顔が蒼《あえ》えぞ。風邪べひきこんだな」

「なに、昨夜はちと頭が痛かったが、雨の中駈《か》けまわってきて却《かえ》ってさっぱりした。俺は今は風邪などひいてる場合じゃねえんだ」

「泥まみれになって、どこへ行っちってた」

「それは戦友でも言えねえ。訊《き》いてくれるな。だが、まあ、今に分る。そのときは、貴様が腰を抜かすほど礼をするからな」

息使いは激しくなっているのに、重田はよく喋《しゃ》べった。しかし風邪がひどくなっている証拠に、晩餉《ばんげ》はすすまなかったし、夜も早々と床につき、真夜中に三平が魘《うな》されても起きようとしなかった。

朝になって、さすがに三平が様子がおかしいと気がつき、額にさわってみると火のように熱い。それからが騒ぎになった。

井戸水を桶《おけ》に汲《く》み、手拭を浸して額にのせてやると、たちまち湯気がたつ。姑は葛《かっ》根湯《こんとう》をもらいに村長の家まで走った。この地方の百姓には、病気になっても医者を呼ぶ習慣がなかった。医者などは旦那衆《だんな》のかかる相手で、傷がとがめたり、毒虫にさされたようなときだけ医者の家へ出かけ、代診から塗り薬を貰《もら》ってつける。そのかわり村長の家には富山の薬売りが年に一度大量に各種の薬を置いて行くので、村人は病人が出るとまずそれを貰いに走るのだった。薬代は村長が支払うので、まず善政というものだろう。が、チヨの家の病人は、その口当りの甘い風邪薬でも飲む力を失っていた。なにしろ大変な高熱だった。三平がちょっと子供の相手をしているうちに病人の額にのせておいた濡れ手拭が乾いてしまう。夜になると、チヨが姑に代って看病したが、重田はときどき白眼を剝《む》いて低く唸《うな》り、枕許《まくらもと》にチヨが坐っているのも分らない様子だった。

「どうすべ」

「どうすべっち、どげな意味だ」

「肺炎でねべか」

「肺炎なら仕方がねべ」

「どうすべっち、今からどげしようもあんめ」

舅と姑が隣の部屋で不安そうに囁《ささ》やきあっていた。健康なチヨは夜になると眠くて、起きているのは辛《つら》かったけれど、せっせと手拭をしぼりかえては客の熱の下るのを待った。翌朝、姑は高椅《たかはし》神社へお百度を踏みに行った。いくら三平の親友でも、いきなり訪ねてきて死なれたのではたまったものではないと思ったのだろう。しかし高椅神社の神さまにも此《こ》の度は効験がなかった。男はその夜、猛烈な唸り声をあげた後、ひくっと喉《のど》を鳴らして動かなくなった。チヨは驚いて、男の赤黒く熱を帯びていた耳の下が、ラムプの薄明りの中でみるみる青い色に変っていくのを見た。

チヨは声をあげて傍らで寝ていた三平を揺り起した。隣室の舅と姑が起きてきた。

「死んだでねべか」

「どうすべ」

三平が重田の手首を持上げて脈をさぐり、黙って手首を下に置いた。

「どうすべ」

チヨが言った。

「どうすべ」

「困ったぞ。どうすべっか」

舅が唸った。

「困ったぞ。俺、それべ心配してお百度踏んだっちが」

姑が溜息《ためいき》をついた。

うろたえている家族の中で、意外にも三平が一番しっかりした声で言い放った。

「死ぬところを久しぶりで見ただ。畳の上で死ぬっちなこげなものかね。明けてっから役場へ言いに行かねばなんねが、重田の在所はどこだべ。荷物を開けてみっか」

重田が抱えてきたものは大きな風呂敷《ふろしき》に包まれた小さい行李《こうり》だった。衣類が入っているかと思ったのに、中身は雑誌や古い書籍が詰っていた。神田の古本屋で働いていたという話をチヨは思い出した。三平はラムプの下で一冊一冊を表紙の文字も碌《ろく》に読まずにそれをめくり、すぐ裏に返して裏表紙をめくった。二冊、三冊とたてつづけにそうして重田がどこかに住所氏名を記していないか探したのだが見つからなかった。

行李の一番底に油紙で包んだものが出てきて、ひろげてみると陸軍参謀本部地図、日本全図の一部だった。結城を中心とした精密なもので、大きさは新聞紙ほどあり、五万分の一之尺という文字が端に印刷してある。ところどころに鉛筆と赤インクで線が引いてあり、その場所の文字は小さくて夜のラムプの下では読めなかった。三平は紙が破れるほど乱暴に地図を裏返して、そこに多くの文字が書込んであるのを認めると、太い人差指で行を辿《たど》って戦友の名と住所の手がかりになるものはないかと探したが、首を傾《かし》げた。

「奇妙なことべ書いてあっちが、自分の在所は書いてね。弱ったあ。俺、重田の名前も知んねえがよ」

「重田なんちっかも知んねえのけ」

「重田っち呼んでたっけが」

「名前も分らねじゃ困ったな。どうすべ」

「宇都宮師団に問合わせねばなんねかな。分ってるのは聯隊《れんたい》だけだっからよ」

「おお事でねけ。お前が村長のところへ行けよ、三平」

「うむ、そうするべ」

そこでようやく家族は重田という男が死んだのだと気がついた具合で、家の中の空気が急に重くなった。姑が、そっと男の額に手を当て、熱がなくなっているのを確かめてから、

「やっぱ、死んだなあ」

と呟《つぶ》やいた。チヨは俄《にわ》かに疲れが出て泣き出していた。

躰を傾げて庭を突っきり、機を織っているチヨに話しかけてきたときからのことが

一度にどっと思い返された。災難のようなものだ、とチヨは思った。夜が明けると、三平は村長の家へ、舅は棺桶《かんおけ》の注文をするために出かけて行った。この地方では寝棺を用いないので、仏が堅くならないうちに膝《ひざ》を抱いた姿勢に直して桶に納めなければいけないのだ。姑とチヨの二人がかりで、死者の湯灌《ゆかん》をしなければならなかった。

「臭え臭えと思っちったが、やっぱ、蟹糞《かにくそ》が出たな」

姑はまず下半身のまっ黒な排泄物《はいせつぶつ》を古雑巾《ふるぞうきん》で拭《ぬぐ》いとって厠《かわや》に捨てに行った。チヨはそれまで蟹糞というのは長女と次女が生れてから最初に体外へ出したものだけしか見ていなかったので、人間というのは最初と最後に蟹糞を出すものかとぼんやり考えた。

大釜《おおがま》に水を汲み、湯を沸かすと、盥《たらい》に水を先に入れ、あとから煮たった湯を注ぐ。この順序は死者を拭うときのもので、生きている人間が使う湯は、水を先に入れてはなんねぞ、と姑は手まめに働きながらチヨに教えた。そのことならチヨの実家でも口やかましく言われていたが、しかし水を湯で割るのは湯灌のときだけだとは知らなかった。チヨは男のぶよぶよした躰を拭きながら、しっかりと覚えた。上半身をチヨが拭き、下半身を姑が拭いた。男の股間《こかん》を姑は丁寧に拭いながら、

「役に立たんようになった言っちったが、気の毒だったなあ。俺も三平に孫ができっかと大概心配したぞ」

両手を合わして、しばらく南無阿弥陀仏《なむあみだぶつ》をくり返した。

足首から先のない片方を拭くときも、

「三平は何も言わねっから知んねできたが、日露戦争大勝利っちても、分んねもんだ」

と呟やいて、しばらく合掌していた。

チヨは急に兄さが死んだときのことを思い出し、また泣き出した。

「おチヨは疲れが出たたな。あとで納戸《なんど》へ行って楽寝しとけ。俺はこの家で舅も姑も見送ったで覚えてっが、葬式ひとつ出すと篦棒《べらぼう》に疲れるものだ」

「俺、疲れて泣いてんでね。俺の兄さが戦死したの思い出してよ」

「んだべ。戦争っちな災難だなあ」

村役場では、三平から事の経緯《いきさつ》を聞いた村長が、濃い眉《まゆ》を顰《ひそ》めて、

「名前も分らねっか」

と迷惑そうに言った。

「へえ、野戦病院で隣に寝てた戦友だっち泊めたでがす。風邪べ最初からひいちったが、まさか死ぬとは思わねで弱っちまっただ」

「東京の本屋も分らねか」

「へえ」

村長は急にぎょっとして訊いた。

「東京から風邪ひいてきたっちか」

「へえ」

「えらい事だぞ。ひょっとしてスペイン風邪でねべか。東京じゃ篦棒な騒ぎになってるが大丈夫だべか。うむ、やっぱ、医者に行かすべ。子供は仏の傍に寄りつかせてはなんねぞ。分ったか」

「へえ、重田のこた東京の司令部に訊いて下せえ。十三師団は戦時編成で、ことに野戦隊にゃ人間が寄せ集めでがんしたが、二〇三高地の生き残りは僅《わず》かでがんすから。俺も重田も工兵だっち、間違いねです」

「分った、すぐ速達で問い合わせっから。それよりスペイン風邪でなければえがな」

村長の連絡で医者も顔色を変えた。新聞をとっている家では誰でも世界的インフルエンザとなったスペイン風邪が、日本に春先から飛込んできて、まず東京市内の小学校が続々休校になり、体力のない子供たちがバタバタ死んでいるというニュースを知っていた。東京から風邪をひいたまま結城のような田舎へやって来て頓死《とんし》した男がいると分れば、どうしても悪い方へ考えてしまう。それは中島で、三平の家で戦友が死んだという小さな事件ではなかったのだった。医者は山本げにマスクして飛込んでくると、北枕に寝かしてある仏の顔から手拭を外して眺めていたが、もう死んでしまった者からスペイン風邪の症状を認めるのは難しかった。鞄《かばん》を抱えたまま庭に出て、医者はチヨと姑にくどいほど男の死ぬ前の様子を尋ねた。チヨも姑も医者先生が来るなどとは思ってもいなかったから、びっくりして重田が一日雨に打たれて泥々になって帰ってきたことがあったのを言い忘れた。

「えだか、よく聞け。その男が持ってきたもんは、すぐ日向《ひなた》に並べて日光消毒するだ。それから棺桶が届いたら、すぐ焼場へ運ぶだ。えか、すぐだぞ。焼場の方には俺から書類届けっから。子供は仏の傍で遊ばせるでね。布団《ふとん》も枕も、熱さますに使ってた手拭なども、すぐ焼き捨てとけ」

「悪い病気だったべかね」

姑がおずおずと訊くと、医者は力強く肯《うなず》いて、

「そう思っておいた方がえだな。もしもスペイン風邪だら大事《おおごと》だべ」

と言い、逃げるように帰って行った。

三平が、のっそり戻ってくるまで、チヨは次女を抱いて庭に立っていた。仏の傍に子供を寄りつかせるなという言葉だけがチヨの耳に突きささっていたからである。三平の姿を認めると姑も暗い家から飛出してきて、医者が来たことと、スペイン風邪か

もしれないと言われたことを告げた。三平は重々しく、村長も同じことを言っていたと返事をした。だが、いったいスペイン風邪というのは何なのか、三人とも分ってない。舅が帰ってきた。棺桶は俗に早桶とも言われるほど手早く仕上る樽《たる》状の桶なので、舅はそれを担《かつ》いで帰ってきたのであった。女二人の口から事の次第を聞くと、舅は三平を促して仏を早桶に納めた。

赤牛に荷車をつけ、そこに重くなった棺桶をのせて縛りつけると、経も誦《よ》まずに焼場へ運んでもいいものかどうかと舅はかなり心迷ったようだが、

「経も誦まねで死んだ仏は重田もさんざ見てっから、心配することたね」

と三平が言ったので、やっと牛の手綱をとって出かけて行った。むろん三平もついて行ってしまった。

姑もチヨも薄気味の悪い思いをしながら、仏の寝ていた布団を片付ける段になって、敷布団にべったりと人形《ひとがた》に汗がしみているのを見て息を呑《の》んだ。

「寝汗だべか」

「いや、死人《しびと》はこげに水を出すもんだ」

姑は何もかも心得ていたが、さすがにこの布団の始末には途方に暮れた。貧しい百姓家にとって一枚の布団は大きな財産だった。医者の言うように焼き捨てるわけには

いかない。姑は咄嗟《とっさ》に布団皮を剝《は》がし、綿だけ縁側で日光にさらした。布団皮はすぐ井戸端へ運んだ。チヨも追って行って、水を何杯も何杯も汲みあげては布団皮を濯《すす》ぎ洗うのを手伝った。姑は黙って盥の中で布団皮を振り続けた。チヨも黙って井戸の水を汲んだ。

絹村の村長も医者も、三平の戦友が東京からスペイン風邪を運びこんできたのではないかと懼《おそ》れたが、この悪性のインフルエンザはもっと早く別の径路から結城に忍び入っていた。

男が小さな骨壺《こつつぼ》に入り、まだ在所も名前も分らぬままに三平の家の仏壇に納められているところへ、チヨの弟が目を赤くして駈けこんできた。

「おチヨ姉、えれえこどべ起ったぞ」

チヨは縁先のいざり機の中にいて、久しぶりに見る留吉の顔をぼんやり眺めていた。チヨが嫁入りするときは小学生で、留吉が嫁をとるにはまだ間があると親が愚痴にするほど幼かったが、今ではすっかり立派な若衆になっている。兄に似て小兵《こひょう》な躰つきだが、父親に似ていくらか鈍重だった。黙っているチヨに、留吉はしばらく口ごもってから、

「親爺《おやじ》が鼻から血を噴いて止らねだ。寒い寒いと言って震えてよ」

「風邪か」

「んだべ。お袋も看病してるうちに鼻血が出始めて、やっぱ、寒い寒いと言うでねか。俺、おったまげてどうすべと思ったが、ともかく寝せて頭冷やしてやっただ」

「それで、どげした」

「俺も親二人に寝こまれて疲れっちまってよ、昨夜はぐっすり夢も見ねで眠っただ。んだべでよ」

チヨは呻《うめ》いた。

「んだべで、どげしたっちに」

「死んだ」

「どっちが」

「二人ともだ」

チヨは茫然《ぼうぜん》として、耳に入った言葉を理解するのに随分間がいった。奥でやりとりを聞いていた姑が出てきて、

「本当かね。悪《われ》え風邪がはやってるだべ。この家でも人死が出たばかりだ。篦棒なことが続くでねか」

と言ったから留吉はびっくりした。

「このげで、誰が死んだだ。お父か」

「いや、お父は藍屋《あいや》へ出かけたが、三平の戦友っち男が来てよ、風邪ひいて熱出して、すぐ死んだのよ。まだ初七日にもなんねだ」

姑はぼんやりしているチヨを促して、まず畑に出ている三平を呼びにやり、二人ですぐ絹川村へ駈けつけるようにと言った。三平がのっそりと牛を曳《ひ》いて帰ってくるのが待ちきれず、チヨは先に家を出た。留吉はもっと先に帰って近所にふれてまわっている筈だ。栃木県下都賀郡から茨城県結城郡へ、といっても中島から鬼怒川に沿って川下の小森までの道は、それほど遠いものではなかったけれども、チヨは一度も立止らず、ひたすら歩きに歩き、途中で何も目に入らなかった。いや何も見なかったと言っていい。初夏の陽光が澄んだ川面に照りつけ、濃淡の青い光を反射させていたが、チヨはわきめもふらず一心に歩いた。何も考えていなかった。考えるのが怖《おそ》ろしかったからかもしれない。いきなり留吉が来て、チヨの親が二人揃《そろ》って死んだと言う。恰度《ちょうど》、三平の戦友が突然現れて、突然死んだように。

小森は大木が多い。瘤《こぶ》だらけの栂《つが》の樹《き》にも緑が勢よく吹き出ていた。夏が来たと叫んでいるような樹木の下を、チヨは目を落したまま歩き抜けた。チヨの生い育った家の入口で、留吉が茫然として立っている。やはり眼が赤い。トラホームかもしれないなとチヨはぼんやりと思った。

「どげした。誰も来てくれねだか」

「いや、おチヨ姉。おっ母は生きてただ」

留吉が思いがけないことを言ったので、チヨは飛上るほど驚き、

「本当か、そりゃ良《え》がったな。二人も一緒に死なれたじゃたまらねと思っちったがよ」

と喜び、駈け寄ったが、留吉の顔には生気がなかった。

「俺は、てっきり二人とも死んだと思って、すっ飛び出して中島へ行ったが、あんとぎゃ、おっ母はまだ生きてただ。俺が悪かっただ。俺が悪かっただ」

おいおい声をあげて泣き出し、三和土《たたき》の上に崩れてしまった。チヨは不審で留吉をまたいで家の中に入ってみると、確かに母親は台所の板の間の端に突っ伏した形で倒れている。留吉が飛出した後で息を吹き返し、そこまで這《は》い出たらしかった。

「おっ母」

チヨは肩に手を当てて揺さぶってみたが、返事がなかった。チヨは悪い予感で躰が寒くなり、母親にしがみついて叫んだ。

「おっ母」

右腕が何を取るつもりだったのか頭の向うに突き出されていた。手首を握って脈を

探すうちに、その躰がもう冷たくなっているのに気がついて、やっとチヨは留吉が泣いている理由が呑《の》みこめた。

「おい、留吉。こっちへ来て足を持て」

留吉はしゃくりあげながら、今度こそ本当に死んでしまっている母親を、姉と二人で抱きあげ、父親と並べて寝かせた。

「泣いていねで、すぐ湯を沸かせ」

「湯をわかしてどげするだ」

「どげするもね。二人で湯灌せねばなんねべ」

「湯灌て、なんだ」

「役に立たね男だな。湯灌も知らねっちか」

叱《しか》りつけたチヨも、ついこの間姑からやり方一切を習ったところだった。留吉は火を起して湯を沸かす間も泣き続けたが、チヨは涙も出さずにてきぱきと家の中を片付け、両親に着せてやる衣類を探した。どれもこれも襤褸《ぼろ》のようで、チヨは恥しかった。夢中で押入の中をあれこれ探し、ようやく二人分のこざっぱりした衣類をひき摺《ず》り出した。

水を盥に空け、湯で割りながら、チヨは留吉にこれが逆さ水といって死者を潔《きよ》めるときの作法なのだと教えてやった。留吉は、涙をぼろぼろこぼしていて、新しい知識に感動している余裕がなかった。しかし、両親を裸にして、留吉は父親の、チヨは母親のまっ黒な排泄物《はいせつぶつ》を始末するときは、

「そうか。こげなものを仕舞にゃあひり出すものか」

と驚き、それから一層声をふるわして泣いた。

「仏は北枕に寝かせるもんだぞ。いつまで泣くな」

チヨは母親の全身を拭くと、着替えさせ、留吉を叱り続けていた。北枕に並べた両親の顔に古手拭をのせてから、チヨは近所の人々に知らせに歩いた。驚いたことに、ほとんどの家に病人があった。チヨの実家で二人死んだと聞くと、みんな一様にぎょっとした顔をあげて本当かと問い返してきた。留吉が泣いてばかりいて、まるで役に立たないので、チヨは絹川村の村長の家にも知らせに行った。村長夫妻も顔色を変え、

「スペイン風邪でねべか」

と口を揃えた。

「へえ、中島の俺っちでも一人死んだばかりで、絹村の村長さんも医者先生も同じことを言うちっただ」

「お前のとごで、誰が死んだだ」

「三平の戦友っち人が東京から来て、すぐ死んだすが」

「東京から。いつだ」

「まだ七日にならねでがんす」

「そいつが持って来ただな」

村長が怒りで顔を染めるのを押えて、村長の妻は詳しくチヨの話を確かめ、あまり関係はないのではないかと言った。

「とにかく篦棒なこどだ。すぐ医者に行かせねばなんね。おチヨ、お前もしばらく子供を抱いちゃなんねぞ」

「へえ」

チヨは自分の子供のことより、チヨの両親のところへ医者を寄越してもらえることが嬉《うれ》しかった。すぐに飛んで帰って、家の中の掃除を始めた。三平の両親はまめな働き者で家の中はいつも整然としていたが、それに較《くら》べてチヨの実家はろくに拭き掃除もしていず、こ穢《ぎたな》いのがチヨには恥しかった。

「留吉、喜べ。村長さんが医者先生を寄越してやるべと言っちっただ」

「死んだとごへ医者が来ても仕様があんめ」

「あに言うだ。俺だちの身分で医者呼ぶなどできるこどでねべ。孝行できるでねか」

「俺は親不孝でおっ母を死なせただがら、とても喜べね」

「そげに泣いては疲れっぞ。一つ葬式出すにゃ箆棒に疲れるもんだ。医者先生が来るまでに楽寝でもしてろ」

ついこの間姑に言われた通りのことを言いながら、チヨは自分の生家は一部屋で納戸《なんど》もないのに気がついた。この家には牛もいない。井戸もない。そうだ、人が来る前に、隣へ行って水を汲ましてもらい、瓶《かめ》に水を一杯はっておかねばと、チヨは手桶を持って飛出して行った。

「水くだせえ」

隣家の裏で大声を出し、釣瓶《つるべ》を勢よく井戸に投げこんで、それをひきあげようとしたら、急に膝《ひざ》ががくがく鳴り出した。親が死んだというのに、どうしてこんなにきりきり働いているのか、チヨはようやく不思議に思った。どうして涙も出ないのだろう。赤の他人のあの男が死んだときには、あんなに泣いたのに。膝を震わせながら、チヨは力を入れて水を汲み上げた。

瓶に水を張り終ったところへ、まず三平が、やっと姿を見せ、近所の人もぼちぼち集まり始め、そこへ結城町の医者が人力車に乗ってきた。マスクをかけ、絹村へ来た医者と寸分違わぬ態度で、とにかくすぐ焼かねばならない、と言った。

「スペイン風邪だべか」

チヨの質問に、医者は驚いて、しばらくまじまじと見ていたが、重々しく肯《うなず》き、

「んだべ。中島でもはやってっか」

「へえ、俺げでも一人死んだばっかだす」

医者は後退《あとしざ》りしながら、よく手を洗うことと生水は飲まぬように注意して、早々に人力車に飛乗り、帰って行ってしまった。

棺桶を二つも買わなければならないと思い、留吉に相談すると、この家には何を買う金もないという。チヨはあらためて生家の貧しさに胸が痛くなり、十余年前に自分一人だけ豪勢な嫁入りをしたことを親にすまなく思った。しかし、チヨは嫁の分際なので山本げでは一銭も自由にならない。チヨの織る結城《しま》はいい値で売れたが、財布の紐《ひも》は姑が握っているので、チヨには持合わせがなかった。

その夕刻、留吉が荷車を借りてきたので、親の躰を蓆《むしろ》でくるみ、縄で縛って車に並べ、三平と三人で村外れの焼場に運んだ。留吉が車を曳き、チヨは後から押した。凸凹の多い田舎道を荷車は軋《きし》み、弾み、荷を揺すって進んだ。チヨは親を早桶にも入れてやれないことがしみじみと情けなくなった。思えば兄さの葬式は豪勢なものだった。が、焼場についてみると、すでに先客が多く、棺桶に入っている仏は一つもなかった。

結城町は軒並みのように死人が出て、棺桶がとても間にあわなくなっているという。片手で抱けるような小さな蓆の包があり、それは幼子が死んだものであった。母親は鼻血を吹いて寝ていて、まだ子供が死んだのは知らないと言う。チヨは中島へおいてきた二人の子供のことが急に気になり、不安が募った。様子を見に中島へ帰りたかった。焼場で、いつ頃焼き上るかと訊くと、こんなに仏が多くては、焼きづめに焼いても明日までかかると無愛想に答える。留吉は荷車を返しに行くことを考え、チヨは三平に不安を訴えて、夜道を中島へ帰りたいと言った。

が、小森への道で、チヨは鼻がぐずつき出したので、ようやく泣き始めているのだなと思い、勢よくすすりあげると、喉《のど》の奥へ熱いものがぬるりと降りた。妙なことだと思いながら歩いていると、洟水《はなみず》がぽとぽと滴《したた》り落ちる。手の甲で拭いても拭いても水洟が止まらない。ふと手を見ると、夕闇《ゆうやみ》の中でも黒いものがべったり付いているのが分った。

「あ」

チヨが言ったのと、留吉が叫んだのと同時だった。

「鼻血だ」

闇の中であるのに、留吉の顔が歪《ゆが》んだのがはっきり見えた。チヨは胸の奥に釘《くぎ》が打込まれたように思い、そのままぐらりと倒れた。すぐ後にいた三平が、チヨを抱きかかえた。

気がついたときは朝で、チヨは実家の布団に寝かされていた。躰全部が灼《や》かれているように熱く、鼻血が止まっていないのか、喉へたえまなく湯のようなものが流れている。枕許《まくらもと》で三平が趺坐《あぐら》をかいて本を読んでいた。チヨが驚いたのは、三平が本を読む姿など婚礼あげて今日までに一度も見たことがなかったからである。そういえば留吉が両親の死を知らせにきたとき、チヨはすぐ畑へ走って三平に告げに行ったが、牛を放したまま三平は草の中で本を読んでいた。あのときは慌《あわ》てていたので気がつかなかったが、今も読んでいるのは同じものであろうか。いったい熱心に本を読み耽《ふけ》るような男だったのだろうか、三平が。ときどき留吉の恐怖に戦《おのの》く顔が覗《のぞ》く。俺も死ぬのか、とチヨは思った。俺が死んでも子供たちや姑たちに俺の躰はいじらせないように、しっかり言わねばと思ったが声が出ない。チヨはまっ黒なものに襲われて、全身が重く死ぬというのも楽ではないと思った。

昏睡《こんすい》したまま、チヨは鬼怒川べりを裸足《はだし》で歩いている夢を見ていた。どこまでも、どこまでも歩く。鬼怒川の水は底が見えるほど透明で、光を受けて青く輝いていた。筑波《つくば》が見える筈だと思うのに、歩く方角には見えないので川上に向っていることが分る。ところが振向くことがどうしたものか出来ないのだ。どんどん歩く。死ぬまで歩くわけだなと合点する頃、川の中に腰まで浸《つか》って釣をしている男がいた。釣れたかね、と声をかけたいのだが、声が出ない。喉が乾いていた。チヨは水が飲みたくなって川の中へ入って行ったが、どうしたものか足が少しも濡れない。妙だぞと思ったとき、釣人が竿《さお》をはね上げた。糸の先には大きな真鯉《まごい》がかかっていた。男は鯉を手で摑《つか》み、チヨを振返った。「やあ、お内儀さん。いいお天気だね」チヨは足がすくみ、躰が凍った。重田が、鯉をチヨの目の前に突き出した。「これ喰わねえか。旨えぞ」チヨは歯を喰いしばった。鬼怒川から鯉が釣れたとは変だと思うと同時に、鯉は俺の家では決して喰ってはならない魚なのだと必死になった。重田が鯉を突きつけて迫ってくる。尾を摑まれた鯉が激しく身を左右に跳ねている。重田が足をひきずっているからだ。チヨは顔をそむけ、首筋に鯉がどろりと当ったとき、全身の力をふりしぼって重田を突き飛ばした。

三

スペイン風邪は大正七年の春から日本に入って全国的に広まり、都会を問わず、田舎を問わず、猛威を振った。抗生物質が開発される五十年前の時代で療法もなく、医者は手を束《つか》ねているよりなかったから、約一年にわたって荒れまわった悪性の伝染病で、死者の総数は全国で十五万人に上った。チヨは五日も昏睡《こんすい》状態を続けている間、なんの薬も、ろくな手当ても受けなかったが、チヨの生命力はスペイン風邪と戦い続けていた。看病している留吉も三平も、チヨが助かるとは思わなかっただろう。が、二人は交替で、チヨの額《ひたい》に濡《ぬ》れ手拭《てぬぐい》をのせ、それが湯になり、乾いてしまうと慌《あわ》てて手拭を水で絞りなおした。熱が突然ひいてきたとき、留吉が気がついて、てっきり姉が死ぬのだと思い、

「おチヨ姉」

声を出して名を呼んだ。チヨも自分は死ぬものと思いこんでいたから、胸の上の重しのようなものが急にとれて躰《からだ》が軽くなったのが信じられなくて、目をあけて留吉と三平を交互に見較《みくら》べてから、

「俺、死んだっけかな」

呟《つぶ》やいたつもりだったが、かなり大きなはっきりした声だったので、留吉と三平は顔を見合せた。

留吉は、すぐに火をくべて麦飯を粥《かゆ》に炊《た》き直しにかかった。チヨはまだとろとろし

ていたが、下半身がどうも汚れているらしいのに気がつくと、蟹糞《かにくそ》をしてまで生き返ったのかと少し恥しくなった。

「中島の、俺の子供は大丈夫だべか」

「大丈夫だべ」

「お前はずっとこの家にいただか」

「うむ。もう五日になるべ」

「一度も帰《けえ》らなかっただか」

「一度も帰らね」

チヨは三平の返事ですっかり心配になった。五日の間に、中島の家でも異変が起っているかもしれないではないか。舅《しゅうと》や姑《しゅうとめ》だって、あの男がスペイン風邪を持ちこんだのならチヨの両親と同じ目にあっているかも分らない。チヨは三平に、様子を見に行くように言った。ついでにチヨの着替えを持ってきてくれるように頼んだ。三平はすぐ肯《うなず》いて出て行ったが、どうも懐《ふところ》に本を抱えていたようだ。いったい何の本をあんなに熱心に読み、大切にしているのだろうとチヨには不審だった。

「干納豆も煮こんだがら。麦が多いが、汁だけでも飲まねか」

留吉が欠け茶碗《ぢゃわん》に粥を入れ、左手に箸《はし》を鷲摑《わしづか》みにして、チヨの枕許《まくらもと》に運んできた。

チヨは先に便所に行き、下を洗いたかったが、全身に力がなくなっているので便所の後に汚れものを置いて戻り、粥を啜《すす》った。納豆の香りがチヨの顔を温め、干納豆から出た塩味で、麦の粥が大層な美味に変っていた。

「旨《うめ》え」

チヨは三口ばかり啜ってから感嘆した。煮えた納豆が甘く柔かいものに変ってチヨの舌の上で溶ける。

「旨か。助かっただな」

留吉もほっとして、急に食欲《しょくよく》を増したらしく、自分も茶碗に麦飯をよそい、そこへチヨのために煮た粥をかけて枕許へ戻ってきた。

「良《え》がったあ。俺、親もおチヨ姉も一時《いっとき》に失うべかと思ったっちが、そうなりゃ天涯孤独だべ。どうすべっか心細かったが、本当に良がった」

「俺も鼻から血を噴いたとぎゃあ、お陀仏《だぶつ》になると思ったっちがよ。スペイン風邪でも助かるのもあるだな」

「奇跡かもしんねぞ。おチヨ姉は運が良だから」

チヨは驚いて弟の顔を見た。運がいい。運が悪い。どうしてこの家の人間は十年前から同じことばかり言っているのだろう。そういえば、中島に訪ねてきた重田という男も、しきりと三平に運が強い奴《やつ》だ、運が強い奴だと言っていた。あの男は、鼻血を噴かなかったから、ひょっとするとあれはスペイン風邪ではなかったのかもしれない。そういえば死んだ両親と一つ屋根の下にいた留吉が感染していないのも、一緒にチヨを看病していた三平も無事なのは、どういうことなのだろう。

茶碗に二杯も麦粥を平らげてしまってから、チヨは食べ疲れてまた眠った。深い眠りの中で、チヨは体力が回復してくる手応《てごた》えを覚えた。もう夢の中に、あの男は現れなかった。あの鯉《こい》を食べないで本当によかった、とチヨは思った。

再び目があいたときには三平が戻っていて、米と鶏卵と田作《ごまめ》など姑の心入れであろう食料を持ってきていた。全員が無事で、チヨが生き返ったと聞いて大喜びしているが、村長の話では癒《なお》ってもしばらくは黴菌《ばいきん》が傍にいるから近付かない方がいいということだから、誰も見舞には来ないことにしたのだという。チヨも、それは当然だと思い、家の無事を聞いてほっとした。自分が助かっても、もし子供が死んでいたら生き返った意味がなくなってしまう。それからは本当に元気が出て、ふらふらしながらも夫や弟の手を借りずに汚れた肌を拭い、汗臭くないものに着替えてさっぱりした。

「東京の司令部から返事がきて、重田の本籍が分ったと。高崎だったたっちが。おチヨが起ぎられるようになったら、俺は重田の骨を持ってってやるべと思ってるだ」

「そりゃ良がった。俺はもう大丈夫だがら、早く持ってってやんねえよ。荷物もすっかり持ってってやんねば。あれが形見だべ」

チヨはこれから帰る家に重田の骨壺《こつつぼ》があるよりは無い方がずっと気が軽いと思ったので、そう言ったのだが、三平も肯いて、

「俺も早え方がよかんべと思っちってただ」

と言った。チヨの知る限り三平は早い方がいいということなど考えるような男ではなかったので、チヨは布団《ふとん》の中で、おやと思ったが、しかしそれ以上のことは考えなかった。

白粥に卵の黄身を入れたり、田作を炒《い》って醬油《しょうゆ》をかけたものなど口の中でゆっくり嚙《か》んで食べたりしているうちに、チヨの体力は目に見えて回復してきた。姑の届けてくれた滋養分が、チヨの躰に無駄なく吸収されているのだった。姑たちのために、子供たちのために、早くよくなろうとチヨも必死だった。食べるものをどんどん食べて、眠れるだけ眠れば、あとは日日薬《ひにちぐすり》で絶対に元通りの躰になれるとチヨは確信していた。癒ってもチヨの躰にはスペイン風邪の黴菌が残っていると言われたので、却《かえ》ってチヨは誰にも気がねせずにたっぷり養生することができた。

「おチヨ姉は良だな。嫁に行ってから、こげなものべ喰っちってただか」

留吉が羨《うらやま》しそうに、チヨの食事を見守り、残りをいそいそと食べた。感染《うつ》ったらどうするかと叱《しか》りたい気持と、そう言うと惜しんでいるようにとられるのではないかと怯《ひる》んで、チヨは反射的に怒鳴っていた。

「ばかこけ。俺が病気だから姑が届けてくれたでねけ」

「それでも俺っちじゃ病人が出ても、こげなもなあ喰わせられね」

言いさして、留吉は急に口籠《ごも》った。黙ってチヨの顔色を読んでいたが、三平は中島に帰ったし、この世で二人っきりの姉と弟の間で秘密を持つのはよくないと思ったのか、おずおずと喋《しゃ》べり出した。

「実はな、おチヨ姉、俺はおっ母の死んだときの姿が不審でなんねで、おっ母の右腕が伸びてた板の間をさわってみたら、板一枚ひょいと持上ったでねか。俺、びっくりしたぞ。板の下にゃあ小せえ瓶《かめ》があってよ、中に金が入ってただ」

「いくらだ」

「六円五十銭だ。この家で、そげな大金をどげして貯《た》めこんだべか、俺、仰天したぞ」

「いつ、めっけた」

「おチヨ姉が寝ついて三日目だった」

それなら白い米も買えたろうに、とチヨは思ったが、中島の家と較べると鬼でも栖《す》みつきそうな荒れた家の中を見て、しみじみ実家の貧しさが身にしみる。

「どげして貯めたべっか。おっ母はその金に手をつけて薬でも買うべと思ったかな」

「いや、おっ母はお父が死んだのに気がついて自分も駄目だから、金が埋れてしまわねようにと思ったでねべか」

「んだべ。留吉に残さねばと思っただべ」

チヨはもちろん留吉も、それが十二年前に絹村から届いた結納金の残りだとは知らなかった。いっそのこと牛でも買えばよかったのに、それでは二十円を猫糞《ねこばば》したことがばれてしまうので、瓶の中に入れて足りない分を少しずつ補っていたのだろう。

「おチヨ姉、俺はずっと考えてただが、俺この金は郵便貯金にして宇都宮に行くことにするべと思うがね」

「宇都宮へ、何しに行くだ」

「入隊通知が来ただよ。俺は甲種合格だったがら」

チヨは胸がどきっと鳴り、しばらく留吉のだらしなく伸びた髪と顋鬚《あごひげ》を見詰めていた。寝ている間に、世の中が変ったのかと思った。

「また戦争だか」

チヨが小さな声で訊《き》くと、留吉は笑い出して、

「なに、義務兵役だ。二年で帰ってこられっが、その間この家は空っぽになるべ。そこで相談だが、俺もう百姓は嫌だ。お父とおっ母がいてせえ喰うや喰わずだったべ。俺一人で小作になっても一生地を這《は》って虫のように暮すだけだ。末はお父のように蓆《むしろ》に巻がれて焼かれっかと思うと、ああ詰まらね。俺は嫌だ、嫌だ。おチヨ姉のとごは牛があって井戸があって、みんな手が揃《そろ》ってっから、俺げの惨《みじ》めさは分んねべ」

「百姓べ嫌と言って、んだらどげするだ。東京も不景気で麦よりまずい米喰ってるというだべ」

「俺は軍隊教育をしっかり受けたら、その間によく考えて、どこで働くか決めっが、ともかく結城には帰りだぐね。女なら結城で織り子になりゃ生きていけっが、俺みて貧乏人は嫁もとれねだがら」

そうか、留吉は嫁をとることを考える齢《とし》になっているのかとチヨは胸をうたれた。確かに、こんな貧乏なところへ嫁に来るような物好きな女は結城にはいないだろう。織り上手だから中島へ嫁入りすることのできたチヨは、あの頃は稚《おさな》くて何も分らずこの家を出てしまったのだが、今になって貧乏な親を見捨てたことや、働き手を一人失った両親がどんなに苦労していたか気がついた。親不孝をしたのだ、済まないことをしたと思った。一人ぼっちになった留吉が、生れた土地を見限って出て行くというのも、実際に彼だけで耕さねばならない田畑や、絣《かすり》しばりに雇われて得る手間賃の額を考えれば、チヨも止めだてはできなかった。

「入隊は、いつだ」

「来月だ」

「えれえ急なこどだな」

「そんなこたね。戦争だら赤紙くれれば翌日にも行かねばなんねべ」

「宇都宮へ行ったら手紙くれろ。俺も返事出すっから。躰は大事にしろよ」

「大丈夫だべ。兵隊に行くと食物《くいもん》が旨えってこどだがら、俺は楽しみにしてるのよ。兄さが死んだ後は、俺、兵隊ごっこもやんねでいたっけが、兵隊に行った連中の話きけば百姓よりなんぼか楽だと言うぞ」

「戦争に行かね奴らの話だべ」

「いやあ、結城《ゆうき》の日露の勇士っち連中の話きけば、篦棒《べらぼう》に面白え。海軍よか陸軍の方が百姓には向いてるだべ。兄さは海軍を志願したがら始めから運が無かっただ」

チヨは黙っていた。チヨが三平と重田によって知ることのできた戦争というものと、留吉が聞きかじって思い描いている戦争は、天と地ほども違っているのは明らかだったが、チヨは何も言わなかった。とにかく今は戦争をやっていないのだ、とチヨは自分に言いきかせた。日露戦争のときには十二師団しかなかった日本陸軍が、その後十七師団に拡大され、今では二十七師団にふくれあがっている。日露戦争のとき栃木県には師団所在地がなくて山本三平は東京に司令部のある第二旅団に入営したが、留吉は宇都宮へ入るという。日本と支那の間に軍事同盟が結ばれたばかりであり、日本とイギリスの共同陸戦隊がウラジオストックに上陸を開始したのは、つい先月の出来事だったが、新聞を読まないチヨには、日本が轟々《ごうごう》と足を踏みならしながら軍国主義国家への道を歩み出していることは分らなかった。ましてチェコスロバキヤがソビエト政府に猛烈な反撃を始めたというような世界の動きなど知ろう筈《はず》がない。

陸軍なら兵役義務は二年。その間この家は全くの無人になるわけだから、家の中も片付けなければならないし、今後のことは村長にも頼みに行かねばならないとチヨは思った。起きられるようになると、チヨは早速に自分の汚れものを洗うために隣の井戸へ水を貰《もら》いに行った。

「よく癒ったたな。俺げにも飛火するべかと心配してたがよ」

「へえ、俺も死んだと思っちっただが生き返ったでがす」

「瘦《や》せたな」

「身が軽くなっただだが、なに子供産んだ後はちっとべ肥《ふと》り過ぎていやしたけ」

隣家の人と話を交しながら水を汲《く》み、家でしばらく灰汁《あく》につけておいた。臭気が大分おさまってから人目につかぬようにして濯《すす》いだ。それでもチヨは重田の分を姑と一緒に洗ったことや、両親の湯灌《ゆかん》をした後のことなど思い出さないわけにはいかなかった。もしチヨが死んでいたら、誰がチヨの湯灌をしていただろう。留吉だろうか。三平は手伝っただろうか。そんなことをぼんやり考えながら、汚点《しみ》のついている部分を念入りに水の中で揉《も》んだ。病み上りの躰に洗濯はかなりの重労働だったから、濯ぎ終って絞りあげると、チヨはヘトヘトになっていた。家の裏手で竿《さお》に干しているとき、三平の大きな躰が勢よく歩いて来るのが見えた。のっそりと動くところしか見たことがなかったものだから、チヨはどきっとして、やっぱり中島でもスペイン風邪がまた出たかと思い、飛出して行った。

「何かあっただか」

「いや、なんのことだ」

三平はチヨの見幕に驚いたようだが、チヨはチヨで三平の全身が泥だらけになっているのにびっくりしていた。

「どげした、その装《なり》は」

「これか。転んだだ」

「どこでだ」

「来る道でだ」

道で転んだぐらいで全身が泥まみれになるとは思えなかったが、あの勢で歩けばつまずくこともあるだろう、とチヨは少しだけ得心した。とにかく洗濯で疲れが出たので、布団に横になった。布団には人形《ひとがた》に汚点がべったりついていて、それはチヨの父親の文字通りの形見だった。チヨが続いて熱を出したので、その人形はすっかり乾いている。もう少し元気が出たら、この布団皮も洗ってしまわねばとチヨは思った。

三平は泥を縁先ではたき落してから、チヨの枕許に来て、

「俺、明日にでも重田の家に骨持ってってやるべと思ってるだ」

と言い出した。口調にも何か使命感とでもいうものがにじんでいて、戦友の骨を納めに行く仕事に意義を感じているようだった。

「あれ、もう行っただべと思っちったがね」

「いや、まだだ。何かと忙しかったっからよ」

これは妙だと、またチヨは思った。三平は猫の手も借りたいような農繁期でも決して彼自身は忙しく働いたことのない男だった。何が忙しかったというのだろう。ここ数日というもの三平は小森には顔も見せなかったのだ。家で誰か病気になっているの

ではないかと気になったが、訊いてみるとその様子もない。そこでチヨは、自分の里方の話を三平に相談することにした。留吉が宇都宮師団に入営するに当って、この家が空になるのは、どうしたらいいか。また留吉がこの機会に百姓は止《や》める気でいるのだがと言うと、三平はそうか、そうかと生返事をするばかりで一向に身を入れて聞く様子がない。つまりこういう男であることは分っていたのに、どうして相談などをしたのだろう、とチヨは情けなくなった。あんまり勢よく歩いていたから、つい頼りがいのある男と思い間違えてしまったのか。早く歩けば転んで泥のつくような男だったのに。

三平はチヨの話の相手にこそならなかったが、家の中や外を注意深く見まわしていて、留吉はどこへ行っているかと不意に訊いた。

「結城町の藍屋《あいや》へ挨拶《あいさつ》がてら相談に行っただ。あまり早くは帰らねべ」

すると三平はいきなりチヨの寝床へ割込んできた。泥だらけの着物も脱がずに、チヨの上に押乗り、チヨの痩せた腿《もも》を開かせた。チヨは仰天した。日はまだ高く、戸は開け放してある。もし庭に入ってくる人があれば誰の目にも二人が何をしているか分るだろう。が、小さなチヨの躰は病上りで力弱く、大男の三平を押し返すことができなかった。こんなことが目的で、道を急いで来たのかとようやく合点したとき、三平は終っていた。さすがにすぐ起きて身づくろいすると外をきょろきょろと見た。

「昼日中に何するだ。俺は病人だぞ」

チヨは腹が立って後の祭の文句を言った。

「俺、明日っから出かけて高崎へ行って、帰りに東京へまわって来っからよ」

「東京へ、何しに行くだ」

「重田の勤めた本屋へ行く」

「なんでだ」

「重田が何か置き残したものがあるべと思ってよ。重田の家に行かねば、本屋の名も分らねべ」

チヨには三平が何を言っているのか分らなかった。三平は頓死《とんし》した戦友の骨を彼の家に納めに行くより、東京の本屋を探す方が大事に思っているように聞こえたからだった。そういえば、チヨが高熱にあえいでいるとき、ときどき気がついて枕許を見ると、三平はずっと本を読んでいた。あの本は、とチヨは気がついた。重田の残した本だったのではないか。

「俺の看病してたとぎ、お前が読んでべいた本は、ありゃ何の本だ」

チヨが訊くと、三平はぎょっとしたらしく眼を剝《む》いて、答えない。

「戦友の形見だべ」

「うむ、そげなこどだ」

「何が書いてあるだ。面白え話か」

「んだな、面白えといやあ面白えが、尋常小学校で習っただけじゃあこ難しい本だわ」

「読むのに難儀だか」

「んだ。重田はどこであげな本を読めるような学を身につけただべか。本屋に勤めるっちな、どげなこどだべか」

夫が何に興味を持ち出したのか、チヨがようやく呑《の》みこめたとき、三平はそのままそそくさと出て行ってしまった。大事にしろとも、早く家に帰れとも言わなかったのが、チヨには淋《さび》しかった。病人に、あんなことをするためにだけ出かけてきたのかと情けなくなった。

チヨは寝たり起きたりしながら実家の後始末を続けた。まったく何もない家だった。鍋《なべ》や釜《かま》までひびが入ったり歪《いびつ》になったりしている。留吉にとっておきたいものがあれば預かってやると言うと、留吉はしばらく考えてから何もないと答えた。両親の死んだ布団は皮を剝《は》いで洗ったが、黒く堅い綿の上に仏の水痕《みずあと》がぺったりとついていた。

こんな綿では打直しもなるまいとチヨは溜息《ためいき》が出た。チヨが中島の山本げで寝ている布団は、嫁入りのとき絹川村の村長が支度してくれたもので、十年余たってもまだ綿がふっくらしている。それに較べて、親はこんな布団で寝ていたのかと思うと、チヨは又しても親不孝の悔いを覚えた。襤褸《ぼろ》ばかりの衣類も、持って帰ってもし黴菌《ばいきん》があってはいけないと思い、町の屑屋《くずや》にまとめて引取らせた。底の抜けた桶《おけ》まで荷車に積むと、山になったが、屑屋は不機嫌な顔をして三十二銭払った。留吉は当然のようにそれも郵便貯金に入れてしまった。家も土地も、もともと彼らのものではなかった。チヨには櫛《くし》一本も形見分けがなかった。嫁入るまでチヨが使っていた茶碗は割れたらしく、どこにもなかった。親が板の間の下において金を貯めていた壺を、チヨは抱えあげて、

「これだけ貰って帰るべ」

と言うと、

「空だが、それで良《え》がったら持ってけ」

留吉が笑った。

入営の日、留吉はさばさばした顔で家を出た。チヨは結城町まで送って行き、駅で別れるとき急に涙が出た。親が死んでも泣かなかったのに、どうしたのだろう。留吉

も途方に暮れて、

「戦争に行くわけでねだから、泣くなって、おチヨ姉」

と、制した。

「手紙くれろよ」

「分ってるっちに。そげに泣かれっと俺まで死ぬかと思うぞ」

チヨはびっくりして涙が止った。この上、弟にまで死なれてはたまらないと思った。チヨの結納金を隠していた壺は、空になってからチヨの腕に抱かれて中島の山本げに場所を移した。チヨは形見分けが何もなかったのが恥しく、そんな古い瓶か壺だけが貰いものだと言うのはもっと恥しくて、縁の下の奥の方に押し隠してしまった。

姑はチヨの顔を見ると上機嫌で、その無事を喜び、舅は短い言葉だったが、

「死なねで良《え》がったな」

と言ってくれた。

「様子見に行くべと何度も思ったが、俺が感染《うつ》っちだら孫が危ねべと思ってよ、不人情なよだが寄りつかねだっただ。すまねな」

それが姑の一番の気がかりだったらしい。チヨもまたあの鼻血や高熱が子供に飛火してはひとたまりもないと思っていたから、姑がなまじ看病になど来てくれなかった

ことを感謝していた。焼場で見た小さな仏を思い出すだけで、チヨは胸がまだ痛い。

「形見分けが何もねで、俺こっ恥《ぱずか》しくって帰りにくかっただ」

「なに、はやり病の仏は形見分けするものでねだ。香奠《こうでん》も針の先ほどしか届けねだったしよ」

チヨは驚いて姑の顔を見た。

「香奠て、なんだ」

「気にするでね。ちっとの真似《まね》だけだ」

「金か」

「ああ、三平に持たしてやったが」

言いさして姑も気がついたらしい。

「三平は渡さねだっただか」

「いつのことだべ」

「留吉が知らせにきて、お前が飛出して行った後、三平が牛小屋で手間とってる間に、葬式出すにゃ何かと物入りだべと思って、早桶《はやおけ》一つぶり持たしてやったがね」

「俺、知んね。すぐ寝こんだからだべか。留吉は何も言わねがよ」

「三平もぼんやりだから忘れたかもしんねな。なに、僅《わず》かな金のこどだ」

舅は女二人のやりとりの傍で、せっせと整経《はたのべ》をしていた。黙っていた。チヨはものが言えなくなった。留吉は受取ったのだろうか。早桶一つ分の金では両親を納めるのに足りないので薦に巻いて葬《ほうむ》ったのか。その金を、彼は郵便貯金に入れてしまったのだろうか。姑も考えこんでいた。彼女は息子を疑っていた。三平は、あの金を持ったまま、あの男の骨を抱いて出かけてしまったのだろうか。もしそれが本当なら、嫁に恥しくて言えたことではなかった。香奠のことなど言うのではなかったと姑は後悔していた。

チヨが一月近くも留守にしている間に、家の中にどうも違った雰囲気ができている。チヨは帰るとすぐからいざり機《ばた》に入って織り出したので、充分養生して体力を回復してから帰ってよかったとは思うものの、何がどう変ったのかよく分らない。子供は二人ともすっかり姑になついていて、チヨが帰ってきたのを格別喜ぶ様子もなかったから少しがっかりしたが、まだスペイン風邪の黴菌がチヨの身辺に残っていてはという心配があったので、チヨにはその方が有難かった。変ったと思うのは、子供のせいかと思う。下の子供は成長期で、ちょっと見ない間に随分大きくなっていた。

三平は十日も前に家を出たというのに、まだ帰っていない。チヨの寝室は納戸《なんど》で、子供は二人とも舅姑と一緒に寝るくせがついていたから、チヨは一人で夜を迎えた。

三平が乱雑に散らかしたままの部屋で、男臭さが窓を開けても抜けなかった。チヨは久しぶりの機織りで疲れていたから、早く寝て、朝早く納戸の中を整理しようと思い、夢も見ずに眠ってしまった。

熟睡して、チヨは快く眼ざめた。納戸であってもチヨの実家より遥《はる》かに豊かな家の中にいるというのがよく分った。チヨの実家には何もなかったが、山本げには多くのものがあった。舅も姑もまめで片付けることが好きな性質だが、蔵のあるような家ではないから整理すべきものはチヨたちの寝室である納戸に積上げられることになる。それを三平が、自堕落に突き崩してしまっている按配《あんばい》だった。チヨは起きると顔も洗わずに納戸の片隅から片付けにかかった。

まず大きいものを下に、小さいものを上にという順で積み直そうと思い、風呂敷《ふろしき》包の類《たぐい》を大きさで別にしていると、見覚えのある包が出てきて、チヨは手も息も止った。まさか、と思った。それは乱雑に積み重ねた物の一番下から出てきたのだ。あの男の残したものが、一番下に入っている筈がない。それに、あの男の残した品は、それこそ形見として骨壺と共に三平が重田の親許へ持って行った筈であった。

チヨはおそるおそる包を解いて展《ひろ》げてみた。やっぱり小型の行李《こうり》が出てきた。溜息が出た。蓋《ふた》をそっと取った。本と油紙の包が入っていた。あの男の遺品に間違いなかった。チヨは本の頁《ページ》を繰ってみたが、漢字の多い、おそろしく難かしそうな文章だったので、三平の言葉を思い出しながら本を閉じた。油紙を展げてみた。参謀地図が出てきたが、チヨにはどこの地図だかよく分らなかった。筆巻きをひろげてみると数本の鉛筆と古い煙管《きせる》が一本入っていた。なぜこんなものを、あの男が後生大事に抱えてきたのか、なぜまた三平が持って行かなかったのか、チヨには理解できなかった。

「おっ母、めしだ」

次女が、戸を開けて呼びにきた。チヨは驚いて行李の中に地図や筆巻きを押しこみながら、次女の言葉づかいがはっきりしてきたことと、悪いことをして見つけられたように慌てている自分に気がついた。姑たちには言わないことにしようと咄嗟《とっさ》に思った。

三日もして、ようやく三平が帰ってきた。大きな長い包を肩に担《かつ》いでいた。舅も姑も、どうだったと訊いたが、三平は重い口で高崎の重田の生家では、まるで厄介払いができたような喜び方で、泣く者もなければ、世話になったと礼を言う者もなかったと答えた。どういうわけだと舅は唖然《あぜん》とし、姑は良い男だったのにと気の毒がったが、チヨには分るような気がした。口が軽く陽気にふるまっていたけれど、あの男には陰惨な影が始めからつきまとっていた。それに、チヨにスペイン風邪を感染したのはあの男だったかもしれないのだ。

三平の持って帰ったものは、麻紐《あさひも》をほどき、紙をはがすと、木の柄のついたシャベルだった。工兵だったとき、これの使い方を覚えたので買ってきた、と三平は得意そうに見せた。他に三冊ばかりの書物があった。それも重田の遺品同様の古本だった。

それに気がつくとチヨは言わずにはいられなかった。

「本屋がめっかっただか」

「うむ。すぐめっかっただ。神田の古本屋がずっと軒を並べてっとごだった」

「それも形見だべ」

「なに、重田が奉公してた本屋には暇とって出てただから、何も残ってなかっただ。こりゃ俺が買ってきたのよ」

「何の本だ」

「今に分るべ」

「えれえ熱心に本読むようになっただでねけ」

「よく気がついだな、おチヨ」

三平は機嫌のいい顔でチヨを顧ると、ぐいと手を伸ばして妻の躰を引寄せようとした。チヨは反射的に飛びのき、早口で一番気になっていることを言った。

「なんでお前、骨と一緒にあの本を届けなかっただ。形見でねか」

「あの本て、なんのこどだ」

「行李の中の本だ。地図もあるでねか」

三平は俄《にわ》かに不機嫌になり、

「あれは俺が形見に貰っただ。どうせ重田の家じゃ持ってっても焼き捨てたべ」

と言った。

「俺げでも焼き捨てたがよかんべ。スペインの黴菌がついてっかしんねがら」

「うるせこど言うでね」

「でもよ、薄っ気味が悪えでねか。俺、嫌だで捨ててくろ」

「うるせって」

三平が大声で叫んだのと、彼の大きな手がチヨの左の頬を叩《たた》いたのは同時だった。チヨは躰が吹飛んだかと思った。この家に嫁入ってから、三平が大声を出したのも、怒ったのも、このときが始めてだったから、チヨは縮み上った。顔半分が腫《は》れ上ったので、納戸に一日こもってチヨは泣いていた。娘二人が交互に覗《のぞ》きにきて姑に報告したらしく、上の娘が手拭を絞ったのを持ってきて冷やせと言った。

三平の機嫌はなかなか直らず、その夜はチヨに背を向けて寝た。チヨは、そんなに自分がいけないことを言ったのかと怖《おそ》れ戦《おのの》きながら、夜中に何度も眼をさました。不思議なことにその夜、三平は一度も魘《うな》されることがなかった。あの夢も見ないほど怒ったのかと思うと、チヨは一層情けなくなり、どうやって詫《わ》びたらいいかと胸が痛くなった。

朝飯の後、三平はシャベルを担いでぷいっと出かけて行ってしまった。いつもと違って誰より早く食べ終っていた。舅と姑は白湯《さゆ》を啜りながら、

「昨夜も声をあげねだったな」

「治ったべか」

「そげこどだら良《え》がったただが」

と言っているのをチヨは聞き咎《とが》めた。

「俺が帰る前っからか。俺、昨夜が初めてっかと思ったっけが」

「いや、おチヨが寝こむ頃から止まったのでねべか」

「うむ。小森へ看病に行って、帰ってから魘されねよになってってっただ」

「おチヨが鼻血噴いたで、魂消《たまげ》て我に返ったのでねべか」

「んだべ。戦争前のようになってきたっからな。飯もさっさと喰うし、歩き方も早くなった。もう大丈夫だべ」

「良がったたように、俺げは言うこどなしだべ」

たしかに三平は人が違ったように、よく働くようになった。しかし舅を手伝って絣しばりをする気はないようだった。畑仕事は前より身を入れてしたが、時々シャベルを担いでふいっといなくなってしまい、帰って来ると手足が泥々になっていたりする。夜は、ずっと魘されることがなく、暇があれば本を読み、分らぬ文字があるとそれを小さな紙に書いて家を出るところを見ると誰かに意味を教えて貰うのであろう。チヨは何をしているのか気になったが、怒られるのが怕《こわ》くて二度と訊けなかった。それに、間もなくチヨは猛烈な悪阻《つわり》に襲われて、機も満足に織れなくなってしまった。上二人を産むときは悪阻がなかったのに、病気の後で体力がなくなっているせいかと思ったが、姑は様子を見て、

「その分じゃ、男かしんねな」

と言い、その予言は的中した。

翌年の春、チヨは難産の末に男の子を産んだ。陣痛が殊《こと》のほか激しく、チヨは唸《うな》り続けた。腰骨が裂けるかと思い、最後の瞬間は自分の命とひき替えるつもりで全身の力をしぼった。やがて姑が手際《てぎわ》よく臍《へそ》の緒を切ると、嬰児《えいじ》は威勢のいい産声《うぶごえ》をあげた。チヨにはそれが勝鬨《かちどき》に聞こえた。女が子供を産むのは、男が戦争に行くのと同じ命が

けのことではないかと思った。戦争は行ったことのない者には分らないと、あの男と三平は話していたが、産婦の苦労こそ男には分らないだろう。産み終えた後の、陣痛が嘘《うそ》だったように止り、心が和らぎ、まるでこの世に怕いものは何もなくなったような征服者に似た喜びもまた男には分らないのではないか。

「男か。運の強い奴だべ」

三平が思いがけないことを言った。

舅が、三平が運が強く二〇三高地から無傷で帰れたのは、女二人の後で生れたので三という字を名にしたからだと言い出し、チヨの産んだ子供も娘二人の次だから三吉と名付けられることになった。

四

三平が何に熱中し始めたのか、チヨが実家で寝こんでいる間に舅《しゅうと》と姑《しゅうとめ》は気がついていたらしい。チヨも三吉を産む前後ようやく察しがついた。それは結城に生れた者ならば誰でも子供のときからお伽噺《とぎばなし》を聞くようにして育った物語と関係があった。

天慶の乱で平将門《まさかど》を誅伐《ちゅうばつ》した藤原秀郷《ひでさと》が鎮守府将軍となって下野小山《しもつけおやま》に本城を、下《しも》総《うさ》結城に支城を築いて以来、八代の後胤《こういん》に小山政光があった。その三男七郎が十四歳のとき、母親が頼朝の乳母だったので、頼朝挙兵の報に接するとただちに武蔵《むさし》国に馳《は》せつけ、頼朝を烏帽子《えぼし》親として元服、小山七郎宗朝と名乗り、源家に忠誠を誓って数々の功をたてた。彼の代から本城は結城に移され、奥羽《おうう》征伐の帰途には頼朝が立寄って何泊かしたというほどの信任を得た。結城氏はこの小山七郎を祖として足利時代も戦国時代も子々孫々関東の穀倉である北総に根を張り続け、勢力を誇っていた。

天正十四年、豊臣秀吉が大軍を率いて小田原に迫ったとき、結城には小山七郎から十七代目の結城晴朝がいて、秀吉の招請に応じ、将卒を引連れて小田原へ出かけた。このとき両者の対面でたまたま晴朝に家督を嗣《つ》ぐべき男子がないと知ると、秀吉は早速、彼の養子であった秀康を晴朝に与えると言いだした。これが結城秀康として、器量すぐれた武将でありながら、世に出る運のついになかった男の名である。彼は徳川家康の次男に生れながら、秀吉の養子にとられ、秀吉になまじ愛されたために実の親の家康からは冷遇され、徳川将軍の家督を弟である三男秀忠に譲られてしまうからである。

家康の実子であり、秀吉の養子であり、しかも中々の器量人という噂《うわさ》の高い男を、養子に押しつけられた結城晴朝の心中は複雑なものがあったに違いない。当時にあって結城家の所領は十八万一千石にすぎなかったが、先祖は頼朝の奥州征伐先陣の功によって藤原氏から奪った金銀のほとんどを恩賞として受けている上に、肥沃《ひよく》な関東平野に十八代栄えていたのだから、その間蓄積された財力は相当なものであったろう。その富裕から俗に結城百万石といわれている。

秀康を養子にと言い出した秀吉の腹の内に結城家の内福が計算されていなかったとはいえないだろう。やがて関東へ転封された徳川家康の端倪《たんげい》すべからざる実力を見て、晴朝はいよいよ秀康を養子に迎える事の重大さを悟ったに違いない。彼は長年にわたって結城家の蓄えた金銀財宝を、秀康が入城する前に土中深く埋めてしまった。そのときの穴の掘り場所や人足たちの処置など一切を取りしきった男の名前は、チヨも幼いとき苧桶《おぼけ》の前で祖母が繰返し話してくれたので聞き覚えている。ぜぜもんど。膳所主水という字を当てるということを知っているような学のある人間は結城には多くなかった。

関ヶ原の翌年、結城家は越前福井に国替えになった。家康が征夷大将軍《せいいたいしょうぐん》の宣下を受けるのは、それより二年も後であるから、この転封の意図するところは明らかである。それから六年、慶長十二年に結城秀康は雪深い越の国で、何一つ華々しい業績を残さずに三十四歳で世を去った。養父の晴朝はそれから七年後、八十三歳で死んだが、チヨの聞いた話では膳所主水がこのとき牢内《ろうない》で切腹している。表面だけ聞けば殉死のようにもとれるが、牢内というのは理由が分らない。第一、牢内にどうやって刃物が持込めたのだろう。

ともかく結城家の財宝は晴朝が膳所主水に命じて埋蔵させて以来、今日まで姿を現わしたことがない。しかしその間には、その埋蔵金を掘ろうと企てた者が少くなかったようである。大がかりなものだけでも江戸時代に四回発掘作業が行われた。膳所主水が残したという絵図面にまつわる数々の因縁話も、結城では話の上手な年寄りがあちこちにいて、チヨも子供の頃には何遍も聞きに行ったものである。八代将軍吉宗の時代に、家康の書き残したものによって大岡越前守《えちぜんのかみ》が総指揮に当り、結城から二里ばかり外れた吉田村の的場を掘ったこともあるという。

昔噺にすぎなかった結城の黄金伝説が、明治時代には誰一人掘る者もなかったのに、大正六年七月、旧藩主である貴族院議員水野子爵《ししゃく》がのり出し、相場師の熊倉という男がそれに上乗りして、馬車でくり込んできた。前祝として結城町五千軒に紅白の餅《もち》を一重《ひとかさね》ずつ配ってまわるという派手なやり方だった。なんでも東京で有名な占師が結城城址《じょうし》には莫大《ばくだい》な黄金が埋まっているという卦《け》を立てたのが始りということで、政界に名高い華族の殿さまが陣頭に立っているのだから、新聞という新聞が書きたてるし、もの好きな連中が東京から結城まで見物に出かけてきて、人夫のふりおろす鶴嘴《つるはし》の先を見守るという騒ぎだった。チヨも子供の手をひいて嶋屋《しまや》の帰りに見物に行った。祭か市でもたったように賑《にぎ》やかに屋台店が並んでいた。

しかし、掘っても掘っても武具の破片ぐらいしか出てきたものがなく、冬には見物も飽きてしまい、人夫の数も五分の一ぐらいに減った。三月には、誰の姿も見えなくなっていた。

三平の戦友が中島に姿を現わしたのは、水野子爵の発掘が失敗に終り、もう結城では誰もその話をしなくなっていたときであった。本を読んだり、地図をひろげたりしていたが、まさかあれだけ大がかりにやっても出なかった黄金を、一人で掘る気で出かけてくる男などあるとも思えなかったし、それに重田は東京から風邪をひいてやってきて、すぐ寝こみ、死んでしまった。

朝早く三平は眼をさますと、鉛筆の先を舐《な》めながら、帳面に熱心に書込みをしている。何冊かの読んだ本をまとめて、歴史の移りかわりや、過去の発掘の記録などを三平なりの理解で彼自身の文章に直しているのだった。チヨは戦友の形見を焼けと言って張り倒されて以来、何も言うことができず、見て見ぬふりをしながら起きて着替えをした。毎夜魘《うな》されていたときは、二度寝をするせいか三平は朝寝坊で、家の者が朝食をとり終る頃にようやく起きてきたものだが、夢を見なくなってからは朝が早い。そして床の中で本を読んでいたりする。チヨを抱き寄せることもずっと少なくなっている。

「おチヨ」

着替えているチヨに、三平が寝たまま声をかけた。

「へえ」

「お前、小せとき朝日さし夕日かがやくっち歌聞いてねっか」

「大谷瀬《おおやぜ》の八尺堂の歌だべか」

「なんだ、そりゃ」

「罪とがの雲は晴れにし八尺堂、ながめばここに朝日かがやく……んだべっか」

チヨは幼い頃に祖母が節をつけて子守唄《こもりうた》がわりに聞かせてくれた御詠歌を、ちょっと節を思い出しながら口ずさんでみて、急に恥しくなった。

「んでね。朝日さし夕日かがやくっち歌だが、知んねか」

「聞いたことあんな。ああ、うつぎ観音さの歌だべ。朝日さす夕日かがやく三つ葉うつぎのその下に、黄金千杯、朱千杯」

「も一度、ゆっくり言え」

「朝日さす、夕日かがやく、三つ葉うつぎの、その下に、黄金千杯、朱千杯」

「うう、大分違うな。うつぎ観音っちどこだ」

「大谷瀬の八尺堂だっちに。耳が遠くなったら、うつぎ観音さんに籾殻《もみがら》あげるだ。俺の婆《ばあ》さがよく拝みに行ったもんで、俺も小せとぎ行って一緒に唱えたもんだ」

「大谷瀬か。俺も行ってみべ」

三平の機嫌は悪くないようだったが、チヨは急に胸騒ぎがして、納戸《なんど》から外へ出た。朝の水汲《みずく》みはチヨの役目だ。勢よく釣瓶《つるべ》を井戸に深く投げこみ、綱を手繰《たぐ》って重くなった釣瓶を引上げる。手桶《ておけ》の水で台所の大瓶を満たす間に舅はもう麦飯を炊《た》きあげ、姑は板の間の拭掃除《ふきそうじ》を終えていた。食事のときには子供三人と三平も顔を揃《そろ》え、上の子供は小学校へ慌《あわ》ただしく飛出して行く。三平も早々と箸《はし》をおいて、何も言わずに家を出た。

「お父が妙なこど訊《き》いたがね」

チヨはおそるおそる舅にも姑にも聞こえるように言い出した。二人とも黙って食事の後片付けをしている。

「朝日さす夕日かがやく三つ葉うつぎのその下に、黄金千杯、朱千杯っち歌のこど、俺に訊いただ」

「そら違うべ。朝日さし夕日かがやく三つ葉葵《あおい》のその下に、黄金千枚、二千枚だべ。塔の下の華《け》厳《ごん》寺の歌だべ」

「俺のは大谷瀬の八尺堂の歌だがね」

「ああ、耳が遠くなったら詣《まい》る観音さんだな。俺だちももうじき厄介になるべ」

姑の気楽な相槌《あいづち》に、思いきってチヨは言い出してみた。

「お父はシャベルで、金を掘る気になってるのでねべっか」

姑が急に口を噤《つぐ》んだ。チヨは、言ってはいけないことを言ってしまったのだろうかと不安になった。姑がチヨに対して不機嫌になったのは、珍しいことだから、チヨはおろおろしてしまい、苧桶の前に坐《すわ》った姑を遠くから立って見ていた。舅は絣《かすり》しばりの準備にかかっていたが、しばらくして、突然大きな声で言った。

「昔っからの世迷言《よまいごと》だべ。出てくっもんでね。そげなもの掘るより、まともに働けばえによ。困ったもんだ」

チヨは舅の声に追いたてられるようにして縁先のいざり機《ばた》に入り、機織りにかかった。チヨが嫁にきて十年たつ間に、姑のとる細い糸と、舅の絣しばりとチヨの織り方が三者互いに競いあうようにして、嶋屋を驚嘆させる技術を産んでいた。それはベタ亀甲《きっこう》の中に一つ一つ十字絣を入れるという細かい仕事の完成である。小森で十字絣ばかり織っていたチヨが、ある日思いついて舅に相談したのだ。舅は整経《はたのべ》をしながら長い間考えこみ、やがて思いきって絣の墨ツケをした。藍屋《あいや》から戻ってきた糸を機にかけ、一日がかりで二寸織ったときの喜びをチヨは昨日のことのように思い出す。完成した作品を背負って結城に縞売《しまう》りに行った姑は、嶋屋に集った女たちが目を瞠《みは》って亀甲の中に小さな十文字がきちっと織り出されているのを見たと得意そうに報告した。

「三人寄れば文殊の智恵《ちえ》だべ」

そう言って喜びあった。嶋屋はすぐ同じものを続けて織れ、いい値で買うと言ったし、噂を聞いて近在の者たちが方法を訊きにきた。舅は惜しまず墨ツケの要領を教えたが、あまりに細かい作業なので、聞いただけで頭が痛くなったと言って帰ってしまう者もいた。絣しばりも織り子もよほど上手でなければ、出来ない紬《しま》なのだと他人に説明するごとに舅もチヨも気がつき、どうして三平がこの新しい技術を自分のものにしようと考えてくれないのか、あらためて残念だった。

チヨは梭《ひ》を打ち鳴らして機を織りながら、埋蔵金の話は昔からの世迷言だ、出てくるものではないと言った舅の声が耳の中で谺《こだま》するのを聞いていた。どうして舅はそれだけはっきりした意見をチヨたちにでなく、当の三平に言わないのだろう。親ではないか。チヨは女房だから、気に入らなければ大きな掌で張り倒されるが、親ならどんなことを言っても三平は抗《あらが》うことはできないだろう。姑も同じことだ。人のいい穏やかな性格だということは嫁入ったときから知っていたが、いくらなんでも昨今の三平を黙って見ていることはないだろう。チヨと一緒になって埋蔵金伝説にかかわりのありそうな歌を賑《にぎ》やかに較《くら》べたりして一向に三平を戒める気はないらしい。親のくせして、なんという歯がゆいことだろうとチヨは嫁にきて初めて舅と姑に批判的になった。チヨの子供たちは祖父母の愛に育《はぐく》まれていて幸せだったが、躾《しつけ》たり叱《しか》ったりするのはチヨの役目だ。三平は、まるで子供に関心を示さない。長女と次女は遊びざかりで、手を洗わせるにも顔を拭いてやるにも、チヨは二人には怒鳴り続けだった。長男の三吉が、今のところ一番おとなしいが、これも四つ五つに育ったら、女の子とは桁違《けたちが》いの悪さをするようになるだろう。チヨは自分が大声で吾《わ》が子を叱ったり怒鳴ったりしているので、三平が何をしても黙っている舅たちの気がしれなかった。

しかし三吉が数えで五歳の春、事件が起った。三平の方から埋蔵金発掘について纏《まと》まった金がいると切出してきたのだ。舅はしばらく言葉がなかった。姑も息を呑《の》んでいた。

「徳川公爵も水野の殿さまも総出でよ、熊倉っち金持があげに大騒ぎして掘っても出なかった埋蔵金だべ。大岡さまの昔っから掘りに掘っても出てねだぞ。お前が掘って出てくるわけがねべ。そげな悪い夢は見ねこったな」

　舅は小声でさとすように静かに言ったが、三平は岩のような躰《からだ》から大声で言い返した。

「ありゃ違う場所を掘っただだがら、いくら掘っても出ね道理だったべ。結城城に埋めるわけがねべ、その城に秀康が養子に来ただがら。秀康が養子に来っと、結城晴朝は上吉田に隠居しただ。埋めたのは会之田城っち晴朝の築いて住んだ城の中だ。俺は調べに調べたっから間違いはね」

「お前が調べて分るくれえの事だら、金持ちはもっと早く分っただべ」

「んだっち、熊倉っち男は吉田村の土地をあらかた買ってっだ」

「買って、なぜ掘らねだ」

「篤志家《とくしか》の出てくるのを待ってるだ。俺は東京へ出かけて、熊倉さんの番頭に会って聞いてきた」

「篤志家っち、なんのこどだ」

「俺のような男のこどだわ」

　三平は掘るべき場所がすでに熊倉という相場師によって買占められているのを知ると、東京まで出かけて彼を尋ね、番頭にていよくあしらわれたのだろう。熊倉の地所であろうと掘るのは誰が掘っても自由だが、但《ただ》し出てきた黄金は折半するという条件だったという。発掘の費用一切は、いわゆる篤志家の方の負担になる。

「金がいるといっても俺だち結城の百姓は昔から貧乏で、畑だけで食えねば紬織《しま》ってるだべ。お前が掘るに、どれだけの金がいるだか俺にゃ分らねだがよ。貯金もねし」

「牛売ってくんねか」

聞き耳を立てていたチヨは、あっと声をあげそうになった。牛を売る。あの赤牛を。なんという怖《おそ》ろしいことを三平は言い出したものだろう。牛のない家で育ったチヨは、牛を持たない農家の労働の苦しさを骨身にしみて知っていた。冗談ではないと思った。

「馬鹿《ばか》こくな。牛が売れっか。誰が耕すだ」

舅も声が荒くなった。

「黄金の延べ棒が何千本も出てくっぞ。牛の一匹や二匹なんでもなかんべ。掘り当てりゃ十四にして返してやっから」

「牛を十匹も何にするだ、馬鹿が。掘りたけりゃなんぼでも気のすむまで掘るがえだが、金も牛も渡すこどはなんね。お前は帰ってこっち一度も働いたこどがねっからよ」

三平は黙りこんだ。チヨはどうして舅がもっと毅然《きぜん》として埋蔵金などあるわけがないと叱りつけてくれないのか、じれったかった。掘りたければ気のすむまで掘れというのは、いったいどういう考えで言ったものだろう。

「俺は運の強い男だっちに。戦友が言っちったが忘れったか。俺は、やっと働く気になってシャベル買ってきただぞ」

三平が親の言葉を押し返したが、舅はたじろがなかった。

「埋蔵金掘るな働くこどでね。働くっちゃ、土を起して、種蒔《ま》いて育てることだ。足りね分は、紬を織るこどだべ」

三平は再び黙りこみ、外には明るい緑が萌《も》え出ているというのに、家の中には暗いものがたちこめた。三平が自分の口から運の強い男だと言い出したのが、チヨには思いがけなくて、しばらく忘れられなかった。それは確か、あの男が真夜中に酒を飲みながら三平に言ったことではなかったか。三平がそれを信じたのは、あの男が遺《のこ》して死んだ地図や文書を頼りに黄金を掘り当てるのは自分だと思いこんだからに違いない。チヨは、あの男が躍るように飛ぶようにしながら縁側へ近寄ってきたときのことを思い出した。

舅も黙っていて、ずっと不機嫌だった。姑は夫に内証の貯金を持っていて、嶋屋の帰りに少しずつ郵便局に貯《た》めていたものだったが、それをそっと下してきてチヨにも分らないように三平に手渡した。

数日がすぎた。ある朝チヨが眼ざめると納戸に夫の姿がなく、えらく今日は早起きをしたものだと驚いたが、用を足しに出て、もう一度驚いた。牛小屋に牛がいない。赤牛の姿がないのだ。チヨは厨《くりや》に駈《か》けこんで姑に注進すると、姑はもう知っていて、

「結城町に違いねと言って、お父が追って出たがよ」

と情けなさそうに言った。

子供三人が騒ぎながら朝食を摂《と》り始めた。次女が汁をひっくり返したが、チヨは叱る元気もなかった。三平は親に黙って赤牛を売り飛ばす気になったのだろうか。結城の殿さまでさえ物入りが大きいので発掘を中止したという噂だったのに、牛一匹の値でどれほどの道具が揃うものか。そして牛一匹といってもチヨたちの家で牛が果す役割は大きかったのだ。もし牛がいなかったら、舅が絣しばりにかける時間はずっと少くなってしまう。苅《か》り上げた稲を運ぶのもチヨたちが肩に背負わねばならない。チヨは小森にいたときの苦労を思い出し、牛のいない貧しい百姓に逆戻りするのかと情けなくなった。

昼過ぎて三時頃ようやく舅が疲れ果てた顔になって帰ってきた。

「腹空《す》いたべ。飯はまだだべ」

姑は苧桶の前でそう言ったので、チヨが厨で汁を温め返し、黙って用意をした。舅

は何も食べずに飛出して行き、結城町の馬喰《ばくろう》を尋ね歩いて牛も三平も見付けることができずに帰ってきたのだった。

「小山へ行ったべか」

「俺、小山にも行ったっけが」

「そげだら下館《しもだて》へでも行ったべか」

「どこの馬喰にしろ、下話は先につけてあったべっから」

「三平は、どこへ行ったべか」

「上吉田を掘るっち言っちったべ」

姑は苧桶の前で指先を舌で濡《ぬ》らしながらつくしに巻きつけた真綿から糸をひいていた。食事を終った舅は、がっくり肩を落して、その前で小声で話をしている。チヨは機織りに戻ったが、いつまで黙っていられないので大声で訊いた。

「俺、上吉田へ行ってみべっか」

舅と姑はびっくりしたらしい。しばらく返事がなかったが、やがて舅が答えた。

「なに今が今は行ってねべ。東京へでも道具買いに行ったかしんねぞ」

「道具っち、なんだ」

「穴掘るに素手ではなんねべ」

チヨは熊倉良助が結城の城址を掘っていたときの、屋台店がずらりと並んだ光景を思い出した。あれと同じ真似《まね》を、どうやって三平はできるのだろう。穴を掘るだけなら、シャベルがあるのだからそれで足りるだろうにとチヨは思ったが、それ以上のことは想像するのも怖ろしかった。

三平は、それきり家に帰らなかった。しかし十日たたぬうちに、三平が何処《どこ》で何をしているか中島まですぐ伝わってきた。三平は同じ栃木県の河内郡吉田村にある本吉田という集落の外れに、土地の人々が金山《かなやま》と呼んでいる場所に小さな掘立小屋を建て、そこで自炊しながら買込んだ材木で櫓《やぐら》を築き、腰をすえて掘る気になったのだった。舅が早速出かけて行った。帰っても黙っていた。姑も次の日に、こっそり出かけて行き、夕暮れには悲しそうに帰ってきた。

「俺、明日行くが、えべか」

チヨが言い出すと、姑は肯《うなず》いて、米や麦や、ビール瓶《びん》に半分醬油《しょうゆ》を入れたものなど用意して、持ってってやれと言った。チヨは朝早く三吉の手を曳《ひ》いて出かけた。歩くばかりに三吉が飽きると、チヨは用意した弁当をひろげて食べさせ、ついでに野原に生えている嫁菜を摘《つ》んだ。三吉も他の草と嫁菜を選《よ》り分けるのが面白かったらしく熱心に摘んだ。父親に似ない小さな躰だが、丈夫で、まだ風邪ひとつひいたことがない。

空で雲雀《ひばり》が高く鳴いた。

吉田村は鬼怒川に沿って北上すればいいと聞いて出かけていた。チヨにとって決して遠い場所ではなかったけれど、三吉を連れているので歩く時間が思ったよりずっとかかった。三吉はしかし黙って歩いた。三人の子供の中でチヨには一番謎《なぞ》めいた子供だった。男というのはこんな頃からもう女には不思議に思えるものだろうか。

「三吉、疲れたか」

「疲れね」

何を目的として歩いているのか聞かせていないのに、三吉は雄々しく歩き続けた。彼の両手で摑《つか》まれた嫁菜は、間もなくぐったりと凋《しお》れたが、三吉は口を一文字に結んでチヨから遅れまいと上吉田へかかる凹凸の激しい田舎道を歩き続けた。

小金井へ向う細い街道筋へさしかかったときは、西陽が晃石山《てるいしさん》の上で赤く輝いていた。この辺りに違いないと目星をつけて、チヨは大声で三平を呼んだ。

「お父よォ。来たぞォ。どこだァ」

三吉も負けずに叫んだ。

「お父よォ。どこだァ。出てこいよォ」

何度か呼び続けたあとで、右手の小高い叢《くさむら》から、三平が姿を現わした。チヨにも三

吉にもにっこり笑い、

「よく来たでねか」

と言った。三吉をひょいと腕の上に抱きあげ、軽々と肩車にして、元来た道をひっ返した。三吉はよほど嬉《うれ》しかったのか両手で嫁菜の束を差上げたまま、チヨを振返ってきゃっきゃっと笑った。

生木を組んで山小屋風の小さな家が建っていた。親子三人が入ると一杯になった。チヨが姑から渡されたものを地べたに並べていると、三平は三吉をうながして外へ出た。

「えもん見せてやっから」

チヨも大急ぎで後を追った。山小屋からいくらも歩かないところに、やはり生木の丸太を大きな櫓に組んであった。方一間ほどで、高さも六尺近い。三平は三吉を片手で抱いたまま事もなげに櫓の中に入った。チヨが丸太に足をかけて這《は》い上ってみると、中はもう土が一丈ほども掘れている。三吉が面白そうにシャベルをいじると、三平はすかさずそれを使って掘ってみせ、隅に吊《つる》してあった畚《もっこ》に土を入れた。それから三吉に縄梯子《なわばしご》を上らせ、自分は身軽く櫓まで飛上って外へ出ると、畚を吊した紐《ひも》をひきあげて土を空けた。三吉は面白がって何度も縄梯子を上ったり降りたりしている。

「晩餉《ばんげ》は俺が作るべか」

チヨが三平に訊くと、三平は歯を見せて笑いながら、

「飯は俺が炊いてやっぺ。見てろ」

と言い、麦と米をまっ黒な飯盒《はんごう》に投げ入れ、それを下げて川へ降りて行った。チヨも三吉も後を追う。三平は米を洗い水を適量入れた飯盒を山小屋まで提げて戻ると、これが軍隊の飯の炊き方だと三吉を顧みて説明した。二股《ふたまた》の木の枝二本が三尺ばかりの間隔に立ててあり、そこに鉄の棒がかけわたしてある。その中央に飯盒を吊すと、三平はマッチで火を点《つ》けた乾草と木の枝を使って燃し始めた。

「俺たち嫁菜摘んできだ。浸しにでもすべかと思ってよ」

「そりゃえだな。鍋《なべ》は小屋ん中にあっから、水汲んで来い」

チヨは言われた通りに鍋をさがして、いそいそと鬼怒川へ降りて行き、嫁菜を洗い、鍋に水をたっぷり汲んだ。澄んだ水だった。ついでに手で掬《すく》って飲んだが、甘い味がした。春の鳥がしきりに啼《な》いて飛ぶ。

飯盒の隣へ鍋を下げ、湯が沸《たぎ》ると嫁菜を入れた。野草だからあくが強い。茹《ゆ》で上るとチヨは川へ駈け戻って嫁菜を川水でさらした。戻った頃には飯も炊き上っていて、飯盒は地べたで逆立ちしていた。こうすれば焦《こ》げ飯ができないのだと三平はチヨを見

て得意そうに言った。

箸は一膳《ぜん》しかなかったが、それは三吉に使わせ、三平は手斧《ちょうな》で近所の小枝を二本とってくると、ま二つに裂いてチヨに渡し、自分も同じような生木の箸を使った。飯盒の蓋に三吉の飯をよそい、惣菜《そうざい》入れはチヨに使わせ、そして大きな飯盒で三平自身は顔を突っこむようにして飯を食べた。

嫁菜の浸しは手斧で三つに叩《たた》き切り、やかんの蓋を返して盛り、生醤油をかけた。惣菜は他には干納豆があるだけだった。嫁菜を食べたとき、

「うめえ」

三平が嬉しそうに言った。

「俺も摘んだ」

三吉が弾んだ声で言うと、三平は、にっこり笑って言った。

「道理で、うめえ」

随分沢山摘んだつもりだったが、茹でると量が減ったせいもあって、三平は舌鼓《したつづみ》を打ちながらあらかた一人で平らげてしまった。

食事の後、

「水飲みに行くべ」

三吉が立上ると、

「生水は飲んじゃなんね。湯ざましがあるだがら、それを飲め」

三平は小屋から大きな軍隊用のカーキ色の袋に入った水筒を持ってきて三吉に飲ませ、自分も飲んだ。チヨは子供の頃から平気で鬼怒川の水を飲んでいたから、三平の注意は不思議だった。きっと軍隊ではそうするのだろうと思った。

食後、チヨが飯盒や鍋を川へ洗いに行って戻ってくると、三平は櫓組からシャベルと縄梯子を引揚げて小屋の前で泥を落していた。

「その梯子は自分で作っただか」

「なに、東京で買ってきたのよ」

「シャベルだけで掘るかね」

「うう、俺、工兵だったべ。んだっち、掘るのは穴掘り人夫よりうめえがら」

チヨは結婚して今日まで、こんなに機嫌のいい活々《いきいき》とした夫を見たことがなかった。日が暮れていた。三吉は疲れが出たらしく、小屋の片隅に突っ伏して眠っていた。チヨは、口ごもりながら言ってみた。

「俺、泊ってもえかね」

三平は、あっさりと答えた。

「今から帰れば途中でまっ暗になるぞ。泊ってけ」

軍隊毛布が二枚あった。乾草を敷いた上でチヨは三吉を抱き、一枚の毛布に着たままくるまって寝た。もう一枚を三平も巻きつけて寝た。チヨは長く夫に抱かれていないのを思い、何かあるかと胸をときめかせたが、三平はすぐ健康な寝息をたて、夜中も魘されず、朝は三吉と同時に飛起き、チヨが小屋の中を片付けている間に、もう朝食を炊きあげていた。

「三度三度、温けえ飯を炊くのかね」

「うう、力仕事だっち、これが骨休みだ。三吉、また穴掘り手伝うか」

「うむ」

「よし、ただ今から出動する」

三吉をまた肩車にして、左手で三吉の両脚を押え、右手でシャベルと縄梯子を持って三平は駈け足で行ってしまった。

チヨは川まで降りて行き、川べりの石を使って飯盒の外についたまっ黒な煤《すす》を搔《か》き落しながら、牛を売った恨みをすっかり忘れていることに気がついた。舅も姑も、三平の生き甲斐《がい》ありげな表情を見て、チヨと同じように何を言う気にもなれずに帰ったのだろう。幸い亀甲に十字絣を入れるという新技術で紬は前よりずっといい値で売れている。チヨが前よりもっと熱心に機を織れば、いつか若い牛が買えるかもしれない。チヨは男臭い小屋の中を出来るだけ掃除して、三平の下着類が少しも汚れたものが混っていないのに驚き、これが軍隊の野営というもので鍛えた暮し方なのであろうかと思った。

チヨは組櫓の方へ行き、よじ登り、下で穴を掘っている夫と子供をしばらく見物してから、

「そろそろ帰らねばなんねべ。お婆が心配すっからよ」

と、三吉に声をかけた。

「ああ、帰った方がえべ」

「また来てえな」

「よし、また来い」

大きな三平と小さな三吉は威勢よく肯きあった。

帰り道は晴れていて、ずっと筑波山《つくばさん》が見えた。三吉にあれが筑波嶺《ね》だと何遍も言って、チヨは到頭《とうとう》うるさがられた。チヨは筑波山を見て歩くのは運がいいと十六年前に絹川村の村長の妻に言われたのを思い出していたのだった。だがチヨは、決してあの穴から黄金が出てくるとは思えなかった。そんなことより、三平が、あの戦場の悪夢

を忘れ、眼に輝きを取り戻したことの方がチヨには大きな喜びだった。夜も朝も、何事もなかったけれど、チヨの心は盈《み》たされていた。帰りは手ぶらだったので、チヨは途中から三吉の手を曳いてやった。これまで父親にも母親にもあまりかまってもらったことのない三吉は、帰り道もずっと興奮し続けていて、お父のところへ又行く、又行く、と唄うように繰返した。

三吉は中島の家に帰ると祖父母に本吉田であったことの一部始終を細かく報告し、二人を驚かせた。上の娘二人も、そんなことなら土曜日から行って泊ってくると言い出し、家の中の空気は一度に明るいものに変った。長女は小学校をもうじき卒業する。祖母の傍で糸のひき方も習い覚えていた。機織りが出来るようになるのはもう間がないだろう。

家の者たちがかわるがわる五日に一度くらいの割で、吉田村本吉田へ出かけるのが、この家の楽しい行楽になっていた。

が、しかし、それも長くは続かなかった。梅雨期に入ると、三平は合羽《かっぱ》を着て穴掘りを続けていたが鬼怒川がごく近くを走っているのからも分るように河床に当る場所は掘るほどに砂利と砂が多くなり、地盤は軟かく掘り易《やす》くなったかわり、穴が深くなるにつれて水が浸《し》み出した。三平はそれを梅雨のせいだと思っていたらしい。濁り水を汲みあげては掘り続けるという作業を繰返している間に、軽い地震が二、三度起り、竪穴《たてあな》の下半分が俄《にわ》かに土砂崩れを起した。

梅雨の晴れ間にチヨが三吉と出かけて行った。組んだ櫓が斜めに倒れていた。三平の姿はどこにも見えなかった。かけよって下を覗《のぞ》くと、穴の底は砂で埋まり、その上に澄んだ水が一杯になっていた。墓標のようにシャベルだけがまっ直《す》ぐに立っていた。そこに大きな手首が見えた。チヨは三吉に父親の死に顔を見せずにすんだことを何よりと思いながら、三吉を背負い、一散に駈け戻った。

中島の男手を借りて、三平の死体は掘り出されたが、水を吸って更に大きくなった仏を納める早桶はなかった。蓆《むしろ》で巻いて、荷車にのせ焼場に運んだ。娘二人は泣いたが、三吉には死がどういうものであるのか分らないらしく、人の動きが常と違うのに浮かれてはしゃぎまわっていた。それを見て弔問する村人は涙を流したが、舅も姑も泣かなかった。チヨも妻である自分が少しも涙がわかないのを不思議に思った。

四十九日に、舅は三平の遺品の始末をどうしようかと言い出した。

「あの男の持ちこんだものは焼き捨ててけれ」

チヨが激しい口調で言った。舅は黙って、例の小さな柳行李《やなぎごうり》の中のものを改め、古煙管《ぎせる》一本を仏壇の下の抽出《ひきだ》しに投げこむと、後は庭に積んで火をつけた。裏にびっしり書込みのある地図も焼いた。黒い煙が上った。しかし三平が鉛筆を舐《な》めながらメモをとっていた手帖《てちょう》は、チヨも姑も三平の形見として残したいと思った。舅はそれも仏壇の抽出しに入れた。シャベルと縄梯子は三人とも焼きたくなかった。納屋へしまうことになった。縄梯子を巻きながらチヨは急にしゃくり上げた。姑も声を放って泣き始めた。

葬式らしいことは何もできなかったが、絹村の村長夫人が香奠《こうでん》を持って来て、すぐに帰った。村長は顔も見せなかった。不景気が生糸市況をまともに悪化させていたのだ。結城もその影響をまぬがれなかった。織物業組合では連日幹部が寄合をひらいて協議していた。彼らは時折東京で共産党が検挙された話など喋《しゃ》べって脱線したが、同時に近頃の雨の尋常でない降り方や、度重なる不気味な地震や寒暖の異常なども話題になった。政治好きは陸軍軍縮決議案が議会で否決されたことを喜びあいながらも、しかしこう世の中が不穏では先行き何が起るか分らないと肯きあった。話があちこちへ飛んでまとまらないのは、結城だけでどう対策を立てても日本全国の不況を動かすことはできないからだった。三平の百カ日に大地震が起り、結城でも倒壊した家があった。それが関東大震災だった。

第三章　鬼怒川

一

　チヨは今日も縁側で、春の陽を浴びながら機《はた》を織っている。チヨの指先は若い日のしなやかさを失い、唾《つば》は糸をひくのに恰度《ちょうど》いい年頃になっているのだが、織り上手という評判がチヨをいざり機《ばた》に閉じこめていた。織り出す模様も昔のように藍地《あいじ》に白の染抜きでベタ亀甲《きっこう》十字絣《がすり》を朝から暮れるまで織るのではない。チヨの機には鉄色地に鬱金染《うこんぞめ》で大きな銭型模様が織り出されていた。よく見れば地紋のようにベタ亀甲十字絣が白で入り、銭型の中も細かいベタ亀甲十字絣である。更によく見れば全体に大柄の毘沙門《びしゃもん》亀甲が浮かび上ってくる。細かい絣は背景となって、表面だっては毘沙門亀甲の上に黄色い銭型が飛んでいるように見える。

　大正十三年に茨城県工業試験場が結城町に創設され、完全操業が開始されて以来、結城紬《ゆうきつむぎ》は画期的な変化を遂げていた。試験場は主として紬の染色と図案の研究指導に当ったのだが、化学染料の発達が更に意匠に大胆な図柄を使うことに拍車をかけた。それまで結城紬の主流は単純な縞《しま》であり、小森の十字絣と中島のベタ亀甲だけが絣の主産地だったし、色柄ともに地味で結城は男の着るものという常識があったのに、昭和初年に女物の結城が市場に出まわると評判が高く、試験場の打出した方針ではっきりと新しい市場が開拓されたのであった。

チヨの舅《しゅうと》は十年前に死んでいた。絣しばりをするべき男手のない家には、試験場から織り子の腕に見合った染糸を届けてきて、若者たちが整経《はたのべ》までして行ってくれるので、チヨはただ言われた通りに織っていればよかった。ときどき柄合の奇抜さに度胆を抜かれることがあったが、間もなくチヨはそれにも馴《な》れた。方眼紙に色鉛筆で織るべき模様の見本が塗ってある。その紙片を参考にして、チヨは梭《ひ》を走らせ、打ちおろして機を織る。単調な仕事であったが、織り出される模様が多彩になったので、チヨは機織りがいよいよ好きになっていた。

庭に誰かが来た。すぐ分った。手先はすっかり馴れて梭を通す呼吸が整えば他見《よそみ》をしても絣の目がずれる心配はない。チヨは顔を上げたが、手はずっと動き続けていた。村役場の小使いが、黒の詰衿《つめえり》を着て、チヨに深々と頭を下げた。何をしに彼がチヨの家へ来たのか、チヨは咄嗟《とっさ》には分らなかったし、いつも遠慮のない口をききあう顔見知りが、ひどく改ってお辞儀をしたのには面喰らった。

「どげしただ。ええ天気だが、なんか用かね」

チヨは腰を捻《ひね》って機をきしませながら、明るく声をかけた。

「へえ。三吉さは家にいるかね」

「三吉は町へ出かけただが、なにすぐ戻るべ。用があるなら待つかね」

「へえ」

「んだが、蕎麦《そば》でも喰ってくるかしんねがら、後から役場に行かせるべ」

「いや、俺は大事な届けもん持ってきたでがんすから、おっ母に置いて行くべ」

「届けもんて、なんだ」

「名誉のお召しでがんすよ」

黒い詰衿は厳粛な顔をしてチヨに近づくと、茶色い封筒のままチヨに手渡し、また深々と一礼した。

チヨの手は止まっていた。胸の中で大きな鐘が鳴ったような気がした。封筒は封をしてなかったから、いきなり中身をひっぱり出した。薄紅色の紙が一枚入っていた。四ツ折になっているのを展《ひろ》げると、臨時召集令状という文字と、その下に乱暴な筆で書かれた山本三吉という文字が見えた。チヨが再び顔をあげると、村役場の小使いは、「芽出てこどでがす。村長も後で祝いに来っと言ってたっけが、これを届ける俺の役は誰からも喜ばれねで、俺、弱ってるがね。とにかく受取って下せえ。細けことは裏に書いてあるし、三吉はよく知ってっから」

へどもどしながら早口で言い、駈《か》け戻るように行ってしまった。

チヨは挨拶《あいさつ》の言葉もなく、いざり機の中で茫然《ぼうぜん》と一枚の紙を見詰めた。これが、赤紙というものか。山本三吉。右臨時召集ヲ令セラル依テ左記日時到着地ニ参着シ此《こ》ノ令状ヲ以《もつ》テ当該召集事務所ニ届出《とどけい》ヅベシ。宇都宮聯隊区《れんたいく》司令部の大きな四角い朱印が、べったりと二カ所に押してあった。

栃木県の県庁所在地である宇都宮に師団本部が設置されたのは日露戦争が終った翌年であった。日露戦争の前には十二師団しかなかった日本陸軍は、昭和に入るまでに二十七師団に殖《ふ》え、中島の山本家に赤紙がきた昭和十六年には百十六師団に激増していた。昭和に入って軍部の力が強烈に伸びていることや国外の事情など、チヨのような田舎の機織りの知るところではなかったが、チヨはぼんやり赤紙を眺めているうちに重大なことに気がついた。三吉は幼いときからチヨに似た小さな背丈で成人した。そのために徴兵検査のとき甲種合格になれなかった。当の三吉は乙種になったことをひどく恥じ入っていたが、チヨはその結果を知ったとき心の底から救われたのだった。チヨの兄は甲種合格だった。検査の後、現役兵として入隊しそのまま戦場へ出て死んでしまった。チヨの夫もまた甲種合格だった。戦死はしなかったが、見方によってはもっとみじめな死に方をした。それもこれも躰《からだ》が丈夫で甲種合格だったからだと思えば、三吉が乙種になったことはチヨには有りがたかった。乙種には義務兵役もないから、チヨの家の今では唯一《ゆいいつ》の男手である三吉が、ある日急にいなくなる心配もないのだ。

そう思いこんでいたのに、役場から三吉に赤紙が届いた。これは変ではないか、とチヨは考えついた。何かの間違いだ、きっと。乙種にお召しがくるわけがない。そうは思うものの、チヨは機をもう織り続けることが出来なかった。毘沙門亀甲と銭型の上に、赤紙を置いたまま、いつまでもぼんやりと眺めていた。間違いだとは思っても、赤紙には墨色も濃く山本三吉という名前が書かれていて、それはチヨの一人息子の名前に違いはなかったからだ。これが赤紙か、ちっとも赤くねでねか、とチヨは心の中で呟《つぶ》やき続けていた。桃色の紙は、ひどく安っぽく薄っぺらだった。役場から来た男が、細かいことは裏に書いてあると言ったのを思い出し、令状を裏返してみると、旅客運賃後払証使用上ノ注意、応召員心得、応召員ニシテ事故アルトキノ心得、応召員ニ代リ令状ヲ受ケタル者ノ心得がびっしりと小さな活字で印刷されてあり、最後の欄は「刑罰」について、一、応召員又ハ応召員ニ代リ令状ヲ受領シタル者正当ノ理由ナクシテ前諸項ノ心得ニ背キ其《そ》ノ手続ヲ為《な》サザルトキハ拘留又ハ科料ニ処セラルベシ、とあった。チヨはまっ先にその最後の二行を読んでしまった。チヨの眼は細かい絣目を見馴れているので活字の小さいのは苦にならなかったが、しかし文章の意味はすぐには理解できなかった。チヨの暮しの中で文字を読む習慣はあまりなかったし、こうした四角い文句にも馴じみがなかった。が、とにかく赤紙が来た以上は逃がれようがないということだけは分った。

チヨは慌《あわ》て出した。

「お婆《ばあ》、お婆」

急に大声で家の中に呼ばわり、いざり機からぬけ出るのに、躰がこんぐらかって畳につんのめった。四ツん這《ば》いのまま上り框《かまち》のところで苧桶《おぼけ》を抱いて縮《かじか》んでいる姑《しゅうとめ》のところへ行くと、干納豆のような老婆がようやく顔をこちらに向けた。

「どげしただ」

「お婆、大変だ、赤紙が来た」

「あに」

「ア、カ、ガ、ミ、が来ただ」

チヨが二度、三度大声で叫ぶと老婆はようやく聞きとり、皺《しわ》を動かして、うっすらと嗤《わら》い、

「そげなものがなんでくっか、戦争もねに」

と甲高い声で答えた。姑《しゅうとめ》は九十歳になるが病気一つせず元気なものだった。舅の死後は昼と夜の食事の用意は彼女がしていた。耳だけはおそろしく遠くなっていたが、眼もしっかりしていたし、何より頭がはっきりしていた。だからチヨの言ったことを理解しても、戦争がないのに赤紙が来る筈《はず》がないと笑うのである。チヨはしかし、十年も前から満洲事変、支那事変と戦争が続いているのを知っていたので、姑の言葉で落着きを取戻すことはできなかった。

「んだっち、三吉にこげなものが届いただ。役場からよ」

チヨが令状を機の上から取ってきて見せると、ようやく姑は不思議そうに小さな眼でそれを眺めていたが、

「俺、字は読めねがら」

と、また甲高く答えた。

「俺もよく分んねが、臨時召集令状ってここに書いてあって、これが三吉の名だべ。

このハンコは宇都宮聯隊区のもんだべ」

　姑は黙っている。聞こえたのか、聞こえないのか。チヨは声をはり上げて言った。

「三吉は乙種だったが、それで赤紙が来るっちな妙でねべか、お婆」

「それは三吉に来ただか」

「んだっち、俺たまげてるだ」

　姑は骨に皮のはりついた小さな手をのばして令状を受取ると、苧桶の前でしげしげと眺め、表と裏を見較《みくら》べていたが、やがて確信したように言ってチヨに突き返した。

「こげなもの赤紙でね。赤紙っちなもっと立派なもんだ。俺、三平に赤紙が来たときに見て覚えてるが、こげなぺらぺらのものでなかっただぞ」

「んだべな。赤ぐもねしよ」

「いや、赤さはこのぐれのもんだっち、紙はもっと立派で、手に持っても重いくれのもんだっただ。命と引きかえになるものが、こんな薄っぺらい箆棒《べらぼう》なものであってたまっか」

「んだべが、ここに臨時召集令状と書いてあってよ、山本三吉とはっきり書いてあってよ、それに役場っから届いたからよ」

　チヨの声は次第にうわずっていたが、姑の耳には聞こえなかった。姑は親指と人差指を歯のなくなった口に突っこんで唾で濡《ぬ》らし、つくしからひき出した糸を撚《よ》っている。チヨが嫁に来て以来三十五年、彼女はずっと同じ場所に坐《すわ》り、糸を紬ぎ続けている。国家総動員法というのが国会を通過して以来、奢侈《しゃし》禁止令という政令もそれに基いて発布され、皮肉にも七月七日という七夕から実施されていた。結城の織物業者にとって破滅的な禁令だったが、国策とあってはやむをえない。しかし結城の業者たちは生活手段を失うことを惜しむより、技術の衰亡をもっと怖《おそ》れた。古老たちは結束して関係官庁へ働きかける一方で、高い技術を持つ者を保護しようという積極的な姿勢を持った。大がかりな機屋はすぐ兵器工場へ模様変えされ、織り子たちは軍需産業の職工という仕事に移ったが、家の中でこつこつ手織り仕事をしていた者の中から特に名人上手と評判の高い者だけに結城紬を織る仕事は残されることになった。チヨの姑の年齢を危ぶむ者もあったが、糸をひくのは中島でも山本げのお婆が一番達者だという声が高く、だからこの家では戦争などあるとも思えないように昔と変らぬ仕事が続いている。

姑は唾を喉《のど》の奥からたぐり出すようにして指先を濡らし、つくしに巻きつけた真綿から紬糸をひき出しては捻《よ》るという単純な作業に余念がなかった。チヨは、ぼんやりと老いた姑の指先の動きを眺めていた。

チヨの娘二人はそれぞれ小田林と大谷瀬に嫁入っていた。娘たちが家にいる頃は機はもう一台あって、チヨと長女が織るときは次女が姑の横で糸とりを助け、次女が長女に替って織るときは長女が畑に出たりで、牛は到頭《とうとう》買い戻せなかったけれど、この家の紬は嶋屋《しまや》がいい値で買うので、家計も潤《うるお》っていた。父親はあんな死に方をしたのに、織り上手のチヨの娘なら是非嫁にほしいというので縁談が多く、二人とも随分と裕福な家に縁づいたのだが、チヨはせめて娘のうちどちらかが家に残っていたらと溜《ため》息《いき》が出る。急に心細くなっていた。

姑はやがて手を止めると、チヨを振返って言った。

「飯にすべ。三吉は、どこだ」

「三吉は町へ行った」

「あに」

「三吉は、町へ、行っただ」

「だら俺たちだけで喰うべ」

時計を見るわけでもないのに、仕事の量で時間が分るのか姑はやっこらしょと言いながら立上った。腰が曲り、躰がま二つに折れたようになっている。坐っていたときと同じくらいの高さで動き出した。

姑は湯を沸かすと、

「おチヨ、来ねか。飯だぞ」

と、キンキン声で呼ぶ。

チヨは姑が赤紙を全然信じていないのに気がついて、羨《うらやま》しくなった。麦飯の上に干納豆を投げこみ、熱湯を注いで箸《はし》でかきまぜたが、チヨには食欲《しょくよく》がなかった。納豆の香りだけ嗅《か》いでいるところへ、三吉が帰ってきた。

チヨと同時に姑も気がついて、

「帰っただな」

と高い声で言い、皺の中で眼を細めた。姑は孫の中で三吉を小さい頃から特に可愛《かわい》がっていた。

三吉は、すぐ台所に入ってきて、祖母のよそって渡す飯茶碗《めしぢゃわん》に干納豆を入れ、湯を注ぎ、勢よく音をたてて食べ始めたが、チヨは息子の頭を見て声がなかった。

「どげしただ、その頭は」

姑も気がついて訊《き》いた。三吉は長髪を切り落して、丸坊主《ぼうず》になって帰ってきていた。

「ああ、もうじき夏になるべ。面倒くせっから床屋で刈ってきただ。払ったら蕎麦喰う銭がなくってよ、腹ぺこで帰ってきた」

二杯目の飯は自分でよそい、湯をかけながら三吉は喋《しゃ》べり続ける。

「結城の町は変ったぞ。機屋が止まっちまっただがら、静かでよ、気細くなるようだっただ。七七禁止令からこっち静かになる一方だと床屋が言うちっただが、この先はどうなるべ。機の音がしてるのは俺っちだけだべ、この辺りでも。試験場もこう糸が押えられては手も足も出ねえと嘆いてるだぞ」

「糸が誰に押えられてるだ」

とチヨが訊くと、

「軍だべ」

三吉は屈託なげに答える。

チヨは再び黙りこんだ。茶碗の中で、飯が湯を吸って白っぽくふくれている。三吉は敏感に母親の様子が変だと見てとった。

「どげした、おっ母。顔色が悪いぞ」

チヨは喉がかすれていたが、言わないわけにはいかないので、声を絞るようにして言った。

「さっきよ、お前の留守に村役場から人が来ただ」

「役場っから、なんでだ」

「こげなもの届けにきただ」

チヨは板の間から立って苧桶の傍に置いてある令状をとって見せると、一瞬のうちに三吉の顔がひきしまった。チヨの手から受取って、鋭い目つきで文字を追っていたが、途中から頬が赤くほてり出した。彼が顔を上げたときには喜びで全身がはちきれるようになっていた。

「俺、虫が知らしただな」

彼は刈ったばかりの坊主頭を左手で撫《な》でまわし、半ばてれたように笑って見せた。

「良《え》がったァ。中島の若衆で兵隊に行かねな俺だけだっち、肩身が狭めえと思ってたのよ。もう五分背丈がありゃ甲種になれたべが。他にどこも悪いとごろはねだがら」

チヨは息子が大喜びをしているのが思いがけなくて、ぼんやりしていたが、姑はやっと気がついたらしい。

「おい三吉、そりゃなんだ」

「赤紙だ」

「あに」

「ア、カ、ガ、ミ、だっちに」

「馬鹿《ばか》こけ。赤紙っち、もっとでけえもんだ。厚紙みてな立派なものだぞ。そげなぺらぺらしたものでね」

「お婆が言ってるのは日露戦争の赤紙のこどだべ。今は昭和十六年だぞ。物資欠乏の時代だ。紙ぐれ薄くもなるべ」

三吉は笑いとばした。それからチヨは到着日時は明後日になっているのに気づき、今度は俄《にわ》かに慌てだした。

「入隊には何着て行かせたらよかんべか。お婆、お父が入隊すっときは何着て行った。靴は、はいたか」

姑はチヨが耳の傍で何度も怒鳴るのに、迷惑そうな顔をしていたが、

「三平が東京へ行ったとぎゃあ木綿紬《しま》着てった。靴なんぞ俺っちは誰もはいたこどがねっから、もちろん藁《わら》草履だ。着替えも持たしてやったが、入隊してから全部送り返してきた。軍隊へ行けば帽子もズボンも靴もくれっからよ。最初の手紙では、えれえ喜んでよ、俺たちに見せてえ見せてえと書いてきたっけがよ」

三十何年か前の記憶をたぐり出すと、いくらでも思い出すことがあり、鼻紙まで買って持たしてやったのにそれも返ってきたと言った。三吉は笑い出した。

「なんの参考にもならねえなあ。今どき木綿紬《しま》着て入隊したら土ン百姓と言って笑われるのがオチだべ」

しかし三吉が嘆くことも弱ることもなかった。下都賀郡絹村にある在郷軍人会では村長からの連絡を受けると、軍隊経験のある中年男たちが早速その夕刻には樽酒《たるざけ》の「大吉慶」を担《かつ》いでやってきた。三吉を祝い、激励し、なんでも相談にのってやると言った。三吉の躰に合う服も早速借り集めた。

翌朝は、必勝と墨書した日章旗が届き、家の襖《ふすま》にはりつけられ、村長が明日は村中で送り出すから、しっかりやれと激励にきた。入隊するときに着て行くものは、ゲートルから靴まで揃《そろ》った。近隣の男たちは更に多くなって、再び酒盛りになった。酒の肴《さかな》にするようなものは何もないので、チヨは村に一軒だけある乾物屋に走り、すだれ麩《ぶ》や大豆などを買うと、乾物屋の夫婦は干鰯《ほしいわし》とするめを新聞紙に包み、祝いだから持って行けと言った。チヨはあまり心が進まなかったが、うまく断わりが言えないので貰《もら》って帰った。

家では男たちが干納豆をつまみ、茶碗で冷酒を呷《あお》りながら、自分たちの軍隊経験を追憶という楽しみに耽《ふけ》って三吉に聞かせている。三吉は中央に正坐《せいざ》して、緊張して話を聞き、ときに勧められる酒を飲んで青くなっていた。

とりあえず大豆は炒《い》り豆にして鉢に入れて出した。すだれ麩はゆがいて胡麻和《ごまあ》えにするつもりだった。近所の女たちも何人か手伝いに来ていたが、しかし彼女たちは誰も男どものように芽出たいことだとは言わなかった。去年の秋が紀元二千六百年祭だったのだが、どうもそれ以来、男どもは浮かれてしまっているような気がする。日ソ中立条約がモスクワで調印され、日米交渉も始ったばかりであったが、三吉を中心にして気勢をあげている男たちの様子を見ると、誰もそんな政治むきの話をする者などなく、奴らの鉄砲は全然当らないのだとか、傘も鍋釜《なべかま》も背負って逃げるのだとか、面白可笑《おか》しいことを言ってげらげら笑っている。

手伝いに来た女たちの手で、乾物屋がくれた干魚が焼かれ、するめは裂いて盆に盛られた。

「おい、おチヨ」

板の間の隅に坐っていた姑が小さな眼を光らせて、チヨの袖《そで》をひっぱると耳の傍で言った。

「お前は、あれを喰っちゃなんねぞ」

チヨも同じことを考えていたところだったので、力強く肯《うなず》き返した。

「おう、喰わね、俺は喰わねぞ」

チヨの夫が生きて帰れたのは、両親が高椅神社《たかはし》に祈願して鯉《こい》を食べないことを誓ったからだという話を、チヨは決して忘れていなかった。チヨの両親は何も断ちものをしなかったので、兄さは戦死したのだとチヨは改めて思った。三平の両親が鯉のついでに魚類一切を断ったように、チヨももう金輪際出汁雑魚《だしじゃこ》一匹も食べるまいと決意していた。

三吉は飲みなれない酒と緊張のどちらも過して、その夕刻は二度も吐き、祝い客が引揚げると同時に伸びてしまった。チヨは布団《ふとん》の上に三吉を寝かせ、家の中を片付け終ると彼の枕許《まくらもと》に坐って、いつまでも子供の寝顔を見守っていた。三吉の顔はぽちゃっと丸く幼いときの面影が消えていない。こんな子供がどうして戦争に行けるだろう、とチヨは不安だった。どうしても三吉が鉄砲を担いだ軍服姿を想像することができない。

部屋の中が妙になま温かったが、夜更《よふ》けて春の雨になった。チヨはそっと納戸《なんど》から自分の布団を曳《ひ》き出してきて、三吉の傍に床をとった。姑は納戸の中で小さくなって眠っている。前は目敏《めざと》かったのに、二年ばかり前からよく眠るようになっていた。今日は一日中騒ぎだったから、さぞ疲れているだろう。だがチヨは、まるで眠れなかった。横になってみたり、起きてみたり、三吉の様子ばかり伺って落着かなかった。三吉は昏々《こんこん》と眠っていたが、夜明け前に眼をさました。チヨが起きているのを見て、きまり悪そうに笑いながら言った。

「俺、酔い潰《つぶ》れちまったべか。情けねえな」

「あに、皆で寄ってたかって飲ませたがら無理もねだ。何も喰わねで酒ばっかりだったべ。腹は空《す》いてねか」

「ぺこぺこだ。腹空いて眼が開いた塩梅《あんべ》だ」

「よし、すぐ喰わせてやるべ」

チヨは夜のうちに仕掛けておいた釜《かま》の下に火をくべ、いきなり飯を炊《た》き始めた。三吉は井戸端で洗面をすませると、やはり母親と別れるのが辛《つら》いのか、チヨの横にきて火の前でしゃがみこんだ。チヨは何か言いたいが、言うことが全部喉許《のどもと》に詰って口がきけない。生乾きの薪《まき》が身をよじり、音をたててはぜるのを黙って見ているだけだった。

「なんだか俺、臭え気がするが、酒のせだべか。いやに臭え」

「よく拭《ふ》いてやったが、吐いたのが残っただべ」

「あれ、俺げろ吐いたかね。薄みっともねな。あんだけ多勢に祝ってもらってよ。応召兵に見えねべっかな。情けね。着替えてくるべ」

三吉はてれ隠しによく喋べり、着替えをとってくると井戸端へ出て裸になり、冷水摩擦をかねて全身を拭《ぬぐ》い潔《きよ》めた。

客の食べ残しが一つ盆に盛ってあるのを三吉は目敏く見付け、いきなり目ざしを一匹とって口へ投げこんだ。

「旨《うめ》え」

「旨えか」

「うむ、旨え」

炊きあげたばかりの飯を、三吉は勝手によそい、堅い目ざしをかじりながら、箸をせわしく動かして食べた。むらし足りなくて熱い飯だから、ふうふう吹きながら、すすり上げて食べ、味噌汁《みそしる》の用意ができたときは四杯目を食べていた。考えてみると、昨日は一日ろくに食べていなかったから、本当に空腹だったのだろう。

「待て、玉子をめっけてやるべ」

チヨは井戸端へ飛出し、昔の牛小屋をそのまま鶏小屋にしてあるので、そこへ卵を探しに行った。牝鶏《めんどり》の腹の下から温い卵を偸《ぬす》んで帰り、味噌汁へ割り込んでやると、三吉は嬉しそうに歯を見せて笑い、

「豪勢だなあ」

と喜んだ。鶏は飼っていても、この家では滅多に自分たちでは食べず、三日に一度玉子買いにくる小商人に売っていた。

「たんと喰え」

「うむ、腹が減っては戦《いくさ》ができねだがら」

三吉は気のきいたことが言えたと思って朗らかに笑い出したが、チヨはその文句で胸に詰ったものがどっと奔《はし》り出た。

「三吉、死ぬでねぞ。危ねとごには出るな。突撃なんぞ、するでねぞ」

三吉はびっくりして、しばらく母親の思い詰めた両眼から涙が噴き出るのを見詰めていた。

「どんなこどがあっても生きて帰って来い。死なねでくれろ。えだか、分ったな、三吉」

「おっ母《かあ》」

三吉は、ようやく箸を置いた。困ったような顔でチヨをなだめにかかった。

「駄目だな、おっ母は。そげなこどでは軍国の母になれねぞ」

「なんだ、そりゃあ」

「軍国の母っちものは、出征する息子を励まして、立派に死んで来いと言って送り出すもんだべ」

「そげな箆棒なこどをどこの親が言うか」

「どこの親も倅《せがれ》を送るときはそう言うものだべ」

「俺には、そげなこど言えね」

「弱ったな。えだか、おっ母、俺は名誉のお召しを受けて、お国のために戦争しに行くだぞ。突撃しねで、どうするものか」

「そりゃあ、お国のためだら仕方ねとは思うけどよ。俺、たった一人の息子を危ねとごにゃあやりたくね。どげなこどでも、やりたくね」

チヨは取乱し、泣きじゃくっていた。三吉が当惑してチヨの肩に手を置くと、いよいよ激しく泣いた。姑が起きてきて、板の間に小さく坐り、じっと嫁と孫とのやりとりを見ていた。

「泣くなよ、おっ母。ともかく気持は分ったがら。だけどよ、人前でそげなこど決して言うでねぞ。非国民っち言われるぞ。なあ、お婆」

三吉は祖母が起きてきているのに気がつくと、援軍を乞《こ》うように大声を出した。

「お婆も倅を日露戦争に出したこどがあるべ。あんときゃ立派に送り出しただべ」

チヨの姑は聞こえなかったのか、それには返事しなかったが、二つ折になった躰を起こしてチヨのところに近づくと、しっかりした声で言った。

「心配すんなって。三吉にゃあ三の字がついてるだがら、必ず生きて帰れっから、この名なら戦争で死なねがら」

この言葉ほどチヨを救ったものはなかった。三吉が生れたとき、舅がどうしても三の字をつけろと言ったのを、はっきりと思い出した。そうだ、夫の三平も二〇三高地という激戦地から奇跡的に生還できたのだ。

朝早く、三吉の姉たちが訪ねて来る頃、チヨは自分を取戻していた。姑だけが家に残り、チヨと娘たちと三吉の四人で、高椅に出かけて行き、高椅神社の神主に武運長久を祈願してもらった。終って鳥居をくぐって出るとき、チヨは左右の娘を顧みて言った。

「えだか、今日から鯉は喰っちゃなんねぞ」

三吉の姉たちはもうどちらも子持ちだったから理由を訊き返しもせず、真面目《まじめ》に肯《うなず》いていた。

帰ると中島じゅうの人々が手に手に日の丸の小旗を持って集ってきた。三吉は借着の国民服が大きすぎたが、ゲートルを巻くと、いくらか格好がとれた。肩に必勝と大書した日章旗で襷《たすき》を作り、略式戦闘帽を冠ると、たちまち出征兵士が出来上った。チヨには白い割烹着《かっぽうぎ》と大日本国防婦人会の肩襷が与えられた。それは軍国の母の制服であるらしい。三吉は午後一時までに宇都宮の師団に入らなければならないので、午前十時が出発だった。チヨが小森から嫁入ってきたとき仲人《なこうど》をした村長の息子が、今の村長で、これも国民服姿で送辞を読んだ。時局を論じ、大日本帝国陸軍の赫々《かくかく》たる武勲を讃《たた》え、三吉がいかに陸軍に入隊するに適性を持つかを述べると「実に羨望《せんぼう》にたえぬのであります。三吉がいかに陸軍に入隊するに適性を持つかを述べると「実に羨望にたえぬのであります。我々は一層銃後の守りを固め後顧の憂《うれ》いなからしめんことをここに誓うものであります」と結んだ。チヨには意味が少しも分らなかった。が、とにかく死んでこいなどという物騒な言葉が出なかったので取乱さずにすんだ。三吉は緊張を続け、答辞をうながされると、大声で叫んだ。

「お見送り有りがとうごぜえます。山本三吉、立派に戦って参る所存であります」

三吉の敬礼に対して拍手が起り、万歳三唱の後すぐ歌になった。手旗を振りながら村中の人々が唄《うた》ったのはこのところラジオからいつも流れてくる「出征兵士を送る歌」など一連の軍歌だった。三吉と村長を先頭にして、チヨの家から人々は行列を作って結城の駅へ向って歩き出した。姑は家に残るものと思ったが、急に自分も行くと言い出したので、チヨの娘が交替して背負うことになった。チヨは放心していて、目の前の旗の波をぼんやり眺めながら、三吉が急に遠い人間に見えてくるのが悲しかった。どうして人々は嬉しそうに万歳万歳と叫ぶのかチヨには理解できなかった。小旗を振って唄う歌が、勇壮な文句と反対に、どれもこれも哀調を帯びている。チヨは泣く気にもなれなかった。

汽車が来ると、

「やい三吉、待て、待てっちに」

孫の背から祖母が甲高い声を出し、人波をかきわけて前に出た。三吉も呆気《あっけ》にとられているところで、三吉の耳に口をつけると、お婆は大声で叫んだ。

「帰《けえ》って来いよ」

次の瞬間、チヨは姑の萎《しお》れて縮《かじか》んだ全身を抱きしめていた。チヨに代ってチヨの願いを口に出してくれたのだ。いくら感謝しても足りないくらいだった。が、チヨが抱きついたので、チヨの娘はプラットホームに尻餅《しりもち》をついてしまい、人々の目にはチヨが軍国の母として、女々しいことを言う姑を隠そうとしたように見えたらしい。

村長の音頭で、再び万歳が三唱され、汽車はやがて動き出した。三吉は頰を紅潮させ、挙手の礼をいつまでも崩さなかった。

二

結城の土は黒くて柔かい。チヨは畑の中にもぐるようにして土を掘り続けていた。

チヨが耕し、チヨが種を蒔《ま》き、草とりして育てた野菜を、掘り起しているのであった。チヨは嫁入りしてからずっと畑仕事は滅多にすることなく過してきたが、織る糸のない時代が来たのでは他にすることがなかった。いろいろなものが配給制になっていたが、長く離れていた農作の方に仕事が自然に切りかわっていた。耕す土地には不自由がなかった。舅《しゅうと》が生きていて、娘たちが嫁入り前で、三吉も家にいた頃は、充分手が足りていたから、家で食べる野菜は一切自分のところで栽培していた。今はどこの家でも男手が少くなっているので、チヨがその気になれば、麦でも陸稲でも作る土地はいくらもあった。何しろ鬼怒川べりの桑畑が、食糧増産という掛声のもとに、地元の中学生や女学生の勤労動員で掘り返され、どんどん麦畑や藷畑《いもばたけ》に変貌《へんぼう》していたからである。

チヨが今、自分の畑に蹲《うずくま》って熱心に掘っているのは牛蒡《ごぼう》であった。結城牛蒡といって、この辺りでは江戸時代から名産になっている。牛蒡の根は強くて、一息に引抜けるように思われているが、結城の牛蒡は肥《ふと》くて柔かいのが特徴だから、そんな乱暴なことをすると途中で折れてしまう。チヨはほんの十本ほどの牛蒡をとるのに、五分通り土を掘ってから徐《おもむ》ろに一本ずつ引き抜き、後は丁寧に土を戻して畑をならした。鬼怒川沿いに吹きつけてくる北風は骨身にこたえる。チヨは牛蒡を掘りあげると、他の畑で抜いてきた数本の人参《にんじん》と一緒に抱きあげ、背中を丸めて足早に帰った。姑《しゅうとめ》のように腰が曲ることのないように用心をして、なるべく躰《からだ》をまっ直《す》ぐにして歩くことをチヨは心掛けているのだが、もう四十年近くもいざり機にいたせいかチヨは下半身が弱く、いずれは姑と似た躰つきになるだろうと覚悟している。

帰ると、火の気のない家の中で、姑は何十年も前から同じところに坐《すわ》って苧桶《おぼけ》を抱いていた。が、紬《つむ》ぐべき真綿は軍に独占されていた。織物業者にとって破滅的な禁止令が、よりによって七夕の日から実施されていたのは皮肉だった。江戸時代にも三度こうした禁令が出て、その都度結城は打撃を受けたが、今度はその比ではなかった。紬の生産が分業化されて、買継商はもちろん、糸屋も綿屋も、染屋も、それぞれ専業化していたからである。綿屋に真綿がなくなったので、チヨの家にも姑のする仕事がなくなってこまった。しかし耳の遠い姑に、声を枯らして説明しても、老婆《ろうば》には入り訳が分らなかった。彼女は昼となく夜となく、

「おい、おチヨ、綿がねぞ。綿屋に行って買って来ねか」

とチヨに催促する。

チヨは弱りぬいて、到頭、古い布団《ふとん》の綿をほぐし、つくしに巻きつけてやると、木綿と真綿の区別もつかなくなっているのか姑は大喜びをした。乾いた口の中から唾《つば》を

指先にたぐりとって紬ぎにかかった。十年昔の姑の糸ぼっちとは較《くら》べものにもならない太い糸が、節だらけの木綿糸が、やがて苧桶の中にとぐろを巻き始めた。

チヨは台所で、せっせと牛蒡と人参をそぎ落して、きんぴら牛蒡を作るのに精を出していた。チヨの育った環境では滅多に買うことのなかった食用油や酒や煙草《たばこ》が配給制度になってから、この家では食物が大層豊かなものに変っていた。昔は滅多なことでは家で作った惣菜《そうざい》を隣の家に持って行くような習慣がなかったが、どこの家でも機《はた》を織らなくなったものだから、珍しい食料品が配給になったりすると女たちは智恵《ちえ》を集めて煮炊《にた》きを工夫し、成功すると有頂天になった。チヨの家は女二人の小世帯だが、配給の魚は余ってしまうので、それが欲しい家からは米や麦と交換してくれろと言って来る。おかげでチヨの家は、機織りをしなくても食うに困るということは、およそなかった。

きんぴら牛蒡と若布《わかめ》の味噌汁《みそしる》と飯が揃《そろ》って出来上ったところへ、大谷瀬に嫁入っていた娘が顔を出した。

「おっ母、家にいただか。さっき来てみたとぎゃあお婆一人で訊《き》いても埒《らち》があかねがら出直して来たっちが」

「珍しいな。飯でも喰って帰れ。きんぴら牛蒡を作ったところだ。一鉢盛ってやっから、家へ持って帰れ」

チヨは、もう習慣になっているので喋《しゃ》べりながら三吉の蔭膳《かげぜん》をこしらえていた。大きな茶碗《ちゃわん》に、釜《かま》の中央の飯をたっぷりよそい上げる。小皿に梅干を一つのせる。小鉢にきんぴら牛蒡を盛った。

「旨《うめ》えぞ、三吉、味見してみろ。おっ母は近頃料理の腕上げたっち。たっぷり喰えよ」

姑の耳が遠くなってから、チヨは独り言を言う習慣がついた。が、娘の方は久しぶりに訪ねてきて、母親が大きな声で出征した息子に話しかけている様子に驚き、言葉を失っていた。

三吉の次には姑の分をよそってから、チヨは更に大声で、

「おっ母、飯だ。旨えきんぴらこさえたっち、喰えよ」

そう言いながら苧桶の前の姑を、三和土《たたき》からひょいと抱きあげて厨《くりや》に運び、板の間に坐らせた。姑は小さく軽くなっていて、チヨには苦もなかった。

「お婆、ヨシが来たっぞ。一緒に飯喰うべ。味噌汁も旨えぞ、お婆の好物だべ」

姑はようやく孫娘の存在に気がつくと、皺《しわ》をひろげて笑った。

「ヨシでねか。よく来たぞ。亭主は達者か」

「へえ」

頷《うなず》いてから、ヨシは母親の顔をそっと見た。ヨシの夫は、つい三月ばかり前に赤紙が来て、家にはいない。

「ああ、みんな達者だ。誰もかすり傷一つ受けてねっち」

ヨシにかわって、チヨは威勢よく答えた。意味が分ったのかどうか、姑は箸《はし》をとると、歯のない口で、きんぴら牛蒡をむしゃむしゃ食べ始めた。チヨも我ながら旨い味付けが出来たものだと思い、味噌汁を音たてて吸い、きんぴら牛蒡を噛《か》んだ。牛蒡が柔かいので、きんぴら本来の歯ごたえがないが、その分姑の胃にはすんなりと納まるだろう。

ふと見ると、訪ねてきた娘の箸は宙に浮いたままである。

「お前、どげしただ。喰いぎみが悪いな。喰わねば長生きできねぞ。喰え。このきんぴらが旨くねか、罰《ばち》当りめ」

チヨは四、五日前に作った胡麻《ごま》味噌があったのを思い出して、それを入れた小さな壺《つぼ》を娘にすすめた。

「これで飯喰ってみろ。何杯でも喰えるぞ。胡麻もたっぷり入ってるし、砂糖も酒も入れてるだ。豪儀な味噌だがら。三度々々腹くちくしておかねと、風邪ぐれでも死ぬだから、喰っとけよ」

チヨがこんなに熱心に娘に食べさせようとしているのには、理由があった。ずっと昔、チヨの実家で両親がスペイン風邪で死んだのは貧しくて喰うものも喰わずにいたからだと思っているからであった。この家では舅も病みつかずに死んだし、姑が長寿を保っているのも、それにチヨがスペイン風邪から立直れたのだって、三度々々腹がくちくなるまで食べていたからだ、とチヨは確信していた。

チヨ自身もよく食べた。一膳の飯を食べ終ると、三吉の蔭膳から少し冷えた飯を自分の茶碗に移し、三吉の茶碗にはまた釜から新しくよそい上げた。

「それ、三吉もよく喰うぞ。お前も喰えっちに」

チヨに励まされて、娘は箸をとり直したが、やはり食が進まない。チヨが二膳めの飯に湯をかけて、胡麻味噌で湯づけを啜《すす》りあげたところで、ようやく口を開いた。

「おっ母は、まだ知らねだべ、今日から戦争がおっ始まっただぞ」

「なに言ってるだ。戦争はとっくから始まってただ。んだっち、三吉も、お前の亭主も出征したでねべか」

「いや、新しい戦争が今日から始まっただ」

「戦争に古いも新しいもあるものでね」

「いや、この家にゃラジオがねがら分らねべが、臨時ニュースがそう言ったぞ。東条さんの演説もあったしよ、俺もう心配でなんねがら、すっ飛んで来たっちが」

「新しい戦争っち、なんのこどだ」

「米英に宣戦布告したとラジオが言っちったただ」

「べいえいって、なんのこどだ」

「おっ母は何も知らねだな。アメリカとイギリスのこどだべ」

チヨは、ようやくびっくりして、娘の顔を見詰めていた。そうか、今日からアメリカとイギリスを敵にまわして戦争か。すると今まではどこを相手に戦争していたのだろう。

「おっ母も暢気者《のんき》だな。支那にきまっているでねか。三吉は満洲《まんしゅう》に行ってるだべ、三十六聯隊《れんたい》だがらよ」

「満洲なら、すぐ隣がロシャだべ。お父が行った二〇三高地は満洲だべ」

「ありゃあ日露戦争だがら、相手がロシャだったんだ。おっ母の話は古いなあ。もう今は時代が違うだぞ」

親娘のやりとりが聞こえたわけでもないのだろうが、姑は様子で何か感じとったらしく、茶碗にのめりこんでいた顔をあげると、チヨと孫を見較べてから、

「おい、何かあったたか、どげしただ」

と訊いた。

ヨシが耳に口を当てて叫んだ。

「お婆、戦争が始まっただぞ」

聞こえたらしく、姑は鶏のように小さい眼をしばたたきながら、やがて訊き返した。

「またか。今度は何処《どこ》とだ」

もうかなり惚《ぼ》けていると思ったのに、随分頭の中はしっかりしているとチヨは感心した。流石《さすが》に姑だけのことはあると思った。

ヨシが再び耳はたで叫んだ。

「アメリカとだ。日本は今日、真珠湾を攻撃しただと」

真珠湾がどこにあるのか訊き返さなかったが、老婆は眼を閉じ、頷《うなず》いてから言った。

「そりゃ篦棒《べらぼう》なこどでねか」

まったく篦棒なことだとチヨも思った。世界地図というものをチヨは詳しく眺め見たことはなかったが、アメリカという国は、支那とは真反対側にあったような気がする。どちらも大きな国で、その真ン中にある日本は、両方から挟《はさ》み撃ちになるような塩梅ではないか。チヨは娘と顔を見合せ、溜息《ためいき》をつき、言葉がなかった。チヨは息子の三吉が戦場にいるのを思い、ヨシは応召したばかりの夫の身の上を思って、戦争の相手が殖《ふ》えればそれだけ兵隊の生死の不安が募るのを押えようがなかった。

「心配するなって」

チヨは自分にも言いきかすように、娘に大声で言った。姑が耳が遠くなってから、チヨは声が大きくなっていたが、自分ではそのことに気がついていない。

「この山本げは運が強えだから、三吉も三の字がついてるっち、死ぬこたね。必ず生きて帰るがら」

「俺げはどうなるべ」

「お前は俺の娘でねか。山本げの血筋だっち運が強えだぞ。後家になるこた決してねがら、心配するでね」

チヨはそう断言すると同時に、それが確信に変っていた。まだ浮かぬ顔をしている娘を見ると、いよいよ励ましてやらねばならないと思い、チヨは威勢よく高椅《たかはし》神社に参拝に行こうと言い出した。

食事の終った姑を、また抱き上げて苧桶の前に戻してから、チヨは大声でそのことを告げると、

「おう、鯉《こい》さまによく頼んでおけ。俺は明治三十七年からこっち魚は何も喰ってねがら、それも言っとけ」

姑は甲高い声ではっきりと言った。

福良という集落を一つ通り抜けると、高椅神社までは一本道だった。視界には青いものは何も見えず、田は稲株が泥色に朽ちていた。寒かったので、チヨと娘は口をきかずに黙々と歩きながら、心の中でひたすら応召した者の無事を祈っていた。どういう事情から戦争というものが起るのか、チヨたちは昔も今も考えたことがない。日露戦争のとき、男たちは戦勝に酔っていたが、戦死者の出たチヨの実家では勝っても少しも嬉《うれ》しくなかったし、チヨの夫は生還したが、舅も姑も少しもそれを誇とはしていなかった。チヨは夫とその戦友であった片方の足首がない男との会話を、決して忘れたことがない。あの戦争でどうして日本が勝てたのか、理由が分らないと二人は口々に言っていた。そして戦争が終っても生きた空がないということも。

が、三吉が出征してこの方、チヨが思うのは、ただもう無事に生きのびて帰ってきてほしいということだけだった。戦争というものは、結城の貧しい村の中では若い男がひっぱられて行って、生きるか死ぬかという不安に嘖《さいな》まれることであった。チヨは兄のときには何も心配しないうちに戦死の公報が届いたし、夫の場合は生きて帰った男との婚礼であったので、こんな不安は経験していない。娘には大丈夫だ、死ぬことはない、生きて帰ってくると威勢のいい言い方をしたが、そんな保証は何もないのだから、高橋神社の本殿の前に来たときは、神さまの姿がもし見えたならすがりついていただろうと思えるほどがむしゃらに祈りたくなっていた。お婆は明治三十七年以来、魚は喰っていないし、私も三吉に赤紙が来てからは出汁雑魚《だしじゃこ》一匹口にはしていないから、どうぞ一つ三吉の命は助けてやって下せえと、チヨは心の中で大声をあげながら合掌し、眼を瞑《つぶ》っていた。傍ではチヨの娘も必死で拝んでいる。チヨの娘はもう三人の子持ちだった。夫が無事で帰ってくれなくては三人とも父《てて》なし子になってしまう。チヨの娘は自分が小学校のときに父親を失っているので、自分の子供にはそういう淋《さび》しい思いをさせたくなかった。チヨはしかし、三吉の無事を願うほどには婿《むこ》のことを案じていない。息子一人のことだけで心が一杯だった。

祈り終って辺りを見廻すと、必勝祈願、武運長久、七生報国、皇国万歳、と大書した幟《のぼり》がそこここに立ち並んでいた。出征兵士を送り出すとき奉納する習慣があるからだが、この夥《おびただ》しい幟の数を見れば、近在の集落という集落から男たちが陸続として軍隊に狩り集められているのが分る。まったく姑の言った通り篦棒なことだとチヨは思った。こげなことが、いつまで続くのだろう。

鳥居をくぐって外に出ると明神池のほとりに乾物屋が店を出しているので、そこで麩を一袋買い、娘と二人で池の中に麩を投げてやると、池の水面がまっ黒に盛り上った。真鯉がはねて我勝ちに麩に飛びついて食べる。胴の太い、長さ一尺もある大きな鯉が何十匹もいるようだった。チヨはなるべく、まだ育っていない若い鯉をめがけて麩を投げてやった。しかし小さな鯉はたちまち大きな鯉に押し沈められて麩を食べそこねる。しっかりしろ三吉、頑張って取れ。チヨは思わず餌投《えさな》げに熱中し、たちまち一袋の麩を空にしてしまうと、今度は蛹《さなぎ》の干物《ひもの》を一袋買って投げた。繭《まゆ》をとった後の蛹は、鯉の大好物で、麩よりも激しい争奪戦が池の表面を高く波うたせた。チヨは一匹ずつあちらへ投げ、こちらへ投げ、夢中で若い鯉を追った。しっかりと喰え、三吉、頑張れ、それもう一度だ。

「おっ母、もう帰るべ」

娘の方が少々呆《あき》れぎみで声をかけるまで、チヨは我を忘れて餌投げをしていた。帰り道も二人は口をきかず、黙々として歩いた。ただ一度だけ、ヨシの方が、

「お婆も年をとっただな。耳が篦棒に遠くなったでねか」

と言い出し、チヨも頷いた。

「うむ、三吉が出征したとぎ一緒に高椅神社にお百度踏んだっちが、今日はお婆は行けとだけ言っただべ。一年たたぬまに大分違うな」

真綿が木綿に変っても何も言わなかったのと思い合わせると心細くなった。姑が死

ねばチヨは家の中に一人ぼっちになってしまう。中島に入るとすぐチヨは娘と別れ、村長の家に様子を伺いに行った。

チヨの婚礼の仲人《なこうど》をした村長夫妻は随分前になくなっていて、その息子夫妻が後を継いでいる。それでもチヨより年長者だ。チヨは村長の家の裏口からそっと入り、女《おなご》衆《しゅう》たちの様子を見て、顔見知りの一人に声をかけた。

「戦争が、おっ始まったっちが、本当だべっかね」

女中はチヨを侮《あなど》って、

「本当も何もあるものでね、ラジオが言っただ。東条さんの演説聞いて、俺だちも感激しただ」

「東条さんて誰だ」

「あれ、東条さんを知んね日本人があっただか、お婆は非国民だぞ。総理大臣のことでねか。しょうねえお婆だな」

女中はけたたましく朋輩《ほうばい》を呼んで、チヨの質問を口真似《くちまね》し、皆で嘲笑《あざわら》った。

チヨが、東条英機陸軍大臣が現役のままで総理となり組閣してまだ二カ月にもならないのを知らなくても恥じいる必要はなかった。非国民と嗤《わら》われたところでチヨはたじろがなかった。

「俺げにゃラジオはねし、新聞も来ねだがら何も知んねが、そうか、やっぱりアメリカと戦争になっただな。箆棒なことになったもんだな」

「お婆でも心配《しんぺ》か」

「心配しねでどげするものか。俺の倅《せがれ》は戦争に行ってるだ。婿も兵隊にとられたばかりだっち」

女中たちの顔から笑いが消えた。一人がチヨを慰めるように言った。

「心配するでね、お婆。東条さんが言っちった。必勝の信念があるってよ。日本は勝つだがら心配するでね」

「そげなこた心配してね。日露戦争でも日本は勝っただがら、今度も勝つべ。俺の心配は、そげなこどでね」

「倅のこどべ心配して来たか」

「んだっち、村長さんは家かね」

「まだ役場だべ」

「んだべな」

当然のことだが、聞いたチヨはがっかりして帰ることにした。そのチヨの背に聞こえよがしに若い女中が言い放った。

「お国のために捧《ささ》げただがら、死んでも心配するこたあんめに」

「なにィ」

チヨは振返ると村長の家の厨《くりや》に押込んで、若い女中に摑《つか》みかかった。

「この阿魔ァ。子を産んだこどもね癖して何をしゃら臭え。親にならねば分らねこどが世の中には山と有るだぞ」

大声で喚《わめ》きたてたから皆が驚いて駈《か》けつけ、二人の躰をひき離した。若い娘はチヨの形相の凄《すさ》まじさに圧倒され、まっ蒼《さお》になっていた。

チヨをなだめなだめて帰らした後、村長の女衆たちは顔を見合せて、

「山本げのかかは、おっかねお婆になったなあ」

「あげにおっかねお婆とは知らなかっただ。まるで鬼だったべ。おっかね」

と、口々に言いあった。

その夜おそく役場から帰った村長は、妻の口からその報告を聞いて、

「東条さんが勝つと言ったがら俺も勝つべとは思うが、俺でせえ心配だものよ。兵隊にとられた家じゃあ戦線拡大は聞く度に正直冷汗かいてるべ。いくらお国のためでも、子供を死なせたい親はある筈《はず》がね。それにしても、おチヨ婆も、せめて機織りせえ続けていられりゃあ、ここまでふらふら出て来るこどもなかんべ。俺たちも、お国のた

め贅沢《ぜいたく》は敵っち分っちゃいるが、結城紬の技術はこのまま糸が来ねじゃ廃《すた》れてしまう。戦争も大事だが、何から何まで軍需産業に切り替えては、先祖から伝ってきた紬が絶えてしまうからよ、心配してるだが、そのこどべえ言うと非国民だっち言われっから、苦労してるだ」

千年の伝統を持つ文化遺産を、永い戦争が終った後で復興させることが可能かどうか、結城の識者たちは大東亜戦争が始まった日にもう戦後のことを考えて憂《うれ》えていた。地方事務所から茨城と栃木の各県庁に、更に商工省へと訴え続けることを彼らは決議していた。各工程の段階別に、技術保存という目的で、七七禁令を特別に免除してもらわなければならない。真綿と生糸の配給機構の枠の中で、わずかにでも命脈を保たせなければならない。村長は山本チヨが結城紬の織り手として最高の技術者であることを認めていたので、チヨが彼の家の女中と派手な喧嘩《けんか》をして帰ったといっても咎《とが》める気には少しもならなかった。却《かえ》って彼は、近いうちにチヨばかりでなく絹村中の出征兵士を出した家々に留守見舞に歩かねばならないと思っていた。

日米開戦と同時に新聞は連日、日本軍の勝利を報道し続けた。マレー沖海戦では英戦艦二隻《せき》を撃沈した。同じ日に日本軍はグアム島を占領し、フィリッピンにも上陸していた。クリスマスには香港《ホンコン》の英軍が降服した。正月二日にはマニラを占領、節分前後にはビスマルク諸島に上陸と、緒戦は文字通り華々しかった。

チヨの家ではチヨと姑の二人が黙々と大根と人参を摺《す》りおろしてシモツカレを作ることに没頭していた。油揚げを十枚も買ってきて千切りにし、おろした大根や人参と共に煮こむ。節分の鬼払いに使った炒《い》り豆も一緒に入れ、軟かくなるまで煮こんでから、最後に酒粕《さけかす》を入れてぽろぽろに仕上げる。それを壺に納め、厨の床下に入れて冷蔵する。春の若菜が萌《も》え出るまで、このシモツカレがこの辺りの保存食になるのだ。

「お婆はいっかね」

村長が国民服にゲートルを巻いて三和土に立っていた。

「村長さんでねか」

チヨは驚いて立上った。咄嗟《とっさ》に不安で、声がうわずっていた。悪い予感がした。

「三吉から便りがあったかね」

「へえ」

「なんと言ってきた」

「へえ、分らねこどべ書いてあっちったが、まあ読んで下せ」

チヨは数日前に三吉から届いた葉書を村長に手渡してから、急いで湯を沸かした。茶受けには出来たばかりのシモツカレを小鉢に入れ、箸をつけて出した。

村長は字数にしてもごく少い三吉の便りを幾度も繰返して読んでいたが、他に言いようもないのか、

「三吉は字がうめえな」

と褒めた。

「なに、やっと読めるだけのこどでがんすが、何のこどかさっぱり分らねだがら、お婆が焦《じ》れて分るように言えと俺を叱《しか》る。弱っちまっただ」

「無理もねえな。お母さん、お婆さん、元気ですか。僕も元気です。我軍は、この後の方の○○は何のこどだべ」

「村長さんは、前《めえ》の○○は分るかね」

「南洋方面のこどでねべか。戦場がどんどん南下してるだがら」

「へえ。するってえと三吉はもう満洲にはいねべか」

「いや、分らね。軍の機密だべ、俺だちに分るこどじゃねだがら」

「へえ」

村長は、茶を啜《すす》り、シモツカレを一口食べて、

「うめえ。このげのシモツカレは特別の味がすっぞ。味噌が入《へえ》ってるだな」

「へえ。俺だち魚は断ってるで塩鮭《しおざけ》の頭が使えねっから、代りに味噌で味つけしたで

がす」

「鯉さまに願かけしただな」

「へえ」

「そうか。んだっち、三吉はきっと立派に戦って、無事に帰ってくるべ」

ようやくチヨは、村長が悪い知らせを持って来たのではないことが分り、ほっと安心した。

「村長さん、この戦争はどのけえ長く続くものかね」

「んだな。日清戦争は九カ月、日露戦争は一年と八月《やつき》で終ったが、日支事変からこっち戦局拡大ばっかでよ、どうなるべっか」

村長はつい本音を吐きかけたが、チヨの喰い入るような眼つきに我に返り、慌《あわ》てて言い直した。

「なに心配することたね。すぐすむべ」

「本当かね」

「昨日のニュースでよ、シンガポールの英軍が無条件降伏しただぞ。んだっち、後はアメリカばっかりが相手だ。アメリカが万歳すれば、それで終りだ」

「年内はかかるべか」

「いや、年内に片付くべ」

村長はそれから急に明るい表情になって、結城の織物業者たちが起こしていた伝統技術保存のための請願が、見通しがよくなっていることを告げてから、腰をあげ、

「いつまでいざり機を空けておくこたねべ。達者で待てよ」

と言って帰って行った。

新聞もラジオも、華々しい戦果を報道するばかりで国民はなかなか日本軍敗色に気付くことはなかった。ガダルカナル島における死闘が、二月遅れで勇猛なる戦いとして伝えられ、その年一杯連戦連勝というニュースに埋もれて国民は夢中で過した。結城の織物業者の団体に商工大臣から吉報が届いたのは昭和十八年の十二月だった。

茨城県結城郡絹川村字小森と、栃木県下都賀郡絹村字中島と同じく絹村字梁《やな》の三カ所に限って、特免の許可がおりたのだった。名目は結城の希望通り結城紬の技術保存のためで、真綿二十四貫目が配給されることになったのである。それは実に僅《わず》かな量であったが、更に紬の生産について、年間金額で八万円、二百四十反を越えないことという条件がつけられた。チヨの織る亀甲《きっこう》細工絣《かすり》でも一反三百二十円以内と規定されるという始末だった。織り上げたものは東京三越デパート内の日本美術統制会に納品することにきまっていた。

しかしどんな条件をつけられても、まるで織るものがないよりずっとましだった。各地区では、それぞれ数人の織り手が選ばれ、もちろん中島ではチヨがその一人に選ばれることに誰からも横槍《よこやり》が入らなかった。絹村の村長が鬼の首でもとったように大喜びで整経《はたのべ》をすました糸を運んできた。新聞では折柄、半年も前のアッツ島玉砕が悲愴《ひそう》な文章で報道されていたにもかかわらず、結城では戦争はもう間もなく大勝利を博して終るのだという確信を持った。

チヨが誰より強くそれを信じた。また織れる。いざり機に入って、緯糸《よこいと》を通し、勢よく梭《ひ》を打ちこむと、躰が震え出すほど嬉しかった。値段の枠があるのと、染料が前ほど潤沢ではなかったために、ベタ亀甲十字絣は藍色《あいいろ》一色に白で文目《あやめ》を抜いたという古典的な元の色合に戻っていたが、チヨにはその方が紬《しま》を織っている実感があって嬉しかった。仕事は急がなかった。何日までに織上げろという注文ではない。二年ばかり畑いじりだけしていたので、勘を取り戻すのに少々の苦労があった。チヨは緯糸一本一本を愛しみながら丁寧に梭を走らせ、そして絣目をゆっくり揃えると力一杯大きな梭を打下ろした。

三吉からは二年近くも便りがなかったが、チヨはもう心配がないと思った。もともと筆豆な倅ではなかったし、チヨ自身が手紙など書く習慣もなかったので、紬が織れるようになったのだから、もう日本中が何もかも好転している、戦争だってもうじき終るのだと思っていた。

姑は苧桶の前に坐り、つくしから糸をひいていたが、これは相変らず布団綿から太い木綿糸を唾で撚《よ》っている。糸をひく作業も専業化していて、中島でもその名手のところには真綿の割当てがいっていたが、チヨの姑は何分にも齢《とし》をとりすぎていた。唾があまりにも枯れていたし、指先も器用さを失っていた。いくら生綿《きわた》だといっても、うどんのように太い糸をひいていたのでは、村長も開いた口がふさがらなかったのだ。しかし形だけでもこの家は、姑が糸をひき、嫁が梭を打鳴らして機を織るという、いかにも結城らしい平和な佇《たたず》まいが戻ってきていた。

三

チヨの弟が、家族を連れて結城《ゆうき》へ舞戻ってきたのは五月の末であった。三月九日の東京大空襲で、本所深川二十三万戸が全滅した。五月二十四日には宮城も焼け、東京の大半は燃えてしまった。留吉の働いていた軍需工場も灰になり、親子五人が住むところを失い、二度と戻る筈《はず》のない古里に帰ってきたのだった。生れ育った小森の家を畳んで兵隊に行ったから、頼れるところはチヨのところしかなかった。

国民服に戦闘帽をかぶり、焼跡で拾った馬穴に飯盒《はんごう》その他の必需品を入れ、女たちは襤褸《ぼろ》のようなもんぺ姿で中島の山本げに着いた。機織《はた》りしているチヨの姿を認めて留吉は何より驚いてしまった。

「東京は着るもんどころか喰うものもねえ有様だに、結城はのんびりしたもんだね。まだ機織ってるとは思わなかったぜ」

「なに、これが最後だがら、念入りに織ってるとごろだ」

その紬《つむぎ》もベタ亀甲《きっこう》十字絣《がすり》という念の入ったものだと気がつくと、留吉は一層びっくりした。

「こげな贅沢《ぜいたく》を、まだしている人間が日本にいるのかね」

「売り値は一反三百円するっち言うぞ」

「まあ三百円ですか、高いんですねえ」

留吉の女房は驚いて声をあげ、それから初対面の挨拶《あいさつ》になった。

六つ違いの留吉は四十八歳になっていた。職工をしていた頃、親方の世話で、しかし式もあげずに妻と一緒になった。縞木綿《しまもめん》のもんぺ上下を着て、髪は束ねていたが、四十五という年よりずっと若く見え、さすがに東京の育ちで小綺麗《こぎれい》な女だった。子供は二十四歳の娘を頭に三人、末の子だけ男でこれが十五歳だった。留吉の子供の頃とそっくりだった。

「名前《なめえ》はなんちゅうだ」

とチヨが訊《き》くと、

「野村光一郎です」

と元気よく答える。

「光一郎か。三の字がついてねな」

チヨは少しがっかりしたが、チヨの言う三の字が留吉一家には意味が分らない。中学の三年になるが、校舎も焼けたし、勤労動員で出かけていた工場も丸焼けになったので、東京には残る必要が何もなくなったのだと留吉が説明すると、

「お前、中学へ行ったか、そりゃ篦棒《べらぼう》なこどでねか」

とチヨは驚いた。結城では、よほどのいい家でなければ子供は中学へ進学することがない。

「まあ俺は無学だが倅《せがれ》だけはと思って無理したのよ。ところが戦争で物資欠乏だべ。ろくに読み書きも習わねで動員よ。旋盤工になったっちいうから俺はがっかりしてよ、中学へ行ってまで無学な親と同じ仕事かと思ってよ」

「留吉も旋盤っちものやってただか」

「そうよ、俺は腕を見込まれてすぐ徴用になっただから、赤紙は来ねですんだ。今度の戦争じゃ俺ぐれえのロートルでも兵隊にとられただから、危ねえところだった。命あってのものだねだ。この戦争にひっぱられてたら、とても助からねえや」

留吉は結城ののんびりしたたたずまいに気がゆるんだのか、そんなことを言いながら朗らかに笑ったが、チヨの顔つきは俄《にわ》かに険しくなった。

「留吉、気をつけて物を言え。俺げの三吉は兵隊に行ってるだぞ。ヨシの婿《むこ》も出征してるだ。とても助からねえとは誰のこどだ」

大声だったから、留吉はたまげてしまった。留吉の妻も叩《たた》き出されるのかと怯《おび》えたくらいだった。子供たちは息を呑《の》んで、怒りに燃えているチヨの顔を見守っていた。

「こいつは俺が悪かった。なにしろ東京は見渡す限り焼野原になっちまったしよ、俺たちは焼夷弾《しょういだん》がパラパラ落ちるところをかいくぐって逃げてきただから、何度助からねえと思ったかしれねえ。それで言い過ぎちまっただ。おチヨ姉、堪忍《かんにん》してくんねえ」

留吉は平謝りに謝りながら、長く会わずにいた間にチヨの性格が前とは別人のように変っているのに気がついた。嫁に行くまでは無口な娘だったし、たまに喋《しゃ》べっても小さな声だったのに、そして小森の両親が死んだ後も留吉の入隊を心細がって泣いてばかりいた姉だったのに。

チヨは怒鳴った後は気がすんだのか、五人を家の中に招き入れた。年をとった姑《しゅうとめ》と二人きりの淋《さび》しい暮しに、何より賑《にぎ》やかさをとり戻して家の中が明るくなるような気がした。

あんなに百姓仕事を嫌がって見限って出た田舎だったのに、東京で食糧の窮乏が骨身にしみたのか留吉は畑に出ると生色をとり戻し、妻にも子供たちにも畑仕事のやり方を一から教えこんで、すぐ土を耕しにかかった。どこの家も手が足りなくて田植が遅れていたので、彼らにはその日から仕事があった。留吉の妻は綺麗好きで、家の中の掃除も手まめにやったから、たちまちチヨの気に入った。留吉の妻の方でも一切を灰にして頼るところもなくなっていたから、チヨの機嫌を損うのが一番怖《おそ》ろしかった。チヨが姑を大切にしているのを知ると、彼女も姑を宝物のように扱い、食事の世話も、姑の下の汚れ物の洗濯も厭《いと》わなかった。

「留吉、お前はええ嫁を持ったな」

チヨは大声で言った。留吉はてれて、えへへと笑った。

しかし留吉の一家が、もう一度だけチヨに怒鳴り倒されたことがあった。留吉の息子が鬼怒川から魚を沢山釣って帰ったときであった。

「篦棒なこどをするぞ。おい、お前ら、魚を喰うならこのげに置くこだなんね。すぐ出て行け。とんでもね。俺もおっ母も鯉《こい》さまに願かけてあるだ。縁起でもね、篦棒なこどだ。魚が喰いたけりゃ、俺げを出て行け」

火のように怒り猛《たけ》るチヨを、一家五人は茫然《ぼうぜん》として見上げ、いったい何がいけないのか理解するのにしばらく時間がかかった。しかし理由が分ってみれば、子供にもチヨの願いは当然のことと思えた。

「でも栄養がとれないよ、父ちゃん」

「動物性蛋白《たんぱく》って必要だもんね、母ちゃん」

「僕たちも魚を喰っちゃいけないってことかい？」

留吉は子供たちに、とってきた魚は畑に出たとき焼いたり煮たりすればいいと言った。家の中でさえ食べなければいいのだ。チヨの目にさえふれなければいいのだ。子供たちは、その考え方にすぐ納得した。

「だけど面白いね、鯉さまって言うの。迷信だろ、父ちゃん」

「迷信でもなんでも、かなわぬときの神頼みって言うじゃないか」

「そうだよ、東京だって鰯《いわし》の頭も信心からって文句があるよ。母ちゃんも、光一郎がもし兵隊にとられたら、義姉《ねえ》さんと同じ願かけするよ。親の気持ってものだよ」

留吉一家は、梅雨のあいまには野辺で、川から釣り上げた魚を焼きながら、麦まじりの握り飯を腹一杯食べていた。東京ではずっと雑炊かすいとんだったので、五人は心から田舎住いの幸福を味わっていた。

だがしかし女二人の世帯に食べ盛りの子を抱えた一家五人が雪崩《なだ》れこんできたのだから、チヨの家の米櫃《こめびつ》もいつまでもつものではなかった。配給の小麦粉を、留吉の妻が手打うどんにしてみせると、チヨは器用だと褒め、味つけがいいと言って喜んだ。留吉一家の食生活は東京にいる頃よりはるかに恵まれていたし、チヨたちの貧しい暮しからすれば、それでも贅沢だった。煙草《たばこ》は去年から配給制になっていて、男は一日六本、女には三本という割合で届いたが、留吉は煙草を吸わないので、チヨと姑と留吉の妻の分とあわせると毎日十五本ずつ余る勘定になり、これが焼け出された一家にとって何より有難い物々交換の材料になった。

留吉の娘たちも女子挺身隊《ていしんたい》などに入って働きぐせはついていたから、チヨが古い衣類を納戸《なんど》からひっぱり出して与えると、縁側でほどいて裁断し、小粋《こいき》なブラウスなどをたちまち縫い上げ、チヨを感心させた。

絹村も東京から疎開《そかい》して来る者が殖《ふ》え、次第に緊迫した空気に包まれていた。チヨは縁側で悠々と機を織っていたが、夏に入ると関東各地をアメリカの飛行機が飛び交い、爆撃するようになった。留吉と光一郎は庭に大きな防空壕《ごう》を掘り出した。チヨの姪《めい》二人は、チヨと姑のために防空頭巾《ずきん》と救急袋を縫い、いつもそれを身につけていろと言った。チヨはにこにこ笑いながら、炒《い》り豆などを大量に作り、みんなの救急袋に分けてやった。

連日のように空襲警報が鳴り出す頃、チヨの手許《てもと》にはもう一本の糸もなくなっていた。本場結城織物同業組合は、とっくに解散していたから、織り上げた数反の結城《しま》は買主もないまま今ではチヨの唯一《ゆいいつ》の財産になっている。サイレンが鳴ると、子供たちは我がちにチヨの姑を抱き上げて防空壕にもぐりこむ。東京で空襲の怖ろしさを体験してきた留吉一家とチヨとでは、サイレンが鳴ったときの動作が違っていた。

「おチヨ姉、早く入れよ」

留吉が叫ぶと、

「おいきた、待ってろ」

チヨは悠長に返事をしてから納戸に入り、自分が織った紬《しま》を抱えて出てくると、一番後から防空壕にゆっくりと入った。

東京では一年も前から流言蜚語《ひご》の類《たぐい》が囁《ささ》やかれていて、留吉は少からず惑わされていたが、チヨの前でそれを言うのは憚《はばか》らねばならなかった。B29は関東平野の上空を飛びまわったが、工場もない貧しい農村地帯に落すほど無駄な爆弾は積んでいないようだった。チヨは留吉から戦災の悲惨をどんなに聞かされても、どうもよく分らなくて、B29が飛んできても一向にどうということもないので、夏になると田の草取りの最中に警報が鳴っても、家に帰ることはしなくなった。三吉が戦場にいるというのに、銃後の人間が逃げまわったり穴にもぐったりしていたのでは申訳がたたないという気があった。

機織りができなくなると、チヨにとっては一日が前よりずっと長いものに感じられる。姑と二人のときは色々な料理を作ることで気が紛れたが、今は留吉の妻が台所を仕切っているので、チヨは農閑期には手持無沙汰《てもちぶさた》なのだ。それでも田畑の雑草はひいてもひいても生えてくるからチヨは日が少しかげってくるまで、畑の中に蹲《うずくま》っていた。帰り道には茄子《なす》の実を十幾つも捥《も》いで、防空頭巾の中に入れた。明日の朝は姪たちに旨《うま》い浅漬けを食べさせてやろうと思った。

家に入ると、さすがに外より涼しくて、ひいやりした空気が快かった。ところが妙なことに家の中に留吉もその妻もいて、ぼんやり台所に立っている。

「外は暑いぞ。やっぱり家の中は楽だ。どれ、水でも飲んでくるべ。茄子とってきてやったぞ」

チヨは朗らかに声をかけてから井戸端へ出たが、どうも弟たちの様子がおかしい。勢よく水を汲《く》んでいると、便所から姪が出てきたが、チヨを見ると慌《あわ》てて手も洗わずに向うへ行ってしまった。

みんな、どうしたのだろうとチヨは不審顔で、手の甲で口許《くちもと》を拭《ぬぐ》いながら厨《くりや》に戻ってみると、留吉夫婦は小さな声で何か話していたのに、さっと躰《からだ》を離した。

「どげした。何かあったか」

留吉はチヨをじっと見ていたが、やがて口籠《くちごも》りながら言い出した。

「おチヨ姉、がっかりするなよ」

「なんだと」

「昼過ぎに電報がきただ」

「電報て、なんだ」

「三吉が戦死したと」

チヨは耳をいきなり撲《なぐ》りつけられたようで、何が聞こえたのかしばらく訳が分らなかった。留吉が青い顔になっている。留吉の妻は、外へ駈《か》けて行ってしまった。

「三吉が、戦死しただと」

「んだ」

「嘘《うそ》だべ。そげなことはある筈がね」

「電報が来ただが、誰も呼びに行くの嫌だと言って家の中で揉《も》みあってただ」

留吉が表に置いてある電報をとってきて、チヨの目の前で展《ひろ》げてみせたが、チヨは受けつけなかった。大声になった。

「嘘だ。三吉が死ぬ筈がね。鯉さまに何度も頼んだし、雑魚《じゃこ》一匹喰ってねだぞ、俺は。三の字がついてっだ、三吉には。戦死だなどと馬鹿《ばか》こくな」

「そりゃ俺も本当とは思いたくねえがよ、公電だぞ、これは。宇都宮師団からきた知らせだからよ」

「何かの間違いだべ。三吉は死んでねって」

「んだべが、電報によ」

「うるせッ」

チヨは留吉の差出す電報をはたき落すと、大声をあげて姑の傍へ這《は》い上った。

「お婆《ばあ》、お婆、聞こえるか、お婆ってばよ」

姑は苧桶《おぼけ》の前に石のように坐《すわ》り、眼を閉じていた。つくしには生綿《きわた》も巻きつけてなかったし、苧桶の中は空っぽだったが、姑は朝眼があくと、必ず框《かまち》のところにつくしと苧桶を置いて坐るのだ。チヨが耳許で喚《わめ》くと、老婆は小さな眼をぱっちり開けてチヨを見た。

「おい、お婆。三吉は死んでねえな。お婆、返事してくれろ」

「おう、三吉が死ぬものか。俺は明治三十七年この方、鯉さまに願かけてがら魚喰ったこどがねけ。それに三吉も三の字がつけてあっからよ。三吉が死ぬものか」

姑の言葉は明快そのものだった。チヨは嬉しさのあまり、何度もしつこくせがんで姑に同じことを言わせた。

「ほらみろ、お婆も同じこどを言うでねか。三吉は死んでねだがら。二度とそげなこど言ってみろ、この家から叩き出してやっから」

チヨは留吉を押えつけるように言った。

その日は村長も来たし、区長も来たが、チヨは入口に仁王立ちになって、誰も家に入れなかった。

「三吉は死んでね。何かの間違いだ。お婆も同じこど言ってっから、確かなこどだ。俺たち何も悪いこどをしてねだがら、三吉が死ぬわけがねべ。鯉さまに、よっく頼んであるしよ、名前に三の字つけてるだがら。三吉のお父だって三平っちったから、二○三高地っから生きて帰れただ。死んでね。三吉は死んでねって」

弔問客たちはチヨの見幕に怖れをなし、またチヨが息子の死を精一杯で拒否してい

る気持も理解できたから、

「そうか、死んでねか。それなら良がった」

と言って引返した。

村長の家では女たちが、いかにもおチヨ婆らしいことだべと頷《うなず》きあった。

その夜、チヨは疲れ果てて熟睡したが、夢の中で客の訪《おとな》いを受けて玄関へ出てみると、兵隊姿の男が立っている。やっぱり三吉だ、死なねで帰ってきたなと狂喜しながら土間へ飛降りて見ると、男の片脚は足首から先がない。

「畜生ッ、この疫病神《やくびょうがみ》め、また来やがったな。出てけ、出てけ。出てけっちに」

チヨは喚きながら男に武者ぶりつき、全身の力で相手を突きとばした。が、重田はへらへらと笑い、足をひきながら家の中を歩きまわる。

「やい待て、出てけと言うのが聞こえねか。この野郎ッ」

チヨは相手を追いかけ、追いまわし、到頭縁先でまた摑《つか》まえると、もう一度力一杯突き飛ばした。重田もチヨも同時に縁の下に転がり落ち、ぎゃっと悲鳴をあげたのは重田かチヨかどちらか分らなかった。

眼がさめたとき、チヨの傍には留吉夫婦が様子を見に来ていた。チヨは全身汗みずくになっていたが、声高らかに言った。

「安心しろ。もう疫病神は追い出してやったがら。三吉は死んでねだ」

留吉夫婦には何が何やら分らなかったが、チヨがあれだけ魘《うな》されていたのは、きっと昼からの心懸りが怖ろしい夢を見たのだろうと理解し、自分たちの寝床に戻って眠り直した。

チヨの方は、それきり眠れなかった。あれは大正七年のスペイン風邪にかかったときに見た夢だから、重田を夢に見るのはこれで二十数年ぶりだ。どうしてこんな嫌な夢を見たものだろう。しかし、前のときもチヨは重田を押し倒して生き返ることができたのだから、今度もきっと三吉が死にかかったのをチヨが重田を縁から突き落したことで救えたに違いない。あの男を思い出すのは薄気味悪かったが、その気味の悪さと闘い抜いたのが、チヨの確信をいよいよ深めていた。そうだ、三吉は決して死んでいない。あんな男にとり殺されてたまるものか。

翌日も翌々日も、チヨは夜が来るのが怖ろしかった。あんな夢はもう三度とは見たくないと思うからである。しかし炎暑が続き、今年は念入りに照りつけているかと思うほど、夏が燃えていた。炎天下の草取りがチヨを充分に疲れさせ、あのときぎりで同じ夢を見ることがなかった。ただ、チヨの顔に皺《しわ》が急に深くなり、言葉使いが日に日にとげとげしくなっていた。留吉の妻は、チヨの機嫌を損うまいとして前の倍も三倍も気を使って暮すようになった。

「おーい、おーい」

チヨが胡瓜《きゅうり》畑で雑草をひいているとき、留吉が向うから大声で姉を呼んだ。チヨは一度振向いたが、返事もせずに草むしりを続けた。チヨは弟があの電報をわざわざ展げて見せようとしたことが許せないのだった。よけいなことをしてと、チヨは留吉をまだ恨んでいた。

「おチヨ姉、戦争が終ったぞ」

留吉は、息を切らしながらすぐ傍までやってくると、いきなり言った。

「なに」

「戦争が、終っただ。十二時に、玉音放送が、あっただ」

「なんだ、そりゃあ」

「天皇陛下がラジオで、戦争は終ったと放送したのよ」

「なに、天皇陛下さまがだか」

「んだ。重大放送があるからラジオのあるげに集れっちてきたべ、朝のことだが。そいで俺は役場へ行って聞いただ」

「天皇陛下さまの声をか」

「んだ。甲高い声でよ、俺よく分らねだったが、村長が戦争が終ったっち意味だと言ってたぞ」

チヨは、ようやく立上った。

「そうか。んだっち、戦争が終っただな」

「どうもB29が飛ばねえようになったと思ってたが、戦争が終っただからだべ」

チヨの両手が開き、雑草が土に落ちた。

「お婆に教えたか」

「まだだ。おチヨ姉が言った方がよかんべ」

「よし」

チヨは走るように早く歩き出した。留吉は後を追ったが、チヨの足にはかなわなかった。男でも二十余年東京暮しになれてしまうと、もう百姓には戻れないのではないかと、留吉は姉の逞《たくま》しい後姿を見ながらそう思った。

チヨは家の中に駈け戻ると、框《かまち》の上に小さく固まっている姑の耳に叫んだ。

「お婆、戦争が終っただと」

姑はパッチリ目を瞠《みひら》いて、耳の奥に吹き込まれた音をしばらくまさぐっていたが、

「良がったな。三吉は助かったべ」

と、はっきり言い、また眼を閉じた。チヨは改めてそれを信じた。

チヨはじっとしていられず、村役場まで駈けて行き、そこに集っている人々を見て、改めて戦争が終ったのを知った。しかし誰もこの戦争が勝って終ったのか、敗《ま》けたものか分らなかった。勝ったのだ、日本は神国だっち敗ける筈がないと言い張る者の前で、村長などはしきりと首を捻《ひね》って黙っていた。戦争終結の詔書は、玉音に御癖があったせいか、意味の聞きとり難い言葉が多く、はっきりしない。勝ったのか、敗けたのか、栃木県の田舎で人々は議論しようにもラジオだけが頼りでは、まだ何も分らなかった。チヨにとっては勝っていても敗けていても、そんな結果はどうでもよかった。三吉が死なないうちに戦争が終ってさえいればそれでよかった。そして三吉は、必ず生きて帰るものと信じて疑わなかった。ただ、今の心懸りは、三吉がどこにいるかということだった。三吉はどこで玉音放送を聞いただろうか。いったい三吉は、いつ帰って来るのだろうか。チヨは村役場の中で出会う誰彼を摑まえてはこの問を投げかけたが、訊かれた相手は三吉の戦死を知っていたから狼狽《ろうばい》して、村長に訊けと言って逃げてしまった。

村長は、

「うむ。もうちぃと様子を見ねば分んね。待ってろ、調べてやっから」

と親切に答えた。

ともかく、もう空襲はないのだからと、留吉と光一郎は早速防空壕を潰《つぶ》してしまい、後に蕎麦《そば》の種を蒔《ま》いた。

畑仕事の方は、戦争が終っても変化はなく、三日もするとチヨたちはまたいつものように草を苅《か》ったり、虫をとったりして日を送るようになっていたが、留吉は役場へ足しげく出かけて行って新聞を読み、ラジオを聞いては、首をかしげながら帰ってくる。

「どうも、はあ、日本の方が敗けちまったらしいなあ。マッカーサーが東京に来たっち、宮様が総理大臣になったっちがね」

「あれだけ東京が焼けたんだから、勝ってるとは思えなかったよねえ」

「うむ。まさかとは思ったけど、どうも敗けちまったらしい。俺、ちょっと様子を見に行って来るべ」

「およしよ、お前さん、アメリカが乗込んで来てるんだろ。鬼畜米英に何をされるか分ったもんじゃないよ」

「しかし此処《ここ》にいただけじゃ埒《らち》があかねえや。ずっと百姓になるつもりなら別だがよ」

夫婦の押問答を聞いていて、光一郎が屹《きっ》とした顔を上げて言った。

「父ちゃん、僕は東京へ帰りたい」

「んだべ。俺も東京がどんなことになっているのか、早く様子を見たいんだ」

秋の苅入れが間近だというのに男二人は我慢がしきれなくなって、米二升と炒り豆などの食糧を背負って出かけてしまった。留吉の妻はチヨに訴えたが、チヨは留吉を引止める気がまるでなかったので黙っていた。

男たちは十日たっても、二十日たっても帰って来なかった。留吉の妻は次第に蒼《あお》ざめて心配したが、

「戦争は終っただべ。兵隊にとられもしねに何を心配するだ」

チヨは木で鼻をくくったように言い、声に小意地の悪い響きがあった。留吉の妻は、思わずチヨの顔を見て、こんなことなら男たちと一緒に東京へ出て行けばよかったと後悔した。

田の稲が黄金色に波打ち、チヨが鎌《かま》を持って苅りに出かけたところへ、留吉の娘が呼びにきた。

「なんだと」

稲の波底から、チヨは皺の深い顔を上げ、鎌を掴んだまま畝《あぜ》へ駈け上った。姑がこ

のところ急に食べ気味が悪くなっているのが、チヨの案じていたことだった。

苧桶の前で姑は小さな固りになって静かに死んでいた。苦しんだ様子はなかった。チヨは、誰にも手伝わせず、自分一人で姑の躰を黙って湯灌《ゆかん》してやった。小さくはなっていたが、姑の皮膚は白く、少女の躰のようだった。下に汚れがなかったのが、チヨには息を呑むほど大きな驚きだった。日頃の心掛けで綺麗に死ねるものだと思い、自分も終るときはこのようでありたいと思った。チヨは姑の死に感動していたのだが、留吉の妻は遠くからその有様を見て、年をとるのは怖ろしいものだと思っていた。やっと中年になった女にとって、平和の中の寿命の終りは、焼跡に転がっていた死骸《しがい》より、印象に深かったのかもしれない。

チヨの姑は評判のいい女だったから、中島じゅうの人々が通夜《つや》には集まり、手厚く葬《ほうむ》ってもらうことができた。あんまり多勢人が来たので、留吉の妻たちは居場所がなくなり、露骨に他処者《よそもの》の扱いを受けたように誤解してしまった。

昔はこの辺りでは、伝染病ででもない限り土葬が習慣だったが、先代の村長がそれを野蛮だと恥じて立派な焼場を作ってあったから、姑は棺桶《かんおけ》に納めて、村人たちの手で運ばれて行った。しかし焼場の男は喪主は誰かと訊いてからチヨに、

「骨壺《こつつぼ》がねで、入れもの持ってきてくんねかね」

と言う。物資欠乏で骨壺がずっと前から足りなくなっていた。

チヨは家にとって返すと、床下に長い間かくしていた壺をひきずり出し、井戸水でよく洗って抱えて行った。

「ちと巨《でか》すぎっかね」

「巨《でけ》えけど、大は小を兼ねると言うべ」

男は黄色い歯をむき出して笑い、壺を受取った。

留吉父子が中島に戻ってきたのは、チヨの姑の葬式がすっかり終ってからだった。

「いやはや東京は篦棒なことになってるぞ。青天井の下で闇《やみ》市場がどこまでも続いてるんだ。何を売ってると思う。自転車の輪が一つ、釘《くぎ》一本、皿小鉢の欠けたのまで売っててよ、篦棒な売り値がついてるんだ。饅頭《まんじゅう》一つが三円だ、三円。それが帰る頃にゃ同じ大きさで五円になってただから。俺たちは持ってた米を二合、三合と売ってよ、芋買って喰いのばしてたが、このまま田舎にすっこんでることたねえ。今出て行かねば儲《もう》けそこなっちまわあ。アメリカの兵隊がわんさかいるが、鉄砲ふりまわすでもねえ、のんびりしたもんだ。俺は結城の闇米をどんな値でも買いしめて東京へ運ぶぞ。法律なんぞ糞《くそ》くらえだ」

留吉は妻に注意されて、ようやくチヨに悔やみを言った。

「お婆が死んだってなあ。おチヨ姉も淋しくなるな」

「なに、三吉がもうじき帰って来るべっから、俺は平気だ」

「そうよなあ、復員船が別府に着いたって新聞に出てた。南洋の島から千七百人帰ってきたそうだ」

「どこの部隊だ」

「俺も、すぐそれを思ったが、三十六聯隊《れんたい》はなかっただ」

「大丈夫だ、次の船で三吉は帰ってくるだ」

「んだべ、んだべ、俺もそう思っただ」

留吉は、ふと仏壇の前の、中には納まりかねている大きな壺を見た。

「はてね、どうも見覚えのある壺だが」

「道理だべ。お前が小森の家を畳んだとき、俺が形見に貰《もら》った壺だわ」

「ああ、おっ母が金貯《た》めでた壺だな」

チヨは堪性《こらえしょう》がなくなっていて、反射的に怒鳴り出していた。

「うるせッ。よけなこど言わずに東京でもどこでも、とっどと出てうせろッ。俺、お前なぞ、顔も見たくねだッ」

口汚く罵《のの》り続ける姉の顔を、留吉は呆気《あっけ》にとられて眺めていたが、急に胸がしめつけられるほど悲しくなっていた。淋しいのだ、おチヨ姉は。苦しいのだ、おチヨ姉は。不安でたまらないので、唯《ただ》一人の肉親である弟に当り散らして怒っているのだ。親ならそうだろう、当然だ、と留吉は思った。敗け戦《いくさ》で、戦争が終る間際《まぎわ》に息子が戦死したなら、女は誰でもこのくらい狂うだろう。気がすむまで怒鳴れ、喚け。それを聞いてやるのが、せめて生き伸びた男の義務だろうと留吉は考えていた。

四

終戦と同時に結城の織物業者たちは再び活潑《かっぱつ》に動き始め、その年の内に生糸二百貫と真綿二百貫を渉外局から獲得した。昭和十八年の配給量の二十倍に近かった。チヨのところにも早速絣《かすり》、絣しばりの終った染糸が運びこまれた。分業制が息を吹き返し、整経《はたのべ》は同じ絹村の梁《やな》という集落から名人がきてやってくれた。経糸《たていと》は生糸、緯糸《よこいと》は真綿から紬《つむ》いだものという変則的な紬《しま》である。

「こげなものを織るだか」

チヨが不機嫌なので、男たちは呆気にとられた。どこの家でも女たちがいざり機《ばた》に戻れるのを喜んでいる折柄だ。

「そげに言うでね。生糸でもぶん取ってくるにゃ、てえした骨を折っただぞ。すぐに馴《な》れっから、お婆《ばあ》。梭《ひ》が楽に動くと言って喜んでる衆《し》もいんだがら、まず。奮発《べんちょう》して織ってぐれろ」

「まあ仕様《しゃあ》ねな。織る分には昔っから織ってんだがら」

「織りだぐでも織れねとぎがあっただがら、戦争が終って有難えと思わねばなんねべ」

チヨの眼が、ぎらりと光った。

「俺げはまんだ戦争が終ってねだ」

男たちはチヨの血相が変ったのを見てとると、慌《あわ》てて口を合わせた。

「んだ、んだ、お婆げは三吉が帰《けえ》らねば終ったこどになんねだっち。復員局も、なんだ、そっちこっち手間がかかって弱ったもんだ。急いでくれだらえによ」

チヨは黙って、帰って行く男たちに犒《ねぎら》いの言葉もかけなかった。姑《しゅうとめ》が死んでから、家の中にチヨはいつも一人だった。喋《しゃ》べる相手もなく、たまに人を見れば口から出るのは激しい言葉ばかりになってしまう。今ではチヨの娘たちも心得ていて、惣菜《そうざい》を煮て届けにきても、チヨの気を荒立てないように、逆らわないように、当りさわりのない世間話をして帰ってしまう。

チヨは一人ぼっちだった。不機嫌な顔のまま久しぶりのいざり機に落着くと、しかし腕も腰もすぐに織り子の勘をとり戻した。文目《あやめ》は亀甲《きっこう》細工絣《かすり》だった。経糸が生糸なので、縁側に射《さ》しこむ光が反射して眩《まぶ》しい。一日じっくり織ってようやく一寸ほどの紬が織れる。夕日の下でよく眺めて見ると、結城紬独特の渋みがなく、艶《つや》がありすぎてチヨは気に入らなかった。こげなもので戦争が終ったなどと言われてはたまったものではないと思う。が、しかし、結城で生れ育ったチヨにとっては、織る糸のない時代より機の中で梭を打ちおろし全身の力をふるって一日を過す方が、はるかに気分がよかった。来る日も来る日も、チヨは黙々と機を織った。もし三吉に蔭膳《かげぜん》を供えるという仕事がなかったら、チヨは飢えて死ぬまで織り続けたかもしれない。

娘二人が心配して米も麦も届けていた。中島の中でも、配給ものは手のある家の者が運んできたから、チヨは機織りに専念し、ただ三度の食事だけはきちんと摂《と》った。三吉に蔭膳を供えないと三吉が生きて帰って来られないように思うから、朝は必ず飯を炊《た》き、朝も昼も夜も三吉のために飯と惣菜を盛りつけるのである。チヨ自身は三吉のおさがりを食べる。朝は昨夜の三吉の食べ残しを食べ、三吉には温い飯をよそってやる。夏になると飯が饐《す》えたがチヨは平気だった。娘たちが色々珍しい配給ものを使った料理など持ってきても、チヨは食指が動かなかった。三吉に供えた後で一箸《ひとはし》つけてみるが、ひょっとして出汁雑魚《だしじゃこ》でも使ってないかと不安になって食べる気がしない。チヨには今は幼時から食べ馴れた粗末な干納豆が一番口に合うのだった。

「三吉、旨《うめ》えか」

時どきチヨは独語を言うように三吉に話しかける。チヨが取り上げた麦飯は糸を引いていたが、チヨは干納豆をぶちこみ、湯漬けにして無雑作に自分の分は食べた。終戦から一年たって、また夏が来ていた。

「三吉、くたびれねように、しっかり喰え。人間の元手は喰いもんだがらよ」

チヨは三吉にそう語りかけると同時に、三吉の戦死を近隣の人々もチヨの娘たちも信じていることに新たな怒りを覚え、がむしゃらに食べてしまうのだった。チヨ自身には食欲《しょくよく》が少しもないにもかかわらず、チヨは三吉に言いきかせる度に、結果としてチヨ自身もしっかり食べていた。体力ができているから、チヨの織るものは打ちこみが利《き》き、若い者に少しも負けない腰の強い仕上りになった。中島のおチヨ婆はおっかねえが紬《しま》は流石《さすが》にいいと評判は高まるばかりだった。どんどん注文がきた。ときどき若い女たちが織り方を教えてほしいと饅頭《まんじゅう》など持ってやって来ることがある。

「なに、絣しばりせえ出来てれば織るのはなんでもね。こげにして、こげにして、文目を合わせて、ほんで打ちおろしゃ織れんだ」

チヨは無愛想だったが、文目の合わせ方の勘どころはかなり丁寧に見せてやる。娘ざかりの者たちは、チヨの若い頃の温和《おとな》しさを知らないから、別にチヨが不機嫌でいることに気のつく様子がなかった。

「お婆は一人ぼっちで淋《さび》しぐねか」

と話しかける娘がいると、

「なに、もうじき三吉が帰ってくっから、ほんだら賑《にぎ》やがになるべ。嫁とりゃ孫も生れるだがら」

チヨは跳ね返すように答えるので、さすがに若い娘も息を呑《の》んでしまう。

チヨは戦争中の極端に真綿の配給が制限されている時期も村長の指名を受けて織れる間は一番長く織っていたために、今では結城ではかなり名の知れた織り上手になっていた。昔は四十過ぎれば力仕事の機をおりて、織るのは若い嫁に譲って糸とりにまわったものだったが、チヨの家には機を譲るべき者がいないし、その間に結城では分業化が進んで、五十過ぎたチヨが機を織っていても誰も不思議には思わなくなっていた。却《かえ》って娘たちは親や業者の口からチヨの織り上手を聞いて、一度でもその織り方を見ておこうと出かけてくる。

「お婆は茨城《えばらぎ》の小森から嫁に来だっちが、本当け」

「大昔のこどだがね、日露戦争の後だがら」

チヨは梭を抱いて、しばらく遠い目をして答える。

「へえ、日露戦争っちば本当に大昔のこどだな。そげな昔がら、お婆は織り上手で鳴らしでだか」

「誰に聞いただ」

「誰でも知ってるぞ。織り上手で望まれて嫁に来ただべ。俺げじゃ、俺が怠けでると親が怒ってその話するもんね。結城じゃ織り上手でね女は玉の輿《こし》に乗れねっちでえ」

これが玉の輿かと思うけれど、チヨはこの話には悪い気がしない。適齢期の娘を持った親たちは、この土地ではみんな同じ考えを持ち、チヨ自身も娘二人を織り上手に育て、二人ともいい家に嫁に行った。

朗らかな娘たちが帰り、日が暮れると、チヨはいざり機から這《け》い出て台所で湯を沸かす。三吉は帰って来ると他人に言った日は、必ず不安な夜を迎えてしまう。実の娘にも確信ありげに三吉はきっと生きて帰ると言い切ってはいるけれど、チヨの内心の不安は日ましに色濃くなっていて、その恐怖は誰に告げることもできない。

月の一日と三吉の出征した十六日には、チヨは必ず高椅《たかはし》神社に出かけて行き、本殿の前で長く合掌祈願をした。戦争が終っても食糧難の時代はいよいよ深刻になって、明神池の前の乾物屋も店先に食べられる物は何もおいていない。配給品だけを扱っている。もちろん麩《ふ》など売っている時代ではなかった。チヨは食残した飯粒は丁寧に干して鯉《こい》さまの餌《えさ》にするために持って出かける。

しかし明神池の鯉は、この一年で前の十分の一もないほど減ってしまっていた。チヨは悪い予感に怯《おび》えながら餌をやり終えると、おそるおそる乾物屋の奥に声をかける。

「なんだね、どうも、まだ鯉さまが減ってるようだがね」

「んだ、そのこどだら、ほんに仕様《しゃあ》ねえと俺げでも嘆いでるところだわ」

「なにかね、疎開《そかい》の衆が盗《と》るだべか」

「いやあ、どうも、東京から来た衆だげではねど思《も》ってんだわ」

「んだら、高椅のもんも盗《と》っかね」

「なに、高椅にゃ鯉さま殺《あや》める不心得もんはねが、他がらよ、夜中に盗りに来るもんで、夜中までは俺げも見張っていられねがら弱ってるだ」

「夜中に。罰《ばち》当り奴《め》が。俺が見っけたらぶっ殺してやっがね」

「罰当りが殖《ふ》えだっち、お婆。戦争に敗げだせだべ。鯉さま盗って喰うなんじこどは、俺だち高椅のもんにゃ分らねだ」

「本当《ふんと》だな」

チヨは怒りと恐怖で胸苦しくなってくる。鯉はおろか雑魚《ざこ》一匹も口には入れないから倅《せがれ》は無事に帰して下さいと神様に願っている者がいる一方で、その鯉さまを夜中に盗んで喰う人間がいるというのは怖ろしかった。チヨは三吉の生命が、この池の鯉がいなくなるときに終ってしまうのではないかと不安だった。

「俺、今夜はここで見張っててやるべ」

「よせ、よせ、毎晩来るわけでねがら。俺だちも根負けしただがら」

チヨは再三村長のところへ足を運び、厳重に抗議し、村長も尤《もつと》もなことだと頷《うなず》いて、「鯉とるべからず」「この池の鯉をとってはいけません」という立札を池のまわりに何本も立てたが、一向にききめがなく、チヨが参拝に行くごとに鯉は確実に減っていた。

高椅神社からの帰り道、チヨは本当に心細かった。鯉さまを敬う高椅で鯉がとって喰われるのをどうすることもできない世の中がくるとは、なんということだろう。三吉は大丈夫だろうか。チヨの心配は、そのことだけであった。こんな滅茶《めちゃ》々《めちゃ》なことでは鯉さまの罰が魚を食べていないチヨのところへふりかかって来ないとも限らない。

夜が来るとチヨは歯を喰いしばり、もし夢の中であの男が出てきたなら蹴殺《けころ》してやろうと決意して寝るようになったが、チヨは滅多なことでは夢を見ない性質で、眠っている間に姑も夫の三平も現れなかったし、あの男も出てくることがなかった。

その頃、チヨの生れた茨城県でも、チヨが嫁入りした栃木県でも、それぞれ本場結城紬工業協同組合と本場結城織物協同組合とが設立準備を始めていた。商工省の認可を受けるために、チヨの家にも署名と捺印《なついん》を求めにきた。

「別っごにか」

チヨが聞くと、

「んだ。結城は一つで団結したがよがんべと俺も思《も》うだがね」

何かと複雑な事情があるのか、栃木県の組合から来た男も口重く答えた。昭和二十一年十一月、二つの組合は正式に設立し発足した。チヨのところには栃木県の組合から、デザインし絣しばりして染めの終った糸が届くようになったが、相変らず経糸は光沢のいい生糸で緯糸だけが紬糸なので、チヨの仕事は変りばえがしなかった。

チヨは一人で、明るい間は終日機を織っていた。ベタ亀甲細工絣であるから、どんなに黙々と専念していても一日に一寸以上も織れることがない。小さな亀甲の中の更に小さな十字絣が、ちょっとでもずれると柄が崩れてしまうので、チヨは梭で渡した緯糸を経の文目と合わせるのに丹念に心を使い、端から端まで一目も漏れなく目を揃《そろ》えてから、やっと勢よく梭を打ち下ろした。とほとんど同時に腰を捻《ひね》っていざり機を鳴らし、経糸の組合わせを変える。若いときは冬でも汗を掻《か》くほどだったから、五十過ぎた躰には重労働に近い筈《はず》だが、チヨはこたえなかった。スペイン風邪以外には、チヨは病気らしい病気は一度もしたことがなかった。機を織るときは絣の目崩れをさせないために雑念が入る余地がない。チヨは織るときは物ごとを何も考えずにいられるのが幸せだった。目が揃えば全身の力で梭を打ちこむ。いざり機の中では、チヨには心配も不安もなかった。

梭を右から左へ走らせ、横に百も並んだ十字絣を揃えるのに熱中しているとき、

「おっ母」

耳許《みみもと》で声がするまでチヨは気づかなかった。その声の悲しいくらいもの懐《なつか》しい響きが耳の奥に届いてから、チヨは怕《こわ》いものでも見るように顔を上げた。カーキ色の戦闘帽をかぶり、夏の兵隊服を三枚も着重ねている男を認めると、驚きで唇が痺《しび》れた。

「おっ母、俺だ」

瘦《や》せて、目ばかりになっている男が三吉だと気がつく前に、チヨは男の足許を見た。ゲートルを巻いた二本の脚が、大きな穢《きたな》い靴をはいている。皮の上を布で幾重にもつぎはぎした靴であった。右も左も不細工だが同じ大きさであるのを認めてから、ようやくチヨはもう一度顔を上げて、言った。

「お、お前、三吉か」

「そうだ」

「三吉だな」

「んだ」

チヨの喉《のど》からこのとき言葉とは思えない叫び声が出た。いざり機から這い出すと、チヨは、おいおいと泣きながら縁から下に飛降り、三吉の両脚にとりすがり、一生懸命で彼の足首を撫《な》でまわした。

「おっ母、確かに俺だがら、心配すんな。幽霊でねがら足もあるっち」

チヨが三吉の足ばかりさわっているので、三吉は苦笑して言ったが、チヨは却《かえ》ってそれで我に返り、ゲートルと靴を脱げと言ってきかなかった。三吉の骨ばかりで皮の白くふやけた両足を揃えて見ると、チヨは三吉が無事で帰ったことに心が急にゆるみ、

「良《え》がった、良がったあ。俺は死んでねど思ってだがら、一度もかがさず高椅神社に拝みに行ってだがら」

縁の下にぺたっと坐《すわ》ったまま、泣き続けた。三吉も、茫然《ぼうぜん》として縁の上で素足をのばしたまま、家の中を見廻している。出征から五年目に帰ってきた彼も、万感迫るものがあったのだろう。ややたって、彼はチヨに訊いた。

「お婆は死んだのけ」

チヨはびっくりして息子の顔を見た。この男はまあ何を言っているのだろう。目の前にいるチヨに向って、どうして死んだかと訊くのだろう。が、間もなくチヨは自分の錯覚に気がついた。三吉がお婆と言ったのは、チヨのことでなく姑のことに違いなかった。

「あ、ああ、お婆は死んだ」

「いつだ」

「戦争の終った年だ」

「そうが。会いたがったな」

「お婆もお前は死んでねって言ってだ。名前に三の字がついてるがら死なねっち。んだべ、俺も戦死なんぞしてねっち言い張ってた」

「俺の戦死公報が来でだのか」

「んだが、俺そげな電報にゃ手も触れねでよ、葬式なんぞしねって頑張って、悔みにきだ奴《やつ》ら、みんな蹴投《けんな》げてやっただ」

こう喋べっている間に、ようやくチヨは自分を取戻していた。三吉が帰ってきた。本当に三吉はどちらの足首も無事で帰ってきたのだ。喜びがチヨの全身を突き抜けるようだった。

山本三吉の所属していた宇都宮師団第三十六聯隊《れんたい》は、満洲《まんしゅう》から南洋作戦へ移動したまま悪戦苦闘の末にパラオ諸島で終戦を迎えたのだが、三吉のいた小隊は米軍の集中砲火を受けて後方部隊と連絡がとれなくなったまま行方不明になったので、それが全員玉砕したものとして公報になって銃後へ送られたものらしい。事実、戦死者が大半だった。三吉は、自分が戦死したことになっていたと知っても、さして驚かなかった。中島で三吉と前後して出征した若者の多くは戦死していたから、戦死公報の入っていた三吉が復員したことが知れわたると絹村中の人々が三吉の顔を見にくるようになった。

「良がったな、無事でよ。お婆も頑張ってだ甲斐《かい》があったな」

「後家の頑張りっち、お婆のこどだべ」

賑やかに祝ってくれる者もいたが、半分は戦死の通知をまともに受けて葬式を出した家の者たちで、

「俺げはまだ帰《けえ》らねに、お婆んとごは帰って良がったな。俺げは葬式出したから帰らねべか。俺も葬式は出しだぐねって言っただが」

と際限なく愚痴をこぼしながら、三吉から根掘り葉掘り戦争が終る前後のことを聞きたがった。

「みな羨《けなるが》ってんだべ。無理もねけんど、俺もう嫌《や》んなったなあ」

三吉は応対に疲れ果てて、面倒臭がったが、家にいれば来る客から逃げ出すわけにはいかない。チヨはどんな種類の客であろうと、三吉の生きて帰った喜びにはかえられなくて、いそいそと湯を沸かし茶を淹《い》れ、干納豆を茶受けに出して客にすすめた。

チヨが喜んでいることはもう一つあった。チヨは三吉が帰った日の夜も、次の夜も、息をひそめて三吉の様子をうかがっていたのだが、チヨの夫であった三平のように夜中の夢で魘《うな》されることがないので一安心していたのだ。三吉は、二〇三高地のような怖ろしい目にはあわずにすんだのだ、とチヨは思った。本当によかった。もう心配はない。

三平は戦友が訪ねて来るまで一度だって親にも妻にも戦地で何があったか、どんなものを見たか言ったことがなかったが、三吉は戦死公報の届いた家族たちがしつこく尋ねるときは、

「敗けいぐさだっちっても、俺だち兵隊はどげするこどもできねだがら、毎日毎日、敵機が飛んでぐれば山の中に逃げごんで、あとは食物ばがり探しで暮しでだ。爆弾や機関銃で死ぬのはもちろん多かったが、土公に殺されだ者も篦棒《べらぼう》だっただ。惨《みじ》めなものよ、何もかも敗げだだがら。食物が不自由でも殺される心配がねだがら、日本人ば

がりだがら、俺は良がったが、まあ、運だなあ。死ぬも助かるも運だべ、結局《けっちょく》。運の悪い者は助かる筈でも土壇場《どたんば》でころっと死んだがら。俺は病気で寝でるとごを捕虜になった。んだが、正気な将校は自殺したっちね。俺だちは早えうちに上官が死んだがら、病気でごろごろ寝でられだが、強《きつ》い上官だら、兵隊は熱出してもこき使われでだっち」

抑揚のない声で、いつまでも話を続けていた。

チヨは朝は勢よく起きて、まず米を研いだ。チヨの織る紬は相変らず評判がよく、新円で収入があったから、チヨの家は食物に不自由がなかった。もう蔭膳《かげぜん》を供える必要がないので、チヨは毎日二人分の飯をたっぷり炊いた。味噌汁《みそしる》も作り、台所にいい匂《におい》がたちこめると、三吉は寝起きがよく、

「ああ、俺は帰《けえ》って来だんだあ」

と、大声で言いながら、すぐ飯を食べにくる。

「おっ母、干納豆っちな旨えな」

「んだ、俺もこの頃これが一番旨えと思ってるがら」

「地方の者は干納豆知らんが多いぜ。納豆が干せるっかっち訊く奴がおったがら」

「へえ、干納豆知らねえ者がいるがね」

母と子は、平和な会話を交しながら、ゆっくり朝飯を摂る。チヨは、帰ってから少しずつ頬が丸くなってきた三吉の顔を眺めながら、ある春の朝、大切なことを忘れていたのに気がついた。齢《とし》のせいか、チヨはもうじっとしていられなくて、箸を置くと家の外へ走り出していた。行先は村長の家で、村長はちょうど役場へ出かけようとしていたところだった。

「おチヨ婆でねか。早いな、どげしただ」

「へえ、村長さんに、ちょっくら相談があって来やしたがね」

「なんの相談だね」

「へえ、日本は戦争に敗げだがら、こんなこど相談しでも駄目か分んねがね」

「なんだ、言ってみろ」

「倅が帰りやしたが、日本は敗げだがら、無事でも自慢にもなんねべ。んだべ、言い難《にぐ》ぐてなんねがね」

「お婆らしくねえな。何をごにょごにょ言ってるだ」

「へえ、三吉は二十八でがんす。んだが、勝ち戦でねだがら、俺も言い難《にぐ》いだが」

村長は、緑が萌《も》え始めている道に立止ると、大声で叫んだ。

「分《わが》った。三吉の嫁のこどが」

「へえ、へえ」

「心配すんな、俺が上等のを見つけてやっから」

「敗げで帰ってきだがら、そげなことは思ってもねが」

「お婆、心配すんなって、戦争でそっちこっち男が死んだがら、日本は女が余ってるだ。男一人に女はトラック一杯ぐれあっから、勝ち敗げは関係ね。よし、結城一番の織り子を俺が世話してやんべ」

「とんでもね、俺げは丈夫でせえありゃ、何もそげな大変な嫁は貰《もら》える身分でねだがら」

「お婆、お前は中島の山本チヨだべ。結城が誇る宝だぞ。三吉の嫁は、お前の後継ぎになるだがら、若え中で一番達者な織り子を探さねばなんねだ。二十八といったな、三吉は。二十二、三から二十五の阿魔っ子がごまんと嫁き遅《い》れてるだがら、組合に話してすぐいい相手を見つけてやっから。俺に任せろ」

村長は胸を叩《たた》くようにして行ってしまったが、チヨは道端に佇《たたず》んだまま、しばらくぼんやりとしていた。思いがけず四十年も昔の、自分が小森から中島へ嫁入ってきたときのことを思い出していた。あのときは日露戦争は大勝利で、チヨは勇士の妻として茨城県の絹川村から栃木県の絹村へ、どちらも村長が大張切りで、チヨは村長の妻

の振袖《ふりそで》を着せられ、三平も紋付袴《はかま》を借りての祝言《しゅうげん》だった。今度は戦争に敗けたのだか

ら、とても村長には頼みにいけたものではないと逡《ためら》いながらも、他の誰に頼むよりよ

かろうと思い決して出かけたのに、おずおずと口に出したチヨには驚くばかりの村長

の返事だった。

男一人にトラック一杯の女がいる、と言った村長の言葉がチコには一番印象的だった。それだけ男が多勢死んだのだと、チヨは胸を衝《つ》かれた。三吉も言っていたが、よっぽど運が強かったから生きて帰れたのだとチヨは改めて三吉の運というものを有難く思った。高椅神社には、三吉が帰った日の夜、二人で揃って参拝していたが、あれではとても足りていないと思い、チヨはその足で高椅に出かけ、本殿の前で長い長い間、祈念して礼を言った。鳥居の前の明神池には、いくら待っても、手を叩いてみても、鯉の姿は見えなかった。チヨが餌を持たないせいもあったかしれないが、もう一匹も残っていないのではないかとも思われた。チヨは乾物屋のお婆に声をかける気にもなれず、黙って中島に戻った。

家に帰ると、三吉が畳の上に寝転がっていた。そろそろ客が来なくなっていて、三吉は戦地の話を繰返す用事がなくなったのだ。栄養失調になっていたので、沢山食べさせなければ体力は恢復《かいふく》しないのだろうとチヨは思ったが、心中どこかに帰ってきた

三吉の様子がどうも死んだ父親に似ているようなのが不安だった。

大男だった父親とは正反対の小兵《こひょう》な躰つきだったが、帰ってきた三吉は出征前と違って動作が緩慢になっていた。誰も客のないときは寝転がって、ごろごろしているだけだ。昔は飛んできて手伝う子供だったのに、今は何もする気がないらしい。チヨの水汲《く》みも、戦争というのは、人を惚《ぼ》けさせるものなのだろうかとチヨは思いながら、なんとか三吉に栄養をつけようと思い、鶏卵や浸し菜など惣菜に心を配って細々《こまごま》と台所で働いていた。この地方では、台所仕事は男の分担で、ことにチヨの家では舅《しゅうと》が手まめにやっていたのを三吉は見覚えていた筈なのに一向に手伝おうともしない。

「三吉、飯だぞ」

チヨが呼ぶと、のっそりと起きてくる。チヨは自分から賑やかに喋べり出す。

「南洋じゃ、どげなものを喰ってだ」

「最初は鰐《わに》も魚もあったげど、端から喰っちまっただがら、半年で川にも海にも何もなぐなった。草まで喰っちまっだがら」

「どげして喰うだ、草を」

「こげに爪で摘《つ》んで喰うのよ」

「なまでが」

「んだ。茹《ゆ》でるほども取れるものでね。ともかくビタミンと思って青いもの摂るだがら」

「この菜浸しはどげだ。旨えが」

「旨えでものでね。俺、このところ夢ではねがと思って、ぼけーっとしてるっち」

チヨは喉《のど》からけたたましく笑い出して、

「夢なら盛大見どげ。今にもっとたまげるよな夢みさしてやっがら」

と言った。

が、三吉は飯を喰いながら、一向に興味を示さず、

「喰いもんのねとぎは動ぐと疲れるがら、何もしねで寝でろと言うのよ、他の隊の上官だったがね。栄養失調のせいもあって動く気にゃなんねがったなあ」

などと言う。

「戦争のとぎにか」

「いや、捕虜になってがらだ。復員船が来るのをただ待つだけだがら、することは何もねし、連合軍も多勢を喰わせるのは大変だがら島に放っておがれただ」

「そうげ。ま、無理もねな。んでも嫁とったらばそうはなんねべ」

チヨが得意げに言うと、三吉はしばらく黙って飯を喰っていたが、急にぎょっとし

て母親の顔を見た。

「いまなんちゅったんだ」

「嫁がきたら、ごろごろしてはいられねべと言ったっちが」

三吉は二十八歳だったが、五年の間生死の境をさまよっていて、心は出征したときそのままの純真さを持っていた。彼の栄養不良の顔色に急に赤みがさし、箸を忙がしく動かしたが、箸の先では干納豆がうまく摘まめなくなっていた。チヨは声をあげて朗らかに笑った。何年ぶりの笑い声だっただろう。

「あれ、飯はもう終《お》えだがね」

三吉の姉が躰を抱えて入ってきて、笑っているチヨを珍しそうに見た。

「おヨシか、よく来ただな。飯喰ってがねか」

「三吉に喰わせるべど思《も》って、すだれ麩《ぶ》の胡麻味噌和《ごまみそあ》え持って来だがね」

「そりゃ良もん持って来だな。俺まだすだれ麩は喰わしでね。よく手に入ったな」

チヨは上機嫌で娘を迎え入れ、三人はちょっと喰べすぎたかと思うほど釜《かま》の底まで平らげてしまった。チヨはヨシを相手に大声で村長との会話を再現してみせ、戦争には敗けたけれども、村長の肝煎《きもいり》で一番の織り子を嫁にできるのだと噴き上げる喜びを押えかねて喋べった。三吉は、恥じらっていたが、ヨシもそれはよかった、組合で探せば評判のいい織り子が分る筈だから、誰が嫁になるかすぐ決るだろうと言い、二、三人の娘たちの名をあげ、きっとこの中の一人に違いないと予言までした。その中にはチヨの知っている娘の名があった。チヨが不機嫌の固りになっていた頃でも、チヨの織り方を見習いによく顔を見せていた娘だった。チヨは、あの梁に近い集落の娘なら、嫁に来てくれれば嬉《うれ》しいと思った。男一人にトラック一杯か、よりどり見どりだな、とチヨは浮かれて同じ言葉を繰返し、笑った。ヨシは、それだけ男が死んだのだと深刻に頷いていたが、三吉が生きて帰って本当によかったのだと思い直し、やがて燥《はし》ゃいでいるチヨに声を合わせた。三吉が帰るまでは、顔を出しても何しにきたと言わんばかりであったチヨが、機嫌よく喋べったり笑ったりするのが何より嬉しかった。

ヨシがついでに洗濯などを手伝い、思わぬ長居をして、日が暮れかかっているのに気がついて帰り支度にかかったときだった。

「いげね、やって来やがった」

三吉が立上り、自分で急いで布団《ふとん》を敷き始めた。

「どげした、なんだ」

チヨもヨシも驚いたのは、三吉の顔色が蒼《あお》ざめているのに気がついたからである。

「マラリアだ。どうも朝っから妙な具合だと思ってただが。寒い、うう寒い。えれ寒ぐなって来だ。おっ母、布団かげてぐんねか」

　三吉は敷布団に倒れると、ぶるぶる震え出した。チヨとヨシは互いに恐怖で歪《ゆが》んだ顔を見合わせ、言われる通り掛布団をかけてやった。三吉が、足りない、もっと布団をかけろと言う。家に有るだけの布団からチヨの敷布団まで上に被《かぶ》せた。三吉の震え方はもの凄《すご》く、チヨもヨシも布団の上から三吉を押えつけたがすぐ振り飛ばされた。チヨにはマラリアが何か見当もつかなかったし、とにかくどうしたらいいのか訳が分らない。振り飛ばされてもすがりついて、

「三吉、どげした。おっ母だぞ、分るか。しっかりしろ」

と叫び続けたが、三吉の震え方は当人の歯の根が合わないどころか、全身から家の床まで震わせるほどひどく、やがて口からふわッふわッふわッと激しい息使いが唸《うな》り声のように洩《も》れ始めた。

　小一時間も震えていたのが止まると、三吉の顔色は一変し、仁王のように赤くなった。額に手を当てると煮えているように熱い。チヨとヨシは無我夢中で井戸水を汲み、手拭《てぬぐい》で三吉の頭部を冷やし、山のようになった掛布団を一枚ずつはがしてやった。三吉が重い、熱いと言い出したからである。

　熱は明け方にひき始め、三吉は疲れが出たのか熟睡したが、チヨもヨシも眠るどこ

ろではなかった。生きては帰ってきたが、大変な土産を抱えてきたのだとチヨは愕然《がくぜん》としていた。ヨシの方は話に聞いていたマラリアが、蚊《か》が刺したという原因にしては怖ろしすぎる発作を目で見て震え上っていた。チヨもヨシも、口をきかず、考えこんでいた。チヨは、このことを村長に言ったものかどうかと思い迷っていた。こげな病持ちでは、嫁が驚いて逃げ帰ってしまうのではないかと心配になった。夜がくると魘されていた夫のことを思い出していた。倅も似たような荷物を持って帰ってきたのだ。ヨシの方には父親の思い出は残っていなかったが、集落の戦争帰りでマラリア持ちが何人かいるという噂《うわさ》を聞き知っていたので、どういう治療法があるのか尋ねてみようと思っていた。しかし、あまり派手にやって縁談に差支えても困ると考えていた。嫁が来るまでは、滅多に人に喋べるわけにはいかないと、チヨもヨシも腹の中の結論は同じだった。

五

三吉の縁談は間もなく整った。中島より下った鬼怒川沿いの下福良《しもふくら》という集落の娘で、チヨのところへ何度か熱心に見学に来たことがあるからチヨは前から顔見知りだった。躰《からだ》が大きくて健康そのものだったし、人柄もよく、難を言えば昔風の適齢期を過ぎていて、三吉より一つしか年下でなかったのと、背も三吉より高いので、村長は気難かしいチヨが何を言うかと少し不安だったのだが、チヨは一も二もなく、

「もったいねぐれだが、本当に来てくれっかね」

と、却《かえ》って村長の顔を下から見上げて訊《き》き返した。

「あっちの方こそ、おチヨ婆が気に入ってくれっかと心配しでだ」

「そうげ、俺げは結構でがんすから、すぐ纏《まと》めで下せえ」

「三吉に顔見せねでもえべか」

「俺の知ってる娘だがら、心配ねでよ」

農家はこれから忙しくなる季節であったのに、娘の家では年齢を気にしていて、もらってくれるのなら一日でも早い方がいいという。夏にならないうちに婚礼をあげることになった。中島も下福良も戦死者が多く出ていたから、そういう家々への遠慮もあり、また物資欠乏の折柄、とても派手な振舞をするわけにはいかなかった。チヨは後家だったし、自分がかつて絹川村から盛大に送り出されたときのことを思うと、略式の方が誰も彼も楽だから、その方がいいと考えた。高椅《たかはし》神社へ双方の親兄弟だけ揃《そろ》って出かけて行き、村長はそこに顔を見せただけで、後はチヨの家で赤飯を食べると

いう簡単なものだった。近頃はどこの家で祝いごとがあっても、うどん玉を振舞う習慣がなくなっていた。集ってくるべき若衆は、あらかた兵隊で死んでしまった。

嫁の方の親兄弟が下福良へ帰ってしまうと、家の中は三吉夫婦とチヨの三人になった。花嫁道具は夜具の他にいざり機《ばた》一台で、縁側には機が二台になっている。チヨは倅《せがれ》夫婦の前で落着きを失い、ひとりで喋《しゃ》べってみたり、便所に何度も行ったりした。

「俺、年寄りだっち、早く寝るべ」

と言い出し、さっさと納戸《なんど》に床をとって、それから仕方がないから自分の言った通り枕《まくら》に頭を当てて横になったが、いつもより三時間も早い。とても眠れるものではなかった。

台所では花嫁と花婿《はなむこ》が、何か話している。チヨは聞き耳をたてた。

「この家《げ》にゃラジオはおいてねかね」

嫁が三吉に訊いている。三吉の返事は聞こえないが、チヨは恥しくなった。チヨの家ではラジオなど必要を感じたこともなかったのだ。どのくらい値のはるものか知らないが、嫁を迎えるのにラジオの一つぐらい無理をして買っておけばよかったと思う。振袖《ふりそで》一つ着せたわけでもなく、三吉も紋付一枚借りても来なかった。ぶかぶかの兵隊服と、嫁は縞木綿《しまもめん》のもんぺ姿で高椅神社の前に並んだだけだった。いくら戦争に敗けたとはいえ、自分のときと較《くら》べると粗略に扱ったようでチヨは申訳なかった。チヨの嫁入りでは生れて初めて日本髪を結い、初夜は頭痛で迎えたが、今になって思えばあのとき辛《つら》かったこともみんな懐《なつか》しい思い出になっている。

長い時間、チヨは耳を澄まし、目を凝らして伺っていたが、夫婦になりたての二人の会話は一向に弾んで来る様子がなかった。それはまあ無理のないことであったが、チヨは不安になった。ひょっとして嫁は三吉がマラリア持ちであることに気がついたのではないか。気がつく筈《はず》などないのにチヨは心配になった。三吉が、立派な体格の嫁の目からは小さくて貧弱な男に見え、嫌われているのではないか。ラジオがないかとまっ先に訊くぐらいの女だから、マラリアの熱の後は何日もぼんやり過しているような気働きのない男は喰い足りないだろう。チヨはくよくよ考えこみ、こんなに不安になるくらいなら、村長に言われたとき二人の見合いをさせておいた方がよかったと後悔してみたり、いや見合いで断わられたらその方がもっと世間体が悪いと思ったりした。

自分が嫁にきた夜は、手も足も出ないでいる若い二人を促すように、舅《しゅうと》が夜具を敷きのべてくれたのを思い出すと、チヨは飛び起きた。なんという迂闊《うかつ》だったろう。チヨは自分の布団《ふとん》だけ納戸に敷いて、若夫婦の夜の支度は何もしてやらずにひっこんでしまったのだ。チヨは立上り、自分の枕を抱えてうろうろし、しかし今から出て行くわけにもいかなかった。

ようやく奥の八畳で夜具を動かす気配がし始めると、次にきたチヨの心配は、三吉は大丈夫だろうかということだった。夫の三平の戦友が訪ねてきたときのことが思い出された。あの男が酔ってこぼした愚痴をチヨは忘れていない。あの男は生きて日本に帰ったが、男としての機能は足首と同じように失っていたのだった。チヨは三吉が全身から血の気を失って震え出したときのことと、震えが止まると高熱を出して死んだように眠ったのを重ねて考えると不安だった。三吉に何も確かめず嫁を迎えてしまったことが、新しい後悔になった。チヨは全身を耳にして隣の部屋の音を聴こうとしていた。が、何も聞こえてこない。チヨは三年もすれば還暦を迎える自分の年齢について考えたことがなかったので、自分の耳が遠くなっているとは思い及ばなかった。チヨは細かい絣《かすり》の文目《あやめ》をぴしりときめることのできる自分の眼に自信があったから、耳が老いているなどと考えることもなかった。何も聞こえて来ないのは、何もしていないからだと思い、すると居てもたってもいられないほど気持が焦《じ》れた。

チヨは心配のあまり自分を失っていた。チヨが嫁にきたときの姑《しゅうとめ》の心境を思いみる余裕などなかった。それに、あのときは舅と姑は同じ心配を分ちあうことができただろう。今のチヨは一人きりだった。誰に相談することもできなかった。チヨは決意すると起き上り、身じまいをきちんと直し、それから四ツン這《ば》いになって、まず納戸と台所の板の間の境にある板戸を、音のしないように気を使いながら少しずつ少しずつ開けた。ようやくチヨの躰ひとつが通れるようになると、チヨは注意深く板の間へすべり出た。驚いたことに、台所の電燈《でんとう》は点《とも》ったままになっていた。なんというもったいないことだとチヨは咄嗟《とっさ》に立上って電気を消したい衝動にかられた。が、それは自分を押えなければいけない。チヨは納戸にいる筈なのだ。チヨは電燈のために自分の動く姿が影になって二人に気づかれることも怖《おそ》れなければいけなかった。となると、チヨの動ける範囲は制約され、却って奥の部屋を覗《のぞ》いてみることは出来なくなった。チヨは板の間の一隅に小さく蹲《うずくま》ったまま、煌々《こうこう》と輝く小さな裸電球と奥の間の方を交互に睨《にら》みながら、文字通り手も足も出せなかった。

春はまだ浅く、板の間の隙間《すきま》から夜気が吹き上げてきてチヨの腰を冷やした。チヨは足腰が痺《しび》れ、やがて自分が尿意を催しているのに気がつくと慌《あわ》てた。どうしたらいいか惑う余裕もなくなっていた。板の間を這って台所の三和土《たたき》に飛び降りるのがやっとだった。戸外の便所に辿《たど》りつくまでにチヨは半分も漏らしてしまっていた。濡《ぬ》れた裾《すそ》をつまみ上げて、家に戻り、電燈をごく習慣的に消そうとして、ふと奥を見た。襖は半開になっていた。あっと思うと同時に、家の中は闇《やみ》になった。

音のしないように板の間を這って納戸に戻ったチヨは、たった今見た、それも一瞬の間に眼の奥に灼《や》きついた光景を首を振りながら思い返していた。チヨの心配は杞憂《きゆう》にすぎなかった。嫁はチヨが嫁入りしたときより十二も年上だった。立派な躰だ、あれなら立派に孫を産んでくれるだろう、とチヨは胸を撫《な》でおろした。

しかしチヨの心配には際限がなかった。もしかして三吉が種なしだったらどうしよう、あのマラリアの熱では、とても種が無事ではあるまいと思うと、チヨは遂《つい》にその夜は一睡もすることができなかった。チヨは婚礼を目立たぬように簡素にあげてしまったことを後悔していた。中島と下福良の集落中が目をまわすような派手な振舞をしたならば、嫁も世間の手前帰れはしないだろうと思うと、自分のやったことは怖ろしいほど浅い智恵《ちえ》だったと気がつき、チヨは眠るどころではなかった。

一夜明けると、寝不足でぼんやりしているチヨと違って、三吉の嫁は威勢よく跳ね起き、まるで十年も前からこの家に住みついていたように馴《な》れた手つきで水を汲《く》み、米と麦をまぜて研ぎ、味噌《みそ》や漬物のありかをどうして知ったのか、三吉が起きてくるまでに飯も汁も立派に整えてしまっていた。チヨは遠慮がちに板の間に坐《すわ》ると、嫁は待っていたようにチヨに飯も汁もよそいつけた。チヨにはする仕事がなかった。

チヨは途方に暮れながら、黙って食べている三吉に声をかけた。

「おい、旨《うめ》えか、飯がよ」

三吉は口の中のものを嚥《の》み下し、

「んん、旨え」

と答えると、嫁が弾《はじ》けるように笑い出した。この上なく明るく、健康な笑い声だった。チヨは昨夜の自分を思い、恥しくなり、うなだれながら箸《はし》を動かした。嫁は手早く食事を終え、二人を台所に残して奥の間を片付けに行った。

「よぐ寝だか、三吉」

「んん、よぐ寝だ。夢もみね。いや、これが夢がもしんねな」

「なんでだ」

「戦死しでも不思議でねのが、生きで帰って嫁とっただがら。あの仏壇に納っても文句の言えね戦《いぐさ》だっただがら」

「死ぬよな目に何度も遭っただべ」

「なに最初っから敗け戦《いぐさ》だっち、逃げてばがりいだのよ。爆弾で一思いに死にてえと思うぐれだった」

「篦棒《べらぼう》なこど言うでね、罰当《ばち》り」

「んだっち、戦争が終《お》えてがらの苦労の方が辛がっただ。マラリアでバタバタ戦友が死ぬだがら」

「なに、マラリアは死病か」

「んだ。熱が出てる最中に楽な顔するてと、それでお陀仏《だぶつ》だがら。俺、日中にガソリンぶっかけて何人焼いてやったか数に覚えがねぐれのものだ」

「三吉、お前のマ、マラリアは」

「心配すんなっち。俺はキニーネが間にあって、アメリカに助げでもらったのよ。こっから十年がどごは時々出るが、もう死ぬ心配ねだっち」

「そうげ、そうげ、アメリカの薬で助がっただな」

「んだ、キニーネがアメリカには沢山あっただがら」

母と子が話している間に、嫁は掃除を終えて、最大の嫁入道具であるいざり機に入り、一人でさっさと機巻きを始めていた。その前の工程である筬《おさ》通しの終ったものを運びこんであったらしい。チヨは、そういう仕事は男のやるものと思っていたので、これにはすっかり驚いてしまった。

「おい、三吉手伝わねか」

チヨは息子を叱《しか》りつけた。嫁は嬉《うれ》しそうな顔をして、三吉に大きな木櫛《きぐし》を渡した。

嫁が機を巻く。三吉は巻かれるべき糸を櫛で梳《す》いてやる。これは男女の組合せでやるならば、本来は男が力を入れて巻く方にまわり、女が櫛で糸を梳くものなのだが、若い二人は逆に仕事を分担し、二人ともそれが変だとも思っていないようだった。チヨはいつも組合の衆に任せていたから、こういうことにも口出しが出来なかった。いつまで二人を見物していても仕方がないので、チヨは自分のいざり機に入り、腰を据えて織りにかかった。まだ経糸《たていと》が生糸なので、春の陽ざしを浴びてそれがチカチカと光っている。チヨは百亀甲《きっこう》の糸目を合わせると勢よく梭《ひ》を打ちおろした。腰をひねって経糸の上下を組み変える。織り出せば無心になれた。昨夜は心配でほとんど眠っていないのに、チヨは元気が出てきた。

嫁の方は機巻きと、それをいざり機にかけるのでその日一日を費してしまった。柄合せは組合の方の指導ですませてきたらしいが、経糸を一本おきに木綿糸で作った輪に通す作業は時間がかかる。機巻きが終ると、三吉はする仕事がなくなって、半日ぼんやりしていた。チヨは気にならないわけではなかったが、嫁の前で叱るのもみっともないと思って黙っていた。

翌日の午後から、嫁はいざり機に入って、威勢よく織り始めた。チヨの機は嫁の機の前に置いてあるので、嫁の機音はチヨの背中に襲いかかってくるようだった。腰を捻《ひね》るときに機がきしむ音が大きい。梭を打ちおろすときの力強さはどうだろう。チヨは自分が年をとっていると今まで考えたことがなかったので、これには驚いてしまった。なんという大きな音だ。嫁の機は新しい。それでこんな凄《すご》い音が出るのかと思ったりしたが、梭を打ちおろす音の激しさに、若いから力があるのだと知った。そうなのだ。組合が成立して以来、仕事が分業化して糸とり機織りの専門が出来てしまったが、昔は嫁をとれば姑はいざり機を下りて框《かまち》に坐りこみ、苧桶《おぼけ》の前で終日つくしから糸をひいて唾《つば》で撚《よ》るのが仕事だった。チヨの姑がそうだった。四十代から五十代の女の唾は、結城紬《ゆうきつむぎ》の仕上りに、十分豊かな光沢を生む。チヨの唾は若すぎず、枯れてもいず、糸をとるには頃合の粘りを持っている筈であった。

しかしチヨは長年織り子として生きてきたのだし、戦争中のあの僅《わず》かな配給真綿を結城の業者が確保したとき、選ばれて織り続けていた。誰もチヨに機を降りろと言う者はいなかったし、チヨも降りる気はなかった。いま、チヨよりはるかに若い嫁が、チヨの後から威勢よく追いかけてくる。チヨは最初は驚いたし、正直なところ自分が不安にもなった。しかし、自分が三年たてば六十歳になるのだと思えば、二十八歳の嫁の方が若く力があるのは自然の理というものである。十日もたたぬうちにチヨは落着きを取戻した。しかし終日、後から追いたてるように機音が聞こえてくるのはチヨの神経を大層疲れさせた。夜になると、チヨは夢も見ず、深く眠るようになった。三吉と嫁の仲など考えてみる余裕はなかった。

死んだ三平と三吉は、躰つきも顔も似ていなかったけれど、家の中でごろごろしている点ではそっくりだった。チヨは食事の前後、少し三吉に注意したりしたが、三吉は水汲みでも、食後の片付けものでも、彼岸前の仏壇の掃除でも言いつければ逆らわずに言われただけのことはやるのだが、自発的に働く気は起らないらしかった。チヨは嫁が来るまでは、三吉のそんな様子にも気がつかず、生きて帰ってくれたことだけ喜んでいたのだが、嫁がきてみれば働き者の嫁と見較べるせいかいよいよ三吉はぐうたらに見える。はらはらしながら嫁の様子をうかがうのだが、嫁は一向に気にしていないらしく、朝起きるから朗らかで、ときには流行歌を唄《うた》いながら機織りをしたりする。チヨは、この唄声を聞いたときは本当に魂消《たまげ》てしまった。嫁というのは遠慮して小さくなって暮すものだと思っていたが、この嫁は炭坑節を唄うのだ。星の流れに、という鼻唄まじりで食事の用意をするのだ。ラジオというものを、やっぱり買わねばなるまい、とチヨは思った。嫁入りした後に、嫁が三吉に訊いていたのが気がかりになっていた。

「おっ母の亀甲は目が揃《そろ》って綺麗《きれい》だな。どげすれば揃うだか。俺のは、どうも一息ずれちまうだ」

「梭を叩《たた》き下すとぎ、ずれてるだべ。力べ入れでもそれでえっちもんでね。まっ直《す》ぐ下に打つだ、梭をよ」

「ああ、梭でずれてっか。そりゃ気がつかねだった」

「それでもお前、若えのによぐやるぞ。俺はもうじき追い抜かれるべ」

「早ぐそうなりてえな」

嫁は屈託なく笑う。チヨが却って機嫌とりの一つも言い出すことになる。

「この反物《しま》が織上ったら、その金でラジオ買うべ。三吉と町《まち》へ出かけって買って来いよ」

嫁は三吉に早速報告に行った。三吉は恰度《ちょうど》、仏壇の掃除にとりかかっているときだった。

「ラジオか」

三吉も少し嬉しそうな顔をしたが、嫁が機音を響かせ始めると、彼の表情は急に真剣になった。小さな粗末な仏壇の中には位牌《いはい》が五つ六つ置かれていたが、その下に抽《ひき》出《だ》しがあって、それをガタピシいわせながら引き抜くと、中には薄穢《うすぎたな》いものが幾つか入っていた。その一つに、古い煙管《きせる》があった。最初三吉は、誰の遺品だろうかと怪訝《けげん》に思ったのだ。ところが手に取上げたとたんに雁首《がんくび》がぽろっと落ちた。煙管の掃除をする気はなかったが、ふと竹の口を覗いて、中に何か詰っているのに気がつくと、三吉はなんとか引っ張り出そうと一生懸命になった。古い和紙であるらしかった。煙脂《やに》に染ったのか渋紙のように茶色く変色している。どうも紙一枚を固く巻いて羅宇《ラオ》の部分に詰込んだものに違いないと思われてきた。三吉は熱心に、その紙を破らないように完全な形で外へ出すために唇をきゅっと縛り、黙々と手先を動かしていた。彼が日本に帰ってから、初めて彼の目に光が戻ったようだった。二、三十分もかかって、ようやく長さ二十センチ、幅三十センチほどの薄い茶色い和紙を竹から出してひろげることができた。それを持って、三吉は、母親と妻の背後になる縁の端に出て、明るいところで、しげしげとその紙を眺めた。それは墨一色で描いた絵図面だった。細筆で丹念に小さな文字が書きこんである。三吉は紙の右端から丹念に一字一字読もうとした。読める文字もあったが、読めない文字もあった。中久喜という文字はすぐ分った。三吉の姉の一人が嫁入っている小田林の隣にある集落の名だからだ。西の城というのも分った。結城では城山と呼んでいる小高い場所の名で、昔は西の城と言ったことを三吉は知っていたからである。たしか寺があった。神社もあった。しかし他の文字は大方読めず、読めても意味が分らなかった。三吉は、紙を空に向けて透してみたり、読めない文字をなんとか読んでみようと努力し、分らないところは何度でも読み返した。たった一枚の穢い和紙であったが、三吉はどんなに見ても見飽きなかった。

暮れてくると、チヨがまず機から降りる。嫁より早く文目が見えなくなるからだった。それに、朝も昼も嫁がてきぱきと食事の仕度をしてしまうので晩餉《ばんげ》ぐらいはチヨが湯を沸かしたかった。それで、夕方はチヨが台所で働くという習慣ができていた。

三吉はまだ仏壇の片付けが終っていない。何をやってものろまなことだとチヨは半ば情けなくて言わずにはいられなかった。

「まだ終らねだか、三吉。仏もさぞ喜ぶべ、お前にそれだけ念を入れて磨きだでで貰《もら》えばよ」

三吉は皮肉とも思わないらしく、煙管を振上げて訊いた。

「おっ母、こげなものが出てきたが、こりゃなんだ」

「煙管だ、見りゃ分るべ」

「誰の煙管だ、お父のか」

チヨは台所へ行こうとしたのだが、振返って答えた。

「お父のでね、お父の戦友っち男の持ち物だわ」

「なんでお父の戦友の煙管が俺げの仏壇に納ってるだ」

「そりゃ、なんだわ、お父の戦友が訪ねて来で、すぐおっ死《ち》んだがら、スペイン風邪でよ。んでえ、この家で葬《とむら》い出しだがら、形見に残っただ。死んだ者を悪か言いだぐねが、その男が来ねだったら、お父も死ぬこどはながったべと思《も》って、俺まだその男を恨んでるだ。足首っから先のねえ、気びの悪い男だったがら」

三吉は黙りこみ、黙々と仏壇を片付け、煙管の首は空になった竹の先にしっかりと突き刺し、それから鈴《りん》を鳴らして両手を合わせていつまでも祈っていた。

「珍しいこどがあんな。おっ母、三吉には信心っけがあっただか」

嫁も驚いたらしくて、チヨに小声で訊きにきた。

「なに、信心っちものでもねべが、あの仏壇にゃあ三吉を可愛《かわい》がったお爺《じい》も、お婆《ばあ》も納っちってるでよ」

「じき彼岸《ひがん》だもんな。俺も後で拝んでおくべ。お爺も、お婆も、顔だけは見たこどあったがら」

ラジオを買うという当面の目標が、もともと朗らかな嫁を一層陽気にしていて、晩餉を摂《と》りながら彼女は一人でよく喋べった。人気番組の一つ一つを声色まで真似《まね》ながらチヨに聞かせた。

「そげに滑稽《こっけい》なものかね、ラジオっちな」

チヨも思わず吹き出したりして、嫁の話を面白がった。

「戦争中のラジオは臨時ニュースで敵機来襲と東条さんの演説ばがりだったが、ラジオ聴いてっと時代が変ったっちこどが、はっきり分るがら。民主主義の話もあるしよ、真相箱っち番組もあって、戦争のこども本当はこうだったたっち今になって聞くがら、俺のお父もお母も糞忌々《くそいまいま》しいっち言ってる」

「戦争はなあ、もうご免だなあ」

「もう終ったがら、戦争は。ラジオがありゃ、面白え歌聞いて、唄って笑ってられっから」

「買うのが遅かったな。三吉が帰るまではそれどごでながったがら」

「んだべ、俺もそのせいだと思ってた」

「奮発《べんちょう》して織らねばなんねな、ラジオ買うためによ」

チヨと嫁が仲良く一つの目的をたてて、せっせと機を織っている間に、三吉はふいっと出て行ってしまった。何処《どこ》へ行くとも言わなかったが、昼飯になっても帰って来ない。二、三日は気にもしなかったが、晩飼の頃ようやく帰って来るので、

「何処へ行ってた、三吉。昼飯はどげしただ」

とチヨが訊くと、

「小田林で姉さの家で喰ったがら」

と答える。小田林には、三吉の姉が嫁いでいるのだが、

「そうか、皆達者か」

「ああ」

しかし同じことが続くと、チヨは変だと思った。

「三吉、お前、何しに小田林へ行くだ。毎日のように姉さのとごで飯喰っちゃ迷惑だべ。小田林に何用があって行ぐか」

と問い詰めると、

「もう今日がらは行かねがら」

三吉はそれ以上は話したがらない。その代り、納戸に入って紙をひろげ、自分で調べて描いた地図と較べて長い時間考えこんでいる。チヨが口喧《くちやかま》しく田の草取りに追い出しても、炎天の下で腕を組んで考えこんでいた。

ラジオを買う反物《しま》が、もうじき織り上るという頃、三吉が蒼《あお》い顔をして帰ってきた。

「どうもいけね。またやってぎだ」

チヨはいざり機から急いで這い出し、三吉が敷布団をひっぱり出して寝たところへ、チヨの分も嫁の分も掛布団を掛けてやった。嫁が機から離れて、

「どげした」

　と覗きに来たとき、三吉は猛烈な震えがきて暴れ出した。チヨは掛布団の上に乗って押えたが振り飛ばされた。嫁は大きな躰で、三吉を布団の上から押えつけた。黙ってそうしているのは、よほど驚いたからだろうとチヨは自分の躰が一層小さくなるような気がした。三吉は呻《うめ》きながら、家鳴りするほど全身を震わせ続けている。嫁は赤い顔をして三枚の掛布団の上に乗り、振り落されまいと頑張っている。チヨはせめて三吉の足だけでも掴《つか》まえていようと思ったが、二度も三度も蹴《け》り飛ばされた。

　震えが収まると高熱が出る。チヨは井戸水を汲んで、昏睡《こんすい》している三吉の頭を冷やした。嫁は台所で、どうしたわけか飯を炊《た》き出した。チヨは嫁がこの有様で気が転倒したのかと思った。時ならぬ時に竈《かまど》の下に火をくべているのだ。この家で、飯を炊くのは朝だけなのに、嫁は午後の三時に米を研いだ。チヨは不安になり、三吉の額に絞り直した手拭《てぬぐい》を置いては、台所を覗いて嫁の様子を見た。到頭《とうとう》こらえきれなくなって、

「お前、何してんだ」

　と嫁に訊くと、

「マラリアだべ。熱の下るときは、ええ腹が減るからよ、思いっきり喰わせてやるべ。熱の後で消耗してっから」

平然とした答え方だった。

「お前、マラリアを知っちったか」

「俺げは兄さがマラリア持ちだがら。戦争帰りは、みなそうだべ」

「戦争帰りはみなそうげ」

チヨはへたへたと板の間に坐ってしまった。

「お前の兄さも帰って来られで良がったな」

「へえ。一番上の兄さは戦死しだげどよ」

「そうだったなあ。俺の兄さも戦死しただ」

「おっ母の兄さが、へえ、俺知んねえが」

「昔のこどだがら。日露戦争でよ」

「ああ、日露戦争け。昔のこどだな」

「あんときゃあ勝ち戦だがら豪勢な葬式を村でやってくれたがね」

「俺げの兄さも戦争の始に死んだがら、名誉の戦死だっち騒がれてよ、親孝行したと言いに来たのがいて、俺のおっ母は今でもその衆を恨んでるだ」

「篦棒《べらぼう》な奴《やつ》だな。お国のために死んだっちても親孝行にはなんねぞ。親より先に子が死ぬのは逆さごどだがら、大の不孝だべ」

「俺のおっ母も同じこど言って泣いただ。俺のおっ母は葬式出したの悔んでいて、この家では葬式出さねで頑張ったがら三吉が帰って来だと聞いて、おっ母のこど尊敬してっがらね」

「俺をか、篦棒なこど言うでね。俺はただ三吉は戦争で死なねと思いこんでただけだ」

「鯉《こい》喰わねと願かけただべ」

「鯉どころでね、出汁雑魚《だしじゃこ》一匹、今も喰わねだがら」

「俺もそのこどは、よく聞いてただ」

三吉は熱の下りがけに、嫁の言った通り起き上って、平素の二倍も飯を平らげ、それから昏々《こんこん》と眠った。チヨは嫁からマラリアについての知識を詳しく教えられた。一度治癒《ちゆ》したマラリアの後遺症としては、五年で終るものもあり、十五年、二十年もかかるものがある。三吉のマラリアがどの型であるのかは分らないが、ともかくマラリアだけでは決して死なないということは改めてはっきりした。チヨは嫁が物識《ものし》りであるのと、三吉のマラリアで少しも心が動揺していないのを知って、本当に安心した。

三吉は熱が下ってからも、二、三日ごろごろと寝て暮した。ものも言わず、黙って考えこんでいる。熱の後で力が抜けてしまったのだろうとチヨは気に止めなかった。

嫁はラジオが買えるというので、チヨと競争で機織りに熱中している。梭を打ち込む音がいよいよ大きくなり、その途端に文目がずれて織り直すので、チヨより却って織り上るのが遅くなる。失敗する度に嫁は大声でチヨの背に声をかけては、朗らかに笑った。

二日とずれずに嫁の分も織り上った。嫁はチヨの紬《しま》と較べて、亀甲の絣がチヨの紬《しま》では機械のようにぴしりときまっているのに驚嘆した。織り手として、嫁はチヨの技術に対し心から尊敬していて、なんとかチヨの後継者になりたいと志しているようだった。

「なに、亀《かめ》の甲より年の功と言うでねか。お前も間なしに上手になれっから。村長が言ってだがら、お前より旨え織り子は他にいねってよ」

チヨも悪い気はしないから、嫁を励ましてやる。

二反の紬を組合へ届ける段になって三吉がむっくり起き上って言い出した。

「俺が持ってってやるべ」

チヨは思いがけないことを聞いて驚いたが、やっと三吉も昔の働き者に戻ったのだと思うと嬉しくなった。

「そうけ、んだら頼むぞ。俺だちは整経《はたのべ》してっから」

「その金で、ラジオ買うだがら、特別の値で売ってきてくれろ」

嫁も嬉しそうに冗談を言い、女二人で三吉を賑《にぎ》やかに送り出した。組合へ顔を出せば、三吉も男として組合の仕事に興味を持つかもしれない。ベタ亀甲を織る中島で生れ育った三吉なのだ。組合へ顔を出せば知る者も多いから、三吉に向いた役目をふり当ててくれるだろう。何より三吉自身が組合へ出かける気になったのがチヨには有難かった。

三吉が二反の紬を持って組合へ出かけた後、チヨは嫁に手伝ってもらいながら二人で糸の筬通しと機巻きをした。経糸が生糸なので、この作業は簡単だった。織るときと違って体力のいらない仕事なので、チヨはよく喋べった。それはチヨが嫁入りした頃の昔話だった。百亀甲どころか一幅に三十の亀甲もない簡単な大柄な絣を、チヨは器用な舅の絵つけと絣しばりの技術と、姑のとる細くて節のない糸に助けられて、どんどん細かい絣模様に変えていった。それは結城紬の四十年にわたる変遷史《へんせんし》であったから、嫁にはびっくりするような物語だった。チヨが小森では十字絣ばかり織っていて、中島へ嫁入ってベタ亀甲を覚え、やがて舅と二人で亀甲の中へ十字を入れる柄を思いついたと話すと、

「んだがら、おっ母は結城の宝だと言われてるだな」

「そげなことは、ねべ」

「いや、今じゃ結城で凝った紬《しま》は、みんなベタ亀甲に十字絣が入って、それに色が入ったりして大きな模様を織り出すようになってるだがら。俺も下福良から嫁に来て、なんか仕出かさねばなんねな。俺、やれっかね」

「この百亀甲を、もっと目を細かくしてみっかと組合で言ってるっち話だぞ。俺はもうこれより細かくはやれねと思うが、お前は若えから、やれるべ」

「これより亀甲の数を殖《ふ》やすかね。箆棒なこどだが、絣しばりせえしっかりやってれば、出来ねえこたねべ」

「三吉に組合へ言わせにやるべ」

「そうすべ。組合の衆がおったまげだら面白えな」

嫁はもう百亀甲が百五十になったように、朗らかに笑い出した。

その日、待っても待っても三吉は帰らなかった。夜になっても帰って来ないので、嫁が夜道を歩いて組合員の家を訪ねて行くと、三吉は確かに来たと言う。二反の紬は どうしたか、その男にはよく分らない。一夜あけても三吉が戻らないので、チヨが翌日組合に出かけて訊いた。三吉は二反の紬を納め、ひきかえに千八百円の現金を受取ったことがはっきりした。そんな大金を持って、三吉は何処へ行ったのか、チヨにも嫁にも見当がつかなかった。ラジオを買いに行ったのだろうかとチヨが言うと、ラジオは一緒に買いに行く約束だったたと嫁が言う。物騒な世の中だから大金を持っているので狙《ねら》われたのではないかと嫁が言い出すと、チヨも目の色が変った。まさか三吉が殺されてはいない、あの倅には縁起のいい三という字がつけてあるから大丈夫だとチヨは自分に言いきかせるために、はっきり言った。嫁には三の字が分らない。そこでチヨは、自分の夫の名が三平であり、だから二〇三高地から生きて帰れた。それを舅が言い出して三吉の名もきまったのだと説明してきかせた。が、嫁はあいまいな顔をして聞いていた。二日たっても、三日たっても、三吉は帰らなかった。

六

背後で、嫁の機《はた》を織る音に勢がなくなっていた。夫が行方知れずになったのが気になってたまらないのだろうとチヨは察していたが、それにしても梭《ひ》を打ちおろすときも音がぴしりときまらない。チヨは到頭振向いて、嫁の顔を見た。

「どげしただ、元気がねえな」

三吉が家を出たままで音信がない。嫁にしてみれば心細いだろう。チヨだって、たった一人の倅《せがれ》のことだ。心配は心配だったが、戦争にとられたわけでなしと思えば、少しは気が楽だった。チヨの弟が東京にいるので、三吉は叔父の留吉を訪ねているのかもしれないと思ったりしていた。

日頃は朗らかな嫁が、すっかり鬱《ふさ》いで、顔色も冴《さ》えない。

「俺どうもこのとご気持《むね》が悪ぐでよ」

嫁はチヨを見て、弱々しく訴えた。チヨは、はっとした。

「お前、孕《はら》んだな。月厄が止まってるべ」

「へえ」

「そうかあ。んだら、仕事はゆっくりやってれ。俺の結城《しま》でラジオ買ってやっからよ」

チヨの声は心と同じように弾んだ。マラリア持ちで帰ってきた三吉に、男の能力があるかどうか、チヨは婚礼の夜からそのことを一番心配していた。ひょっとして種なしになって帰って来ているのではないか。マラリアの高熱で三吉が寝こむ度に、チヨはそれが気になってたまらなかった。嫁の健康で立派な体格と較《くら》べて、ときどきチヨは溜息《ためいき》をついていた。その不安が、消えたのだった。チヨはいざり機の中で腰をひねり、機をきしませて経糸《たていと》を組みかえ、梭を右から左へ通しながら、嫁がついこの間まで唄《うた》っていた流行歌をいつの間にか口ずさんでいた。それは節も調子も嫁のものとは似ても似つかない「リンゴの唄」だった。盆踊りの数え唄だって滅多に唄ったことのないチヨだが、唄わずにはいられなかった。

三吉が帰って来たのは、二十日もたってからだろうか。チヨも嫁も、三吉が紬《しま》を売って得た金でラジオを買って帰るとはもう考えてもいなかったので、ともかく生きて帰っただけで安心した。

「どけ行ってた。東京か」

チヨは、しかし大声で訊《き》いた。

「ああ」

「東京へ何しに行っちっただ」

三吉は、紬《つむぎ》の金を持って出たことを責められなかったので、急に態度がふてぶてしくなった。にやりとしてから、答えた。

「まあ、今に分るべ」

チヨは、たじろいだ。悪い予感がしたのは、三吉の東京から買って帰ってきたものが本の包に見えたからである。

「三吉、お前は神田の古本屋へ行ったな」

「よぐ分ったな、おっ母」

「おっ母は何でも分るだ。お前が何の思案を始めたかも分っちだがら。三吉、よく聞け。お前は、この秋にゃ父親になるだぞ。篦棒《べらぼう》な話に夢中になるごたねがら」

「へえ」

三吉は、ちょっと嬉《うれ》しそうな顔をして嫁の様子を見たが、チヨの意見は聞き流した。

「三吉、お前が東京で買ってきたものを俺に見せてみろ」

「おっ母が見ても分るものでね」

「見せろっち」

チヨは三吉に飛びかかって、包を開かせた。案の定、数冊の古本が出てきた。

「こげなものを買ってきて、この薄馬鹿野郎《うすばかやろう》。お前のお父が何して死んだか忘れたか。知らねだら、俺が教えてやる」

「お父は違う場所を掘ってただ。まるで見当違いの場所を掘っていただがら」

「なに」

「お父の戦友は何も言わねで死んだのでなかったか」

「あの男はよ、来るなり寝こんでスペイン風邪で死んだがら。俺まで感染《うつ》って、えれえ目に遭っただ」

「戦友は地図を持ってただ。それをお父は知らなかった」

「なに、知ってだども。大本営の参謀地図でよ、細かに書き込みがあったがら」

「その地図は、どげした」

「燃したのよ。お父の死んだとぎ、戦友が持ちこんだものは、全部燃して煙にしただ」

「やれ勿体《もったい》ねこどしたな。だがね、戦友が持ってた埋蔵金の地図は、本当はこの家に残っていたのよ。参謀地図でねえ、昔の絵図面だ」

「なに、塵《ちり》っぱ一つ残さねで焼いだがら」

「いや、煙管《きせる》の中に入ってただ」

チヨは息を呑《の》み、三吉は母親の様子を満足げに見て余裕を取戻し、嫁に優しく言ってのけた。

「安心して、子供を産め。その頃にゃあ、アメリカ並みの暮しをさせてやっから」

嫁は憂鬱《ゆううつ》な顔のままで、三吉の言葉の意味を理解しようとする余裕がなかった。猛烈な悪阻《つわり》だった。胸から絶えまなく何かが突き上げてくる。ラジオを買う筈《はず》だったことも、忘れていた。干納豆が急に嫌いになった。匂《におい》を嗅《か》ぐだけでも吐きけがする。飯には必ず梅干をのせ、湯を注いで無理やり嚥《の》み下した。空腹になると、却《かえ》って苦しくなり、日に一度は黄色い水を吐くようになった。

チヨは自分が三吉を妊《みごも》ったときと、嫁の様子があまりにも違うので心配になった。

しかし嫁の実家から見舞に母親が来て、

「俺も悪阻はひどくって、十月十日っちものは何も喰えねで吐いてばっかいただがら」

と言うのを聞いて、ようやく安心した。悪阻は母親に似るというから嫁のは体質なのだろう。生れてくる孫に障《さわ》りさえなければと、チヨは急に元気になった。日が暮れて、絣目《かすりめ》が見えなくなると、いざり機から這《は》い出して、チヨは家を出た。村の道を急ぎ足で歩いて、高椅《たかはし》へ出かけて行った。高椅神社へ祈願するためであった。嫁が悪阻で苦しんでいますが、どうぞ良い子が生れてきますように。チヨは手を合わせて幾度も幾度も胸の中で同じ言葉を繰り返した。おかげで三吉は戦争で死なずに帰りました。三吉の子供でがんすから、いい子を産ませてやって下さい。二〇三高地から無事に帰った三平の孫が生れるのでがんすから、どうぞいい子を、ひとつお頼みします。チヨは、とっぷり暮れてしまうまで拝殿の前で頭を下げていた。明神池の前の乾物屋では、戸を閉めるところだった。

「中島のおチヨ婆《ばあ》でねか」

「へえ、久しく会わねだったが、元気かね」

「俺げは皆達者だが、おチヨ婆はどげしただ、この夜中に何があっただ」

「へえ、孫が出来るでよ」

「そりゃ芽出てえこどだ。男か、女か」

「なに、孕《はら》んだばっかりだ。嫁はえれえ悪阻でよ、気の毒で見てられねえ」

「何が苦しくても生れせえすりゃ、けろっとしたものだべ」

「んだが、高椅の鯉《こい》さまは俺げの守り本尊だがら、臨月に入ったらお百度踏みに来ねばなんね。今から足ならしをしておくだ」

「鯉さまもなあ」

「明神池にゃあ、何匹ぐれえ残ってっかね、鯉さまは」

「一匹もねべ」

チヨは驚いて訊き返した。

「なに、一匹もか」

どんな罰《ばち》当りが鯉さまを一匹残らず喰ってしまったのかと、チヨは腹立ちを押えかねた。鯉喰った奴《やつ》らは、この次の戦争では、きっと皆殺しになるだろう、とチヨは呪《のろ》いながら、闇《やみ》の中の一筋の白い道を探るようにして家に帰った。空には月もなかった。

三吉は日夜をわきまえず本を読み耽《ふけ》っていた。チヨはそれを眺めて、二十五年前の三平の姿を思い出していた。三平は大男だった。三吉は小男だ。しかし二人は戦争から帰って、瓜《うり》二つのように似てきている。生きている勢を失っていたところへ、埋蔵金の夢を見て、情熱をとり戻そうとしている。チヨは溜息が出た。死んだ舅《しゅうと》も姑《しゅうとめ》も、三平の有様をただ眺めているだけだったのを思い出していた。あれはきっと生きて帰ったただけみつけものだと思っていたのだろう。チヨは三吉が、チヨには有るとも思えない埋蔵金の発掘に熱中し始めたのを怖《おそ》ましくも思いながら、これでマラリアがもう二度と出ないのなら、自分も黙って見守ることになるだろうという気がしていた。生きて帰ってきたのが儲《もう》けものだ。紬《しま》の一反や二反、三吉が無駄使いしたところで、どうということはなかった。

この年は長い梅雨で、三吉は家にこもって本を読み続け、ときどきノートに何事か書きつけ、肌身離さず持っている絵図面とつきあわせて考えこんでいた。チヨは臨月まで機を織っていた。チヨは縁側で機を織り、後の機音の力弱いのをときどき気にしていた。チヨは臨月まで機を織ったものだったが、嫁はそんなことはやれないだろう。

食事のとき、げっそりと頬のこけた嫁を見て、男が生れるのかもしれないな、とチヨは思った。チヨも娘二人を産むときはそんなに辛《つら》くなかったが、三吉の生れるときは悪阻も陣痛も前のときとは較べものにならなかったからである。

「その塩梅《あんばい》じゃ男かしんねな」

チヨが話しかけると、嫁はぼんやりした顔で、

「梅雨どきは心配だっちが、どうも出ねようだな、おっ母」

と頓珍漢《とんちんかん》な返事をする。

「何が出ねっち」

「マラリアだ。雨がいげねっち話だが」

チヨは感動した。悪阻の最中にこの嫁は、三吉のマラリアを心配しているのか。チヨは有難いことだと思った。チヨは生れる孫のことしか考えていないのに、嫁はチヨが産んだ三吉の健康を気づかっていたのだ。チヨは嫁に土下座して礼を言いたかった。

今になってチヨは、自分の舅と姑が、チヨの実の親たちよりチヨを愛してくれた理由がよく分る。あの二人は人柄もむろんよかったのだろうけれど、腑抜《ふぬ》けになって帰ってきた三平に愛想をつかさないチヨが、ただただ有難かったのだろう。

梅雨が終ると、三吉はまた出かけるようになった。朝早く、自分で弁当を作って、黙って家を出る。夜は暮れてから帰ってきて、台所で一人で飯を喰う。

チヨは傍へ寄って、そろりと話しかけた。

「小田林か。地図にゃ小田林と書いてあっかね」

「んだ。結城晴朝が隠居してたのは吉田の会之田城でね。中久喜の西の城だ。親父《おやじ》は

それに気がつがながっただがら」

「西の城っち、城山のこどか」

「んだ。江戸重通が晴朝を頼って小田林に来たのが何よりの証拠だべ」

「中久喜と小田林では少し離れてっが」

「絵図面では埋蔵金の在りかは小田林になっちってがよ、本田の金光寺ならおっ母も知ってるべ」

「うう、近くに弁天池のある寺だべ。今頃はあ、あやめが咲いてるべ。藤の花の名所だったがね、俺の娘時分はよ」

「おっ母」

三吉が、鋭い目をしてチヨを見た。

「そりゃあ本当か」

「なに驚いてるだ。俺が嘘《うそ》こくか」

「今の金光寺の池にゃあ、あやめもかきつばたも咲かねえだ」

「んだべ、高椅神社の鯉さまも一匹もいねがら、弁天池の花もさくめよ」

「おっ母」

三吉は、帳面を繰ってノートに書き写した三首の歌をチヨに読んで聞かせた。

「これ分《わが》らねか、この歌を聞いたこどはねか、よく考えでぐれ」
チヨは瞬《まばた》きをしながら、三吉が鉛筆で書きなぐったものを上から下へ読みおろした。
きの苧《を》かふゆうもんにさくはなも
みどりをのこす万代のたね
こふりやうにふれてからまるうつ若葉
つゆのなごりはすへの世までも
あやめさく水にうつろうかきつばた
いろはかはらぬ花のかんばし
チヨは二度も三度もゆっくりと読んでみてから、顔を上げて三吉に訊いた。
「なんだ、こりゃあ」
「分らねか」
「さっぱり分らね。なんのこどだ、こりゃ」
「小田林本田の金光寺の門にかかってる歌だがね、この歌の意味せえ解けりゃ埋蔵金の在りかは分るだが」
「お前の持ってる地図には書《け》えてねだか」
「小田林っちこどは間違いねだ。金光寺もまず間違いね。あの弁天池に昔はあや、あやめやかきつばたが咲いてたなら、いよいよ間違いはねっから、俺、掘ることにするだ」

三吉の顔には決意が、きらきらと輝き出していた。

「おい、待て」

チヨは慌《あわ》てて訊いた。

「池を掘る気か、お前は」

「いや、池の中ではね」

「池のそばか」

「うう、まあそうなるべ」

「よせ、水が湧《わ》くぞ」

チヨが叫んだのは、夫の三平が死んでいたときの光景をまざまざと思い出したからだった。あのとき三吉も一緒に見た筈だ。三平は水の中に手首だけ出して、泥に埋もれて死んでいた。三吉も、それを見た筈だ。

しかしチヨがどんなに喚《わめ》きたてても、三吉は苦笑して受け流した。

「お父は明治生れだったからよ、科学の知識も何もなかっただ。第一、結城晴朝が黄金を埋めるのに一人や二人の力で穴を掘ったわけがねえ、結城百人郷の総大将がやったこどだ。それを一人でシャベルで掘れるわけはねえよ。俺は生きて帰った戦友に、片っ端から声をかけてるだ。俺は一人ではやらねだがら。戦友を集めて、金も力も固めてがら取っかがるだ。湧き水で死ぬようなへまはやらね。おっ母は心配しねで紬《しま》でも織ってれ。必ず俺が親孝行するだがら」

また戦友か。チヨは目の前が昏《くら》くなった。戦友という文句にはチヨは頑《かたく》なな考えを持っていた。あの男が来て以来、三平の運命も狂ったし、いま三吉が埋蔵金に熱中しだしたその元も、やっぱりあの男の所為《せい》なのだ。チヨは嫌だった。戦友と聞くだけでも身震いがする。あの男は向うから三平を訪ねて来たのだが、三吉は自分から戦友を呼び集めるのだという。

「戦友を、どげして呼ぶだ、三吉」

「住所の分っているところに端から手紙を書いだがら」

「埋蔵金のことを知らしてか」

「いや、それは書かね。どえれえ金儲けの話があるがら寄れと書いただ。もうぽちぽち返事がある筈だがら」

「戦友が、このげに来るだかね」

「まあ、そうなるべ」

「篦棒なこど言うでね。俺、そげな男が来だら、蹴《け》っ飛ばしてやっから」

チヨは本気で怒ったのだが、三吉は朗らかに笑い出した。チヨが冗談を言ったとでも思ったのか。弁天池に昔はあやめが咲いていたのを知って、見通しが明るくなったせいか。

「おっ母は威勢が良えな。昔とちっとも変らねえな」

「おお、威勢が悪くて紬《しま》が織れっか。結城は打込みの力が値打ちだわ」

「んだ、んだ」

三吉は笑いながらチヨに調子を合わせた。嫁は悪阻で鬱《ふさ》ぎこんでいたが、反対に三吉が朗らかになっている。チヨは本当に戦友どもがやってきたら、端から蹴散らして追い返すつもりだった。あの男が訪ねてきたとき、舅も姑も三平の戦友だというので喜んで家に迎え入れた。あれがいけなかったのだ。チヨは、毎日縁側で機を織りながら、三吉を訪ねて来る人影があれば、決してこの家の敷居はまたがせないという覚悟で、時折絣の文目を合わせた後で顔をあげ、家の前を睨《にら》みまわした。それから徐《おもむ》ろに梭を持上げ、激しく打ち下ろすから、チヨの機音は背後の嫁とは較べものにならないほど大きなものになった。

三吉の戦友はさっぱり姿を現わさなかった。戦後の大混乱は都会も農村も例外でなかったし、食糧難はまだ続いていた。誰も彼も黄金どころではなかっただろう。進駐軍から放出された鑵詰類《かんづめ》が米の代りに配給されている時代だった。結城にもアメリカ製のトマトジュースの鑵詰が配給された。チヨは匂も味も好かなかったし、色に至っては気味が悪くてとても呑む気にならなかったが、嫁は旨そうにごくごくと飲み干し、

「アメリカのものは旨えなあ。こげなものをアメリカじゃ誰でも飲むだかね」

と羨《うらやま》しそうに言う。

「そげなもの、なんで旨えか」

「旨え。胸がすっとするがら。栄養も満点だべ」

「栄養があるかね」

「ビタミンがたっぷり入ってるべ」

「そうか。んだら、飲め。俺はいらねがら。三吉も飲むな。腹の子のためにゃ栄養とらねばなんねがら」

梅雨が過ぎて晴れた日が続くと、嫁の悪阻は嘘のように終って、その代り猛然と食《しょく》欲《よく》が起り出した。日に三度、前の二倍は飯を食べる。干納豆は相変らず受けつけなかったが、干瓢《かんぴょう》を煮たようなものが大好物だ。すだれ麩《ぶ》の胡麻味噌和《ごまみそあ》えを実家の母親が届けてきたときは、飛びついて、一人で全部食べてしまった。

「おっ母、魚が喰いてえ」

嫁は甘えたように実母にねだると、母親はチヨを遠慮がちに見て、目を伏せた。チヨは甲高い声で叱《しか》りつけた。

「魚喰うこどはなんねぞ。このげの者は誰も魚喰うこだなんね。高椅神社に願かけしてあっから」

「魚喰わねばカルシュームが足んねぞ、おっ母」

嫁が珍しく口答えをしたので、チヨは眼を剝《む》いて訊き返した。

「カルシューっち、なんだ」

「栄養だ。大事な栄養だ。カルシュームが足りねえと、骨なしッ子が生れるだ。カルシュームは骨作るもとだがら」

チヨは驚いた。孫が骨なしでは大変だ。そういえばチヨの舅も姑も魚は食べなかったが嫁のチヨには食べさせてくれた。チヨが妊《みごも》ったときはせっせと干魚《ひざかな》の焼いたのを、自分たちは食べずにチヨと三平に食べさせていたのを思い出した。

「そうけ、そりゃ悪かったな。骨無しっち篦棒なものが生れては困るがら、今日からは遠慮しねで喰ってくれろ。俺が悪かっただがら」

頑固で鳴らしているチヨが謝ったものだから、嫁も実家の母親も驚いたようだった。嫁は自分の口を押えてもじもじし、母親は碌《ろく》な挨拶《あいさつ》もせずに帰って行ってしまった。

三吉は、この様子を見ていたらしく、嫁に向って珍しいことを言い出した。

「お前、カルシュームだら、魚の骨より卵の殻砕いて飲む方が効くべ。あれは全部カルシュームだがらよ」

「卵の殻がカルシューか」

訊き返したのは、チヨだった。三吉は、しっかりと肯《うなず》いてみせた。

「んだ、カルシュームだ」

その夜、チヨは近隣から集めてきた卵の殻を洗い、薄い膜をとって砕き、更に摺《す》り鉢でごろごろといつまでも音をたてて粉にする作業を続けた。

「嚥《の》んでみっかね」

「うん」

嫁は左の掌《てのひら》に匙《さじ》一杯ほども盛って、水と一緒に飲み下した。

「旨えか」

「旨えこどはねけどもよ」

「まちっと嚥むかね」

「うん」

続けざまに嫁が飲んだので、よせばいいのにチヨも真似《まね》てみたくなった。

「俺も飲むべかな」

するとと三吉が口を出した。

「おっ母も飲んだ方がよかんべ。腰が曲らねえぞ、きっと」

「なに、腰が曲らねえか」

「うん。カルシュームが不足すっから骨が損《いた》んで腰が曲るだがら、年寄りは」

チヨは二ツ折りのようになってしまっていた姑を思い出した。三吉もきっと、彼が出征するとき結城の駅まで見送りに行った祖母のことを思い出していたのに違いなかった。

「んだら、飲んでみるべ」

チヨは嫁がやったように左の掌に少量の殻粉をのせ、茶碗《ちゃわん》から水を口に含ませて勢よく卵の殻を喉《のど》に投げこんだ。が、結果は惨憺《さんたん》たるものだった。チヨは粉薬というものを飲んだことがない。こんなやり方でものを嚥みこむ訓練をしていない。加えてチヨはすでに老人だった。喉の部分が器用に粉と水をまぜあわせる作業が出来なかった。水だけが辛うじて喉を通り、卵の殻だけ喉許《のどもと》に残ったから騒ぎになった。いくら続けて水ばかり飲んでも、卵の殻は動かない。焦《あせ》れば焦るほど、却って卵の殻が喉の奥で暴れまわり、チヨの喉を傷つけひっ掻《か》きまわした。

「おっ母、吐け。吐き出せ」

嫁が見かねてそう言い、チヨも吐くことにきめて四ツン這いになった。嫁が力一杯チヨの背を叩き、げっと音をたててチヨは夥《おびただ》しい水と一緒に殻を吐き出した。

「ああ、えれえめにあった。俺もう腰が曲っても、こんな思いするよかよっぽどましだ」

チヨが言うと、ようやく安心したのか嫁も三吉も涙を出して笑った。

三吉は、せっせと手紙を書いては郵便局へ出かけて行ったが、誰からの返事も届かなかった。チヨはようやく安心して機織りに精を出した。この家で働くことができるのは今ではまたチヨ一人になってしまった。嫁はもう機に入っていられないほど大きく腹が突き出て、誰でも生れてくるのは男の子に違いないと言っている。

夏が過ぎ、嫁が臨月に入ったとき、ようやく涼風が立った。チヨは縁側で、いざり機の中で勢よく腰をひねり、梭を走らせ、綷目をあわせ、梭を打ちおろしながら、ふと顔をあげて、ぎょっとなった。男が一人、大きな鞄《かばん》を脇《わき》に下げて歩いてくるではないか。

「やい、待て」

チヨが叫んだのと、

「おチヨ婆、三吉は家かね」

と、その男がにこにこしながら言ったのが同時だった。彼は郵便配達だった。この辺りでは誰でも顔なじみで、チヨのところには東京のチヨの弟から年に一度の年賀状を届けにくる。が、この日、彼が持ってきたのはチヨの弟からの便りではなく、山本三吉宛《あ》ての封書の速達だった。

三吉は、運悪く家にいた。ひったくるようにして受取ると、井戸端へ行って開封した。文面を読み終ると、さっさと手荷物をまとめ、それからいざり機の中にいるチヨを立ったまま見下ろし、

「おっ母、金貸してくれ」

と、口調は命令だった。

チヨは、じろりと睨み上げて訊き返した。

「何に使うだ」

「東京へ行かねばなんねこどになっただがら」

「何しに東京へ行ぐ」

「うるせ。金せえ出せばええだ。貸せ」

「金などあってたまっか。もうじき子供が生れるっち物入り控えて。金はねえ」

「出せ」

「出さね」

この家では財布の紐《ひも》はチヨが握っている。嫁の織った紬《しま》でも組合で受取った金は、そっくりチヨの財布に納めることになっていた。チヨは、そうしておいてよかったと思った。嫁が少しでも金を持っていたなら、三吉はこの調子で嫁から有金残らずまきあげてしまっていただろう。チヨが自分の懐《ふところ》にしっかりと押しこんである財布に思わず手を当てたのと、三吉がそれを目がけて飛びついてきたのが同時だった。

「よせ。何すっだ、この馬鹿が」

チヨはしかしいざり機の中で逃げようがなかった。三吉の二の腕に噛《か》みつくのがせいぜいだった。嫁は茫然《ぼうぜん》として、二人の仲を裂くことも思い及ばないようだった。

三吉はチヨの財布をむしりとると、用意していた荷物を小脇にして飛出して行ってしまった。

「待て、三吉、待てっちに」

チヨは叫んだが、いざり機から出るのに手間どったし、五十八歳になるチヨには三吉を追う足の速さはなかった。ともかく中島から梁《やな》まで追いかけたが、三吉の姿はもう見えなかった。

隣家の若者にでも頼んだ方がよかったのだが、そんなことに気がついたのは日が暮れてからだった。

「東京へ何しに行ったか、あの馬鹿は」

チヨは力なく呟《つぶ》やきながら、重い箸《はし》をとって晩餉《ばんげ》に向った。嫁は黙って、肩で息をしながら、しかしよく食べていた。三吉に財布はもぎとられたが、郵便貯金があるのですぐ困るようなことはない。チヨも嫁も手に職があるので、金に関しては鷹揚《おうよう》なものだった。働きさえすれば食べるに困ることはない。だから結城の女たちは愚痴っぽくない。

数日後、嫁は強烈な陣痛に襲われて、家の中で呻《うめ》きながら蹲《うずく》まった。チヨはゆっくりと機から下りて、まず釜《かま》に湯を沸かした。陣痛の合間に嫁に髪を洗わせ、隣の家に出かけて、大谷瀬と小田林に嫁入っているチヨの娘二人を呼んでほしいと頼んだ。娘二人が来る前に、近所の人手で充分足りた。初産《ういざん》にしては早く、産気づいてから三時間足らずで大きな男の子が生れた。臍《へそ》の緒を切ると勇ましい産声《うぶごえ》をあげた。

「家が吹っ飛ぶかと思うほど泣ぐでねか。お前は、いぎなり大手柄だぞ。桃太郎みてえな子だがら」

チヨは上機嫌で嫁を犒《ねぎら》ってやった。嫁は精力を絞り出した後で、力弱く笑っただけだ。しかし、目ばかり動かして、しきりと辺りを見まわしている。三吉がいないのを気にしているのだな、と気がつくと、チヨは大声で叫んだ。

「おい、褒美《ほうび》にゃ俺がラジオ買ってやっからな」

その言い方がおかしいと言って、集っていた女たちが笑い出した。大谷瀬に嫁いでいたチヨの娘は、嫁の実家へ孫の生れたことを知らせに走り出した。小田林に嫁入っている娘はチヨを目顔で呼んでから、三吉はどうしたのだと小声で訊く。

「そのこどだが、東京へ行ったのよ」

「何しに行ったか、お母は知ってっか」

「お前はどうだ」

「俺が思うには、どうも三吉は俺だちのお父と同じ病に取憑《とりつ》かれたのではなかんべか。俺は見ただ。三吉は金光寺の山門に何度もよじ登ってたがら。ただごどでねべ」

「三吉は、あっちこっち手紙べ出して返事待ってただ。そこへ速達が来た」

「誰からだ」

「分らねが、東京がらだ。三吉はすっ飛んで出かけたぎりだわ」

チヨの娘は暗い顔をしていた。やがて戻ってきた妹を手招きして、二人でまたひとしきり溜息をついている。二人は父親の死ぬ前後のことは、三吉よりよく覚えていた。

どうやって三吉の不心得を戒《いさ》めたものかと、姉と妹は語り合いながら、しかし重い溜息を吐くばかりだった。

五日たっても三吉は帰って来なかった。そろそろ名前をきめなければならないので、みんな三吉の帰りを待たず口々に思いついた名を出して批評しあうようになった。そこでチヨも喋《しゃ》べり出した。どうしてもチヨのことだから声も高く、調子も強い。

「どの名も駄目だ、駄目だ。三の字がついてねっがら駄目だ。ええか、この子のお爺《じい》は三平と言ったぞ。二〇三高地がら生きて帰った。この子のお父は三吉だ。三吉が生れたとき、三吉のお爺がよ、三の字せえ付けてありゃあ戦争に行っても死なねがらと言って、それで三吉と名がついた。みろ、三吉は戦死しねで帰ったろが。んだがら、この子にも三の字をつけれ。どんな戦争にも死なねで帰るっから。三助がえかな、三左衛門でもよかんべ」

みんなどっと笑い出して、チヨの娘二人が口々に言い返した。

「おっ母は古いなあ。もう戦争はねえによ」

「なに戦争がねえ。そげなことはねべ。俺が知ってるだけでも日清戦争だ、日露戦争だ。満洲《まんしゅう》事変に、日支事変だべ。ついこないだまで大東亜戦争が続きに続いてた。またいつおっ始まるか分ったもんでね」

「お母、それは昔噺《むかしばなし》だっち。日本は憲法が変っただ。戦争放棄っちこどしたがら、もう戦争はねえだ」

「なんだと、憲法だと」

「おチヨ婆、お前の娘らが言う通りだ。戦後の日本は憲法第九条で永久にもう戦争はしないと決っただがら」

　チヨは廻りから説き伏せられ、うろうろしたが、嫁が突然はっきりと主張を始めた。

「この家では三の字が縁起が良《え》だがら、戦争がなぐども三の字はつげてけれ。丈夫に育てば、俺それが一番と思うだ」

　戦争に代表される災厄を逃れるのに三の字に効験があるのなら、親ならば誰でも三の字をつけたいと願うだろう。多くの人々は肯《うなず》き、お七夜に三吉はまだ帰らなかったが、その長男は三郎と名付けられた。

第四章　満月

一

チヨは相変らず縁側のいざり機《ばた》に入って、彼女の小さな躰《からだ》には大きすぎる梭《ひ》を振上げ、打ちおろして結城紬《ゆうきつむぎ》を織り続けている。チヨが機織りを始めたのは十三歳のときであった。それから三年後に小森から中島へ嫁いできて、嫁入りの翌日から今日まで機を織っている。同じ場所で、同じように織り続けてきたが、チヨを取巻く環境は、しかし大変な変りようだ。

今もチヨは黙々として糸目を揃《そろ》え、一幅に百八十八もある小さな亀甲《きっこう》の中に、一つずつ小さな十字絣《がすり》を入れた模様を、一目もずらすまいと気を配っているのだが、そのチヨのまわりには十数人の男たちが群がり集って、チヨの指先の動きを見守っている。

彼らが誰であるのか、名前よりもその肩書の方が大切かもしれないので、書き連ねてみよう。チヨの背後に形のいいダークスーツを着て、現代風の派手なネクタイを締めて立っているのは重要無形文化財結城紬技術保存会理事長である。彼はもちろんこの地方きっての政治家であるから、もっと別の肩書も幾つか持っているけれど、今はこれだけにしておこう。彼がひどく緊張した面持ちで、その場所から動かないのは、チヨを見すえているカメラマンのカメラに自分もともども写してもらいたいからである。彼は次の選挙のために、名前や顔を売っておきたいのだろう。

昔の中島は栃木県下都賀郡の絹村にあったのだが、チヨが嫁に来て今日までの間に、隣の桑村と一緒になって桑絹村になり、やがて結城が町から市に昇格してからは桑絹町と名も変った。桑絹町の町長は重要無形文化財結城紬技術保存会副理事長を兼任するのが慣習となっている。副理事長は、理事長の顔色をうかがいながら、やはりチヨが織っているいざり機の傍に立っていた。

栃木県紬織物指導所からも何人か人が来ている。所長がいるし、次長がいるし、職員もいた。彼らはカメラマンの方をちらちら見て気にしながら、東京から来たテレビ局の若者の質問を受けていた。

「はい、織物消費税が廃止になったのは昭和二十四年です。その翌年ですから、茨城県と栃木県が合同して本場結城紬織物協同組合が出来たのは。それまでは二つの県で別々に組合があったんですが」

「どうして別々だったんですか。結城というのは二つの県にまたがっている地名でしょう？　紬の産地としても同じでしょう？」

「さあ、どうして別々になっていたのか、何しろ二十年も昔の話ですから」

みんな若くて、二十年前を知っている者が少い。テレビ局の人間も、しつこく訊《き》こうとはしなかった。

「このお婆《ばあ》さんが人間国宝に指定されたのは、昭和三十一年ですね」

「はあ、人間国宝というよりですね、結城紬を文部省が重要無形文化財としてですね、綜合《そうごう》指定をしたわけですよ。その技術保持の代表者の一人というわけですね、この家のお婆は」

「その代表者というのは、このお婆さん一人ですか」

「いや、最初は六人でした」

「六人ですか。結城にはこういうお婆さんが六人いるんですか」

「いや、お婆さんばかりじゃないです。最初は糸つむぎの代表者が二人と、絣《かすり》しばりの代表者が二人、織り手の代表者が二人だったんです。その中で絣しばりの二人は男でした。もともと糸つむぎと織り手だけが女の仕事でしたしね」

春の陽ざしが強かったのに、太陽の位置と軒の加減で、カメフマンの気に入る光線が足りないらしかった。彼は二人の助手に手伝わせて大きなライトを縁側に備えつけた。チヨは黙々として絣目を揃えていたが、チヨの後では理事長がズボンのポケットからハンカチを引っぱり出して額の汗を拭《ふ》いた。

大型のカメラのファインダーを覗《のぞ》きこんでいたカメラマンが、しぼりをきめたところで驚いてカメラから顔を離した。彼は、辺りを見まわし、この撮影を設営した土地の人間を探し出し、織物指導所の次長を手招きして呼んだ。

「このお婆さんは、あんまり幸福じゃないようですね、何かあったんですか」

訊かれた方は意外で、カメラマンの質問の真意をはかりかねた。

「いや、どうしてですか」

「こうして肉眼で見ていると、実にいい顔なんだがねえ。日本のふるさとを眺めるような気がしますよ。日本人の原型というか、あの深い皺《しわ》のひとつひとつに民話かお伽《とぎ》噺《ばなし》を折りこんでいるような、いい顔だと思ったがなあ」

カメラマンは、もう一度ファインダーを覗き直して、どうも訳が分らないという具合に首を捻《ひね》った。

「どうしてだろう。レンズを通すと、まるで鬼のような顔になる。変だなあ」

織物指導所の次長は、急に黙りこんでカメラマンの傍を離れた。彼は知っていた。思い出したのだった。もう二十年も前に、チヨの息子の三吉が、死んだときのことを。彼はそのときは中学生だったが、村の騒ぎを覚えていた。

チヨの息子の三吉が、敗戦後九死に一生を得て帰ったあと、ずっとぶらぶら病になっていたと彼は親から聞かされていた。村にはそういう男が多く、彼らは「戦争ぼけ」と呼ばれていた。敗けたのだから仕方がないと戦争ぼけを抱えた家の人たちはみんなそう思っていた。

ところがチヨの息子の山本三吉が、ある日突然東京へ出かけ、大勢の人間をひきつれて戻ってきた。なんでもボーリングの会社とかいうのが後楯《うしろだて》になって、大がかりに結城家の埋蔵金を掘るのだという。当然、村中の子供たち、わけても男の子たちには胸がわくわくするような「お話」が目の前に展開されたのだった。敗戦から五年たっていた。東京から疎開《そかい》していた人々は、もうみんな東京へ戻ってしまい、村は昔の退屈な田舎になっていたから、小田林の金光寺の背後から斜めに杭《くい》が打たれ、機械が音をたててまわり始めたときは結城中が大騒ぎになった。

本を読める人間たちは、日本史の中世から近世へかけて、律令制《りつりょうせい》が崩れて封建制度が確立されるまでの時代に生れた数々の物語に熱中し、結城家の関東における勢力と歴史に詳しくなった。徳川家康の実子でありながら秀吉の養子になった結城秀康が悲運の俊才であったことも知ったし、その養父晴朝が結城家の財宝を隠すために腐心したのも尤《もっと》もなことに思われ、少年たちも埋蔵金物語に熱中した。

しかし結城のどの家でも大人たちは、この騒ぎに顔をしかめていた。

「出てぐるわげもねに」

子供の親は、誰も相手にならなかった。

「埋めたかしんねが、出るものならとうの昔に出てるべ。何年前の話だ、埋めたっちは。四百年になるべ。出るわげがね」

小田林には、ボーリング機械の傍に簡単な組立式の家が建てられ、数人の男たちが寝起きしていた。夜になると必ず酒盛りになり、三吉を中心として男たちは軍歌を高唱していた。

「やっぱり戦争ぼけだべ」

大人は薄嗤《うすわら》いを浮かべて、もうそれ以上の興味を示さなかった。子供たちはしかし、もう出るかと息を呑《の》んで、機械が土の底から掘っては吐き出す泥塊《でいかい》を一日に一度は見に行かずにいられなかった。

ボーリング機械は十日に一度ぐらいで掘る位置を変えていた。少年たちが見ていても男たちの相好が日に日に殺伐としたものに変わって行くようだった。彼らは、よく取っ組みあいの喧嘩《けんか》をしていた。昼日中から酒を飲む男が出てきた。山本三吉だけは酒を飲めない体質なのか、飲む気にならないのか、青い痩《や》せた顔をして、酔いどれ男たちを茫然《ぼうぜん》と見下ろしていた。

黄金掘りが始まってから三吉が死ぬまで、半年もかからなかった。酒盛りの最中に、三吉が身をよじって苦しみ出した。酔っていた連中も流石《さすが》に放っておけなくなり、結城市内の医者のところへ担《かつ》ぎこんだ。

医者はすぐ腹膜炎という診断を下したが、病院のベッドの上で、三吉が俄《にわ》かにうめき声をあげた。

「ああ、また、やって来やがった」

それが三吉の最後の言葉になった。腹膜炎にマラリアが併発したのでは、現代医学も手の打ちようがなかった。高熱の極で、三吉は昏睡《こんすい》したまま、駈《か》けつけたチヨや妻の顔も見ずに、呆気《あっけ》なく息をひきとった。

マラリアと腹膜炎の併発が死因だったということは、村の連中には分りにくくて、三吉は戦友たちに殺されたのだという噂《うわさ》がたった。いくら掘っても埋蔵金が出ないので、三吉が呼び集めた男たちの心が荒れ、毎晩乱酔していたのは事実だったから、村中の人々はその噂を信じた。三吉が死んで間もなく金光寺のまわりでボーリングする音も聞こえなくなり、小田林の掘立小屋は無人になった。

それから二十年たっているのだ。

「お婆さんは機を織って何年になりますか」

アナウンサーが何度か大声を出して訊く。チヨは右の耳でようやく声を受けて、はにかみながら答えた。

「さて、何年になるべか」

チヨの声は甲高いが、関東特有の早口と結城のなまりが強いので、東京から来た人間には聞きとりにくい。

「お婆さんが機織りを始めたのは幾つのときですか」

「十三だったたっちが」

「はあ、十三歳からずっと織り続けていらっしゃるんですか。お婆さんは、お幾つですか」

「なに」

「お幾つですか。お婆さんの齢《とし》は、幾つですか」

「齢かね。俺の齢かね」

「そうです」

チヨは、声を出して笑い、

「忘れだっちがね」

と言って、また笑った。

カメラマンは、レンズを通してみたときの驚きがまだ謎《なぞ》になって残っているので、録音中の二人の傍に寄ってじっと会話を聞いていた。

「そんなこと言わずに思い出して下さいよ」

「何をだね」

「齢ですよ。八十歳でしょう」

「俺の齢なんぞ、とっくに忘れっちゃっただがら」

「お婆さんのお若かった頃と、今とでは結城は変りましたか」

「なに、え、おお、変ったな。大変りだぞ。昔はお前、俺だちの家がよ、建て直すこどなんぞまずながったがら」

「そういえばお婆さんの家は立派ですね。いつ新築なさったんですか」

「この家か。三年前だな。三郎が東京の大学に当ってよ。んだらば家も粗末でなんねと嫁が言うがら。俺は何も知らねが普請《ふしん》になって、出来上ったとぎは俺は魂消《たまげ》たぞ。

こげな家は昔の結城じゃ村長の家ぎりなかっただがらよ。んだがよ、考えてみりゃ、なんだ、俺げでも東京の大学に当るっち倅《せがれ》が出てるがら。それによ、気がついてみりゃ結城はお前、大した景気でよ、そっちこっち篦棒《べらぼう》に家が建ってっがら。紬織《しまお》って何十年になるが、こげな馬鹿《ばか》景気は俺も知んねな」

おそろしく早口で、坂道を転げ落ちるような喋《しゃ》べり方だから、折角のチヨの話も相手にはよく分らなかった。

「何に当ったんですか。二度程おっしゃいましたね。誰が、何に当ったんですか」

「三郎がよ、俺の孫だっち。大学に当っただがら、東京の」

織物指導所の職員が通訳しないわけにはいかなかった。チヨにとって孫の三郎が東京の大学に入ったというのは生涯の大事件だったということ。チヨもチヨの夫も、チヨの息子も小学校しか出ていないのに、三郎は中学に進んだばかりでなく、大学生になった。それも東京の。当ったというのは方言で、合格したという意味なのだった。

「そうですか、東京のどちらの大学ですか」

チヨはこの質問には驚いて顔をあげた。

「お前《め》、知んねか、東京の大学をよ」

「東大ですか」

チヨは東京に国立とか私立とか無数の大学があることを知らない。チヨにとって、東京にある大学は一つで、それは三郎が現在通学している私立大学だった。チヨはその大学の正式の名前を知らない。彼女には覚える必要のないことだった。

織物指導所の職員が、代って説明した。

山本三郎は、チヨが目に入れても痛くないほど可愛《かわい》がって育てた孫であること。そして桑絹町では小学校の成績もよく、中学でもまず悪い成績ではなかった。特色として色彩感覚にすぐれ、絵を描くことが好きな少年だった。織物指導所にもちょくちょく出入りして、じっと縞帳《しまちょう》をめくっていたりした。

「なんですか、縞帳というのは」

「後程お目にかけますが、昔からある紬の模様を集めたものです。縞と絣の見本帳と思って頂けば結構です」

「デザインのことでしょうか」

「そうです、そうです。昔のデザインは過去の伝統を繰返していたものなんです。つまり桃山時代のものとか正倉院模様などですね。それが昭和に入ってから外国の影響で、それまでの唐草模様から直線的なデザインが入るなど、まあ単純化とも違うんですが、変化がありまして。結城紬を着るというのは、なんといっても高尚な趣味の人が多いので」

「いろいろな色を使うようになったのは」

「戦後です、はい。これは結城紬の、もちろん手織紬の特色なんですが、他の産地のように一枚の図案で五千反も織ってしまうということをやりません。一つのデザインで一反ないし二反ですから」

「ほほう、贅沢《ぜいたく》なものなんですねえ」

「はい、贅沢が結城紬の特色です。それだけに図案作りは苦労がいります。縞帳を見て頂けば分りますが、結城の柄は複雑多種類なんです。歴史の古い織物ですから、時代の流行で走れません。伝統の美しさを、いつまでも残しておかなければならないところに難しさがあります」

「なるほど」

「流行の変化は洋服がめまぐるしいですが、和服の方も洋服のファッションほどではないまでも年々歳々柄は移り変っているんです。その中で結城は超然としてクラシックの風格を崩さず、しかも現代的な感覚をしのばせていなければならない。というのはですね、結城紬は保《も》ちがいいのです。木綿のように見えるのも特色ですが、木綿はせいぜい五年も着続ければすりきれてしまうでしょう。結城紬はどんなに荒っぽく扱われても二十年もちますから」

「二十年ですか」

「はい。ですから、柄の方もですね、二十年着ても古くならないものが必要とされてくるんです」

織物指導所の職員が、こんなことを熱心に話し始めたのは、チヨの孫である三郎の才能に、結城の業者たちが目をつけ、彼に本格的なデザインの勉強をさせるために奨学金を集めたことを言うためであった。山本三郎は国立芸術大学の絵画部図案科へ進めれば最も望ましかったのだが、何分にも競争率の高いところで、一次試験で不合格になり、その代り私大の芸術学部デザイン科というところに入学した。卒業したら栃木県織物研究所専属のデザイナーになる予定である。

古い慣習に若干の流行色をあしらい、目立たないところに現代感覚をこっそりしのびこませるというのが、結城が待っている創作デザインだった。チヨの孫は、そうした結城の期待を一身に集めて東京で勉学している筈《はず》であった。

「しかし、このお婆さんの織っている紬には色が使ってありませんね」

テレビ局の人の質問が、説明している者の腰を折った。

「は、はい。これは結城の最も古典的な柄なんです。一幅に百八十八の亀甲がありまして、その小さな亀甲の中に一目一目の十字絣が入っているんです」

「え、百八十八ですか、本当ですか」

東京から来た連中は、チヨの手許《てもと》をあらためて覗きこんだ。幅三十センチそこそこのところに、小さな小さな六角形がびっしり一面に織り出され、しかもその一つ一つに十字絣が入っているのを認めると、カメラマンまで溜息《ためいき》をついた。

こんな仕事を一生続けていたのでは、顔も心も鬼になるだろう、と彼は思った。

「一日に、どれだけ織れますか」

「まあ、一寸ぐれだっち」

「根気のいる仕事ですねえ」

「なに、これきり能がねがらよ」

チヨは、け、け、け、と笑った。三郎の話をした後は、チヨはきまって機嫌がよくなるのだった。

「百亀甲が出来たのは、結城でも戦後ですよ。その手柄をたてたのも、このお婆さんだったんです。十字絣を織る小森から、ベタ亀甲専門の中島へ嫁にきて、亀甲の中に十字絣を入れたのが、このお婆さんなんです。もちろん戦前のことなんですが」

「しかし、百八十八となると細かすぎて、技術に溺《おぼ》れすぎてる気がするなあ、失礼だけど。紬というのは着物としての実用性に生命があるんじゃないですか」

「はい、仰有《おっしゃ》る通りです。こういう技術は戦後のものでして、戦前にはこんな細工物はありませんでした」

「細工物と言うんですか」

「はい、超高級品のことですが」

「色は藍染《あいぞめ》が古典なんですね」

「藍染と鉄色が、まあ結城の特長で、主として男物だったんですよ、昔の結城は。つまり旦那衆《だんなしゅう》の贅沢着だったんですよ」

「そうでしょうねえ」

「それが、色を使うようになって急に結城紬の市場がひろがりました。女の着るものになったんです。結城にとって革命でした。ことに戦後は婦人層が贅沢を覚えたんですね。昔の結城は貧しいところでしたが、今では一反十万円でも二十万円のものでも楽に売れますので、昔は農閑期に百姓が農業で足りない分の手間賃稼《かせ》ぎに織っていたものですが、今は結城の女で農業をする者がないようになりまして、質的にも向上しました」

「質的向上といいますと」

指導所の人は、その質問を待っていたように、チヨの家のもう一つの機に人々を招き寄せた。

「これは、この家の、つまりあのお婆さんの嫁に当るひとが織っているものですが、ご覧下さい」

台所で茶を淹《い》れていたチヨの嫁は、大声で呼ばれて明るい縁側に出てきた。眩《まぶ》しそうな顔をしながら指導所の職員の言うままに自分のいざり機に入った。そこには藤紫の地色を切り羽目のように区切って、さまざまな絣模様がさまざまな色を使って織り出されていた。十字絣はもちろん、ベタ亀甲を使って、その中から牡丹《ぼたん》唐草模様が浮き上って見えたり、猫足という名の絣と縞が互い違いに織り出されていたり、結城のありとあらゆる技法が総《すべ》て網羅されている。文字通り目も綾《あや》な絢爛《けんらん》たる紬だった。

「これも結城ですか」

「はい」

「何色使ってますか」

「七色ですね、そうだな。はい、七色です」

「へええ。一日にどのくらい織れますか」

チヨの嫁は、やっと口をきく番がきて、少し恥しそうにしていたが、

「なんだね、日に五センチ織れっかね、とても織れねがね」

と答えた。

「お婆さんの織っている百八十八亀甲と較《くら》べて、どっちが難しいですか」

「どっちって問題にならねな。俺はまだおっ母にゃ及ばねだがら」

「お婆さんには敵《かな》いませんか」

「敵わねな、うん。俺はまだ未熟だがら、あげには目が揃わねす」

「あなたは、あのお婆さんの技術の後継者なのでしょう」

「へえ。まあ、そうなりてと思ってるけどよ。どうなるか分らねです」

織物指導所の人々が、この会話をはらはらしながら見守っていた。チヨの嫁は、もう事実上チヨの技術を継いでいた。チヨが織ったことになっている藍地のベタ亀甲は、もうほとんどがチヨの嫁の織っているものなのである。チヨの目は、チヨの耳ほど老いてはいなかったけれど、なんといっても結城特有の重い梭を持ち上げて力一杯打ちおろすには、体力が不足していた。機織りは力仕事なのだった。結城の織物業がこんなに栄えていなかった昔は、女は嫁をとればいざり機から出て、糸つむぎにまわったものだった。

チヨの姑《しゅうとめ》は、チヨが嫁に来るとつくしの前に苧桶《おぼけ》を置いて、死ぬまでそこを動かなかったが、チヨは嫁が来てもいざり機から出なかったし、チヨの嫁は新しい機を持って嫁入りしてきた。三吉が死んでもう二十年になるが、その二十年間、チヨと嫁の二人は男手のない家でせっせと機を織り続け、経済力を持ち、家も立派に建て直し、東京の三郎に生活費は月々仕送りしている。大学の授業料は結城織物業者の組合から出ているが、今は学生の暮らしでも東京で食べていくのは大変だ。三郎から便りがあると、母親は必ずチヨに内緒で郵便局へ行く。月ぎめで送っている分が足りなくなれば三郎はねだってくるのだ。何に使っている金か、用途について書いてきたことがないので、チヨはもちろん、チヨの嫁も三郎が東京でどういう生活を送っているのか、想像することもできなかった。

テレビ局のカメラマンたちが織物指導所の人々や重要無形文化財結城紬技術保存会理事長たちと一緒に引揚げてしまうと、

「今日のは大がかりだっただな、おっ母」

チヨの嫁は、姑の耳に口を当てて叫び、ついでにチヨの躰を抱くようにしていざり機から外に出した。チヨの嫁は中年に入って肩にも腕にも肉がつき、いよいよ逞《たくま》しい躰になっていたが、チヨはここ数年食も細くなっているのでますます小さい。

チヨは部屋の一隅にあるカラーテレビにスイッチを入れ、習慣的にイヤホーンを耳に当てた。このテレビは去年、チヨの喜寿を祝って結城の織物業者たちが贈ってくれたものである。その五年も前にテレビは買ってあって、それは白黒のテレビだが捨てるのももったいないからそのまま二つのテレビが並んで飾ってある。イヤホーンを使うと音が外に出ないから、チヨの嫁がテレビを見たいときは、もう一台の方にスイッチを入れて、そこから出る音で聞く。

日が暮れると、嫁は台所で食事の支度をするのだが、近頃は便利なものが出来ているので昔の支度のような手間がかからない。ガスボンベを使っているから、薪《まき》はもう十年以上使ったことがない。チヨはガスの扱いがよくのみこめないので、台所はもう滅多なことではやれなくなっていた。魔法びんがあり、朝沸かした湯は夜まで温い。チヨもそれをポットと呼んでいる。電子ジャーがあるので、白米を二日分炊《た》いておけば、いつでも温い飯が食べられる。

「おっ母、飯にすべ」

嫁が呼んだが、チヨには聞こえない。彼女の目はテレビの画面に釘《くぎ》づけになっていた。

チヨの嫁は、チヨが漬物と干納豆しか食べないので、自分は魚肉ソーセージやビニール袋に入った甘い煮豆や、彼女がこのところ気に入っている東北地方の山菜漬という商標入りの、やはり袋入りの漬物など、あちこちに箸《はし》をつけて先に食事を始めた。が、この心やさしい嫁は、一膳《ぜん》食べたところで姑を呼びに立った。

彼女は中腰でチヨの耳からイヤホーンを外し、

「おっ母、飯にすべっちに」

と言った。

しかし、嫁を見上げたチヨの顔は、嶮《けわ》しかった。

「おい、見ろ、これを見ねか」

チヨのかじかんだ指がさしているテレビの画面には、火がめらめらと燃えていた。嫁もすぐ異様さに気がついた。

「なんだべ、ありゃ」

「戦争だっち。見ろ」

「戦争？　どこの戦争だ」

嫁は眉《まゆ》をひそめて、隣のテレビにスイッチを入れた。チヨは嫁からイヤホーンを取返して耳にさした。

画面には赤や白や青い色とりどりのヘルメットをかぶり、タオルでマスクをした男たちの集団が、口々に何か喚《わめ》きながら石を投げているのがうつっていた。ものものしく武装した機動隊が、押し黙っているのと交互に、角材を持って走る学生たちの姿が次々とうつし出される。

「東京のこどらしいな、おっ母。戦争ではねべ」

チヨには嫁の言葉が聞こえなかったし、瞬《また》きもしなかった。

「篦棒《べらぼう》なこどだぞ、こりゃあ。おっかね、おっかね。また戦争だな」

「おっ母、戦争ではねっちに。日本は憲法で戦争放棄したでねか」

「ええこどだっち。やれ、また戦争か。篦棒なこどでねか。俺どうも妙だと思っていただ。こげに結構ずくめの世の中が続くわけがねと思っていだがらよ」

ニュースが終ってから、嫁はチヨの耳のイヤホーンを外して茶の間に坐《すわ》らせるのに苦労した。チヨは興奮していて、箸《はし》をとっても食べようとせず、

「はて今度の戦争は、どの国が相手だべか。村長に訊いてこねばなんねぞ」

などと言いたてる。

「おっ母、戦争ではねっちに、アナウンサーが言ってたでねか、学生と機動隊が衝突したってよ」

「火が出たぞ、火がよ。あんだけ燃えて消防が走らねで、なして戦争でねと言えっか。篦棒なこど言うな。お前は女だがら分らねべ。俺は村長げに行ぐがら」

「おっ母、この桑絹町には村長はいねっちに。ともかく戦争ではねって」

「戦争でなくば、ありゃなんだ」

「学生が暴れて、警察が出動しただべ」

「なして学生が暴れた」

「よぐ分んねけどよ、あれはアカだべ」

「アカか、箆棒なこどだな」

「爆弾みてなもの投げてたがら、おっ母の言う通り箆棒にゃあ違いねべ」

チヨの嫁は暢気《のんき》に笑いながら、チヨが鎮《しず》まるまで飯を食べ続けていた。

二

チヨは年をとって睡眠時間が短くなっている。若い頃は、い、ざ、り、機《ばた》の中で眠くて仕方がないこともあったのに、今は日が暮れるまで機の中で絣目《かすりめ》をあわせ、梭《ひ》を打ちおろす作業を、ゆっくりゆっくり続けたあと、夜はテレビの前でイヤホーンを耳にさし、いつまでも起きて、どんな番組でも飽かずに眺めている。チヨはかつてこんな極楽が自分の晩年に待ち受けているとは想像したこともなかった。太い柱を持った大きな家が新築できた。嫁は働き者で、よく機を織る。孫は東京の大学に行った。テレビという結構な娯楽がチヨには何より大きな贈りものだった。さまざまな男女が、いろいろなことを喋《しゃ》べったり笑ったり唄《うた》ったりしている。カラーテレビの美しさはどうだろう。チヨには好きな演歌があり、ひいきの歌手もできていて、心の中で声援しながら彼の唄を聞いていた。

チヨの姑《しゅうとめ》は苧桶《おぼけ》の前に蹲《うずくま》って太い糸をより続けて老いていたが、それと較《くら》べてみるとチヨは自分ながらなんという幸せな時代が来たものだろうと思う。チヨの夫は赤牛を売り飛ばしたが、赤牛を買い戻す必要はもうなかった。畑仕事をしている農家は結城でもすっかり減ってしまった。チヨと嫁も、機織り以外に畑では滅多に野菜も作らない。その時間があれば紬《しま》を織っている方が金になるからだった。

テレビでは夫婦漫才が司会をして、珍妙な組合せの夫婦を紹介し、そのなれそめから今日までの夫婦喧嘩《げんか》の数々を聞き出している。登場している夫婦は臆《おく》することなく自分たちの若い頃の失敗談を喋べっている。司会者が茶々を入れると聴衆がどよめく。イヤホーンを耳に入れたチヨも、キャラキャラと声をあげて笑った。

チヨは背後で嫁が蛍光灯をつけた機の中で働いているのを振返り、

「お前《め》、よぐ織るな。そげに詰めては躰《からだ》に毒だぞ。いい加減にしねか。稼ぐばかりが能でねべ」

大声で言ったが、嫁はむくんだ顔でちょっと笑っただけで、もう真夜中であるのに機織りを続けている。

このところ警察から人が来て、三郎が東京で逮捕されたことが知らされ、嫁は取るものも取りあえず面会に上京したが、そこで親子の間にどういう会話が交わされたものか、チヨには何も聞かされていない。いつかテレビの画面で見た機動隊と学生の衝突が、チヨの一家に関係があろうとは、チヨには考えることもできなかった。

チヨの嫁は、息子の保釈金が大層もない金額だったので、前にまして熱心に紬《つむぎ》を織っているのだった。彼女の織るものは、チヨが織ったことになり、大層いい値で引取ってもらえるのだが、嫁の心は落着かず、組合に借金して家を建てたことまで後悔していた。彼女は三郎が逮捕されたことも知ったし、彼が過激なグループに属し、活動家として幹部級でいることも警察から教えられて動転していた。姑のチヨは年をとりすぎているから、とても相談相手にはならない。しかし嫁の実家の人々も分らないことでは同じだった。あの三郎がヘルメットをかぶり、火焔《かえん》ビンを投げているなど誰にも想像できることではなかったし、そうなった若者をどうやって説得したらいいのか、結城の人間にはいい智恵《ちえ》は浮かばなかった。

「篦棒《べらぼう》なこどでねか」

嫁の兄も妹もそう言い、ぼんやりしていた。嫁の兄は一緒に上京してくれたが、面会のとき、三郎は沈黙しぬいて母親とさえ口をきこうとしなかった。

「山本三郎に間違いないね」

警察官に訊《き》かれて、

「へえ、俺の子に違いはねけどもよ、どげしたらよかんべか。俺げに連れて帰りてえが、どげしたらえだか教えて下さらんかね」

嫁は三郎が口もきいてくれないので、警察官に訴えるより方法がなかった。

「何しろ完黙してますのでね」

「へえ」

「親御さんに確認してもらったのですから、手続きは進められます」

「へえ」

チヨの嫁はかつて警察などというところへ出かけたことがなかったし、気が転倒しているので、相手が何を言っているのかよく分らずに涙をこぼしながらぺこぺこ頭を下げていた。彼女の兄が、代りに保釈の手続きや、差入れの仕方などを細かく訊いて帰った。

「えだか、あまり自慢にゃならねこどだがら、他人にゃ言わねこどだな」

「うん、うん」

「物騒な時代が来たもんだ。東京へ出すこたなかったな。結城で絣しばりさせてりゃよがっただ。なまじ学問なぞさせっから、こげなことが起っただべ。お前とごは一人息子で三郎を甘やかしていただがら。おチヨ婆《ばあ》は三郎を叱《しか》ったこどもなかったべ」

「そりゃあ三郎もお婆にゃよぐなついて、お婆の言うことはよぐ聞いただがら」

「んだべが、今度みてなこどで、お婆に意見もさせられめ」

「んだっち、テレビ見て、戦争だ、戦争だと言っちったただがら。まさかあん中に三郎がいだと俺も思ってなかったがら」

「おチヨ婆はしっかり者だったが、もう齢《とし》だべ。三郎に言ってきかすこどはできねべ」

「んだ」

嫁はいざり機の中から、テレビを眺めているチヨの後姿を眺め、兄との会話を思い出しては溜息《ためいき》をついていた。が、不安な心を落着けるためにも、嫁は機を織っている方がよかった。

テレビが深夜番組になり、昔の外国映画が画面に現れると、ようやくチヨは睡眠気《ねむけ》を感じて、イヤホーンを外し、テレビのスイッチを切った。

「やれ、まだ働くか。もうやめとけっちに。夜の機織りは目が揃《そろ》わねがら評判落すぞ。さあ寝れ、寝れっちに」

チヨが喚《わめ》くと、嫁は大きな躰をいざり機からひきぬくようにして出てきた。チヨの床と、嫁の床を並べて敷く。嫁はもうチヨが充分齢をとっていることについて、覚悟をしているので、三郎が東京へ出てからは同じ部屋で寝るようにしていた。

「おい、お前、少し痩《や》せたでねか」

チヨは横になってから、寝巻に着替えている嫁に言った。

「痩せもするべよ。一人で心配かかえてるだがら」

嫁は笑いながら捨鉢な調子で言ったが、チヨの耳は遠くて、聞こえなかった。

「もうじき夏だな。三郎は今年は帰《けえ》るべ。いつ頃、帰ると言ってたか」

「俺、知んね」

「いつ帰るかって訊いてんだぞ、お前、聞ごえねか」

「去年の夏休みに帰らねのはどげしたかと思っちったがよ、箆棒なこどだったんだぞ、お婆」

「お前、こないだ三郎に会いに東京へ行っただべ。おい、三郎はいつ頃帰って来るだ」

「俺もよ、帰ってほしいと思って手紙にゃそればかり書いてるだがよ」

「お前、聞ごえねか、三郎は、いつ、帰るかっちに」

聞こえないのは嫁ではなく、チヨの方なのだが、嫁はだんだん涙ぐみ、鼻を詰らせていた。チヨはいよいよじれて甲高い声で嫁を問い詰めた。嫁はとうとうチヨの耳に口を当てて、大声で叫んだ。

「夏休みに、なれば、帰るべ」

チヨは満足して肯き、寝返りをうち、まもなく安らかな寝息をたてた。

チヨの嫁は、その隣で、いつまでも溜息をついていた。ときどき水を飲みに台所へ立ち、ついでに煎餅《せんべい》などをポリポリと食べ散らかした。息子が何をしたのかもよく分らないし、自分がどうしたらいいのかもよく分らなかった。お婆は戦争だといったが、戦争に息子をとられる親の気持というのは、こういうものだろうかと思ったりした。

保釈金はすぐ都合のつく額だったから、チヨの嫁は金を持って東京へトンボ返りをしたのだが、三郎はまるで余計なことをしたとでも言いたげな不機嫌な顔で、

「おっ母、警察から何を言ってきても相手になるなよ。俺を信じてせくれりゃ大丈夫だがらよ」

と言い、それから余分な金を持っているかどうかと訊いた。母親は持っている財布を見せると、中身をひき出しながら、

「お婆は達者か」

と初めて明るい顔で訊いた。

「相変らずだがよ、齢はとったな」

「齢は前からとってたでねか」

「そりゃそうだ」

「耳が遠くならねえようにとうつぎ観音によく出かけたがよ」

「耳は駄目だ。イヤホーンでテレビ見てばっかりだから、いよいよ遠くなる一方だべ。んだども、テレビが気に入って一日中でも坐《すわ》りっぱなしで眺めてっから」

三郎は大通りに出ると母親の話に打つ相槌《あいづち》も間遠になり、突然手を上げて空車のタクシーを止め、母親を置いてけぼりにして走り去ってしまった。

「三郎、待て、三郎、おい」

叫んでも手遅れだった。チヨの嫁は一人で上京したことをこのくらい後悔したことはなかった。やっぱり実家の兄に頼んで一緒に来てもらえばよかったと思うだけで涙があふれ落ちた。

三郎の消息は、それきり不明になった。

嫁は家に帰って、いざり機に入っても肩に力がなく、織りものもはかがいかなかった。チヨは習慣的に自分の機で織ってはいたが、動きは緩慢で、我ながら梭を振上げるときの腕に力がなくなっていることに気づいた。

「どげした、三郎は」

チヨは執こく嫁に訊くようになった。

夏が来たのに、三郎はこの年も故郷に帰って来なかったからだ。

嫁は黙って、機を織る。組合の者や指導所の人々が訪れても、晴れやかな顔で迎えることはできなかった。

「なに、また写真かね」

チヨは機に納ると、絣目を念入りにあわせてみせる。婦人雑誌の「きもの特集」から派遣されてきたカメラマンが、数回フラッシュをたいて撮影すると、若い婦人記者がチヨにインタビューをはじめた。例によって年齢とか若い日の思い出とか訊かれる。

「齢かね、忘れっちゃっただよ。若い頃はあったっけがね」

チヨが無愛想なのを謙遜《けんそん》と誤解して、記者はノートをとりながら質問を続ける。

「こちらにいらっしゃるのは、お婆ちゃんの娘さんですか」

「なに、嫁だ」

「お嫁さんと二人暮しなんですね。よく世間では姑と嫁はうまくいかないなんて言いますが、お婆ちゃんのところはいかがですか」

チヨは遠くなった耳で何度も訊き返してから、

「俺知んねな。嫁は何も言わねがら。三郎のこども何も言わねがら。訊いても言わねがら。一人でこそこそ東京べ行って、帰っても何も言わねがら。本当だぞ、こげな篦棒な嫁があってえものか」

嫁も驚いたが、指導所の連中はもっとびっくりした。チヨがこんな激しい調子で嫁を非難したのは初めてだったからだ。ずっと仲良くやってきた嫁と姑の仲だと嫁自身も思いこんでいたのだから、彼女が一番狼狽《ろうばい》した。

「なに言うだ、お婆。耳が遠ぐなって聞こえねのを忘れて、篦棒なこど言うでね。俺がいつ東京へこそこそ出かけただ」

我を忘れて声を張り上げたが、途中ではっと気がついて口を押えた。三郎のことは、指導所の人々もうすうす気がついているのだった。

思いがけず嫁と姑の争いをまのあたりにして、東京から取材に来た連中はしばらく呆気《あっけ》にとられていた。指導所の副所長がまとめ役を買って出た。

「なに実の親子のように仲がいいから、人前でも言いあいをするのですよ。こちらの方言は穢《きたな》いので、東京の方が聞くと罵《ののし》りあっているような塩梅《あんばい》に聞こえるかもしれませんが、あれは我々の方ではごく普通の言葉なんですよ」

「三郎さんて方は、あのお婆さんの息子さんですか」

「いや、三郎は孫です」

「息子さんは」

「死にました」

カメラマンが頷《うなず》いて、

「後家さん二人で暮してるんですね」

と言った。

「孫の三郎ってひとは家出でもしたんでしょうか」

「家出……いやいや、東京の大学へ行ってるんですよ」

「自分が年をとって東京へ行けないものだから、孫のことで嫉妬《しっと》してたんですね、あのお婆ちゃんは。可愛《かわい》い人ねえ」

指導所員は、雑誌社の人のそれこそ可愛い誤解をもはや解く必要はないと考えた。

「そうです。目の中に入れても痛くないといって可愛がっていましたからね」

「孫のことで言いあうなんて喧嘩とは言えないわね」

雑誌社の連中も織物指導所の人々も気楽に笑って引揚げた後、チヨの機嫌はいよいよ悪くなってもう元には戻らなかった。嫁に対する不満が堰《せき》を切ったようにとめどなく噴き出し、止らなかった。

嫁がどんなに呼んでも、決して一緒に食事をしない。一日中テレビに向ってイヤホーンを耳に入れていれば、嫁と話すよりチヨには楽しいのだった。毎日がそうして過ぎるようになると、チヨより先に嫁が音をあげた。

大谷瀬に嫁入っているチヨの娘が、嫁の愚痴をきいて出かけてくると、チヨは待っていたように嫁の悪口を言いたてた。

「三郎がこの夏も去年も帰って来ねぞ。こげな箆棒なことは俺が親だらば許さねっち。嫁は東京さ行っち、帰っても何も言わね。何訊いても言わねがら。姑を虚仮《こけ》にするもいい加減にしねか。年寄りと思って虚仮にしてっから、あの阿魔は。俺の機に断わりもしねで入って勝手に織るだがらよ。あの顔べ見ろ、名人面《づら》してま、いけすかね」

娘はチヨが際限なく嫁の悪口を言い出したのには本当に驚いてしまった。これまでに、およそ嫁のことで気に入らないことは何一つないという具合にうまくいっていた二人だったからだ。

三郎のことについては、チヨの娘たちも事情を知って心配していたものの、学生運動の実態がどういうものなのか彼女たちにも見当がつきかねていたので、チヨに向って説明する自信がない。嫁が東京から帰って何も言えないでいるのも尤《もっと》もと思われるし、嫁が悪気で黙っているのではないこともよく分っていた。

それにチヨがもう嫁については悪口のための悪口しか言わないようになっている有りさまに驚かされた。チヨの機で紬《しま》を織るのは、もう十年も前から嫁がやっていたことで、他処《よそ》の者ならともかく中島では公然の秘密だった。打ちこみのきいたのが特徴であるべき結城紬を織るには、チヨはもう年をとりすぎていた。周囲もそれを知っていたし、チヨ自身もそれを認めていた筈だ。チヨの機に断わりもしないで入ったと十年たった今になってチヨが怒り出すのには、娘たちも持て余した。

大谷瀬に嫁いだ娘は、すぐその足で小田林に嫁いだ姉のところへ相談に出かけた。チヨの様子が只事《ただごと》でなくなっているのに気がついたからだった。

「鬼みて顔して喚き立ててっからよ、姉さんも力貸してやんな。嫁が気の毒でみでられねっち」

姉娘も気にして時々様子を見に行くことにしたが、チヨは待ちかまえていて叫びたてるのだ。

「やい、この嫁は箆棒な嫁だぞ。三郎が家に帰らねに何の心配もしねだがら。俺でせこげに心配してっちに、嫁は夜の夜中まで機織って、金せ稼ぎゃえと思ってるだけだ。

親ならよ、三郎がなして東京から戻らねか、心配するのが親だべ」

「何を言うか、おっ母。三郎が帰らねのを一番心配してるのは、おっ母よりも、お前の嫁だぞ」

「なに」

「三郎は行方不明だ。ヘルメットかぶって東京で暴れてんだ、三郎は。警察にも呼び出されただがら。何も知らねで悪口ばっかりほざくでねっち、おっ母」

チヨには三吉の死んだあとは子供は娘二人きりだが、姉娘の方は気が強く、嫁が慌《あわ》てたほどはっきりと真実を告げてしまった。だが、チヨの耳は遠くて、一度では聞きとれなかった。

「三郎が、どげしただ」

「行方、不明、だ」

「なして」

「暴れて、警察に、つかまった」

「なに、警察が、どげしただ」

「三郎が、警察に、つかまっただ」

「なして」

チヨに経緯《いきさつ》を理解させるのは容易なことではなかった。何しろ説明する女たち自身が、どうして三郎がそういう仲間に入っているのか皆目分っていなかったのだから。

三

何年ぶりかで三郎の消息が知らされたのは、警察からだった。チヨはいざり機《ばた》の中にちょこんと入って、織るでもなく織らぬでもなく、ぼんやりしながら、ときどき緩慢に手を動かして絣《かすり》の目を揃《そろ》えていた。来客を庭先に認めて、嫁が後の機から飛出したのにも気がつかなかった。

嫁は相手が警察の人らしいと悟っただけで顔色を変えていた。

「三郎が、何かしたかね」

客より先に訊《き》いた。

そして客から話を聞くと、動転した。

「ええ、病院にいるだか、怪我《けが》しただか。なんでだね」

チヨはようやく嫁が見知らぬ男と話しているのに気がついたが、訝《いぶか》しくも思わなかった。チヨの耳は、この一年で更に遠くなっていて、聞こえないことにチヨ自身もうすっかり馴《な》れてしまっていた。

客の帰った後、嫁はチヨの傍に来たが、チヨが機の中で梭《ひ》を持ち上げるのが精一杯でいるのを認めると、考え直したのかバタバタと家から外へ飛び出して行ってしまった。

チヨの家には、電話がない。

中島で電話のない家は数えるほどしかないのだが、チヨと嫁が機織りして暮すだけの日常では、そういう便利なものも必要がないのだった。

チヨの嫁は相談相手として、やはり実家の兄が一番だと思ったに違いない。下福良の家から、大谷瀬と小田林にそれぞれ嫁いでいるチヨの娘たちに、今度は電話で連絡がとられた。姉妹は、互いに連絡を取りあうと、電話ではもどかしくて生家で相談することにした。

「篦棒《べらぼう》なことになったでねか」

「大怪我だっち、死ぬ心配はねべな」

「どげくれの怪我だべ」

「なんで警察が知らせて来ただか」

「三郎はよ、今まで何していただ」

「とにかく箆棒なこどだべ。行方不明だっだがら」

「それでもいざとなりゃ親許《おやもと》に知らせは来るだな」

「おい、怪我の原因っちなんだべ」

二人でどう話しあっても、見当がつかなかった。なにしろこの二人には、あの温和《おとな》しい甥《おい》の三郎が、東京の大学へ合格したときの喜びと期待以外に何も知識がなかったのだ。弟の嫁から、三郎が暴力学生に仲間入りし、警察に逮捕され、保釈された直後に母親の目の前から逃げてしまった話は聞かされていたが、なぜ東京で大学生という結構な身分の若者たちが、ヘルメットを冠って暴れまわるのか、まるきり理解がつかなかった。説明した三郎の母親さえ、見たことは話せても、なぜそうなったのか分っていなかったのだから無理もなかった。

「お婆《ばあ》に、話すべか、どげすべ」

「話しても、分らねっち、どげするわけにもいかねべ」

三郎が逮捕されたときは興奮のあまり、娘はチヨに大声で事件を告げたが、チヨにどのくらい理解ができたものか。あのときも今度も、チヨに告げるべき嫁も娘たちも、どういうことから三郎がそんな集団に入ってしまったのか分っていなかったのだから、いざり機の中で小さく坐《すわ》っているチヨを眺めるばかりで、二人の娘たちは溜息《ためいき》をつくだけだった。

チヨの嫁は、実家の兄にまた頼んで一緒に上京してもらった。三郎の怪我は予想以上で、眼をあけても母親や伯父の顔が分ったかどうか。

「鉄パイプでそっちこっち撲《なぐ》られたっち話だがら」

「鉄パイプって、なんだべ」

「鉄の棒のこどだべか」

「なんで三郎がそげなもので撲られただ。警察にか」

「いや、警察の話じゃ仲間同志のもめごとだっち」

「篦棒なこどでねか」

「犯人は分っちているだかね」

「それが分らねと警察が言うだがら」

「篦棒だな、警察が犯人は分らねっちか」

チヨの娘たちは目を剝《む》いたが、嫁は両手で顔を掩《おお》って泣き出した。

「俺は犯人なぞどうでもえだがら、三郎が死なねでくれたら、それでえだがら。もう会えねかと思うときもあっただがよ、ともかく生きていただがら」

チヨの娘たちもそれぞれ子供を持っていたから、親の気持は痛いほどよく分った。

黙って、連れ立って帰るとき母親の様子を見ると、チヨは緩慢な動作でいざり機を這《は》いおりて、テレビのイヤホーンを耳に込め、テレビのスイッチを入れていた。娘たちが来ていることにも無関心なようだった。

カラーテレビで芸人がドタバタ喜劇を演じるのを、目を細めて見入っているチヨを、二人の娘はしばらく立ったまま眺め、

「お婆は天下太平だな」

「んだども、テレビは年寄りには俺だちより面白えかもしんねぞ」

「んだな、俺だちのお婆は何の楽しみもなくって、糸とりしてだがら」

「それも木綿綿でよ、うどんみてえな糸とってたべ」

「思い出すなあ。あの齢におっ母もなってるだがら、俺だちもいい齢だべ」

喋《しゃ》べりながら外へ出て、二人の娘は中島の外で東と西に別れるとき、チヨの嫁いびりもテレビを見ているときは鎮《しず》まるようだと噂《うわさ》しあった。

「三郎のこども近頃はあまり言わねと言ってたな」

「惚《ぼ》けてきただべ。あげに怒り狂うこどを思えば、なんぼかましだ」

「嫁も同じこど言っちったがよ」

チヨの嫁は、三郎の入院費という当面の目標額があったので、いつまで泣いてもい

られなかった。毎日、せっせと機を織り、ときどき顔がむくんでくるほど夜なべ仕事をした。紬《しま》は、織れば飛ぶように売れる時代であった。結城の歴史が始まってから、こんな景気のいい時代はなかったと、織物指導所に集る古老たちは言いあった。他地方がやっているような機械化や量産は極力避けて、やはり結城は手織り紬の伝統を遵《じゅん》守《しゅ》しようと、彼らは肯《うなず》きあった。

チヨの嫁が織って届ける紬は、他の誰の紬とも同じ扱いを受けて検査所に運ばれ、質、幅、長さ、打込みなど定められた基準にてらし厳重な検査を受ける。検査員は拡大レンズを覗《のぞ》きこんで細かい絣目がズレを起していないかどうか調べる。

チヨの嫁の仕事ぶりが少し荒っぽくなっていることに気がついている検査員はいたが、不合格にするほどの欠点ではないので、合格検査之証というラベルがぺたりと貼《は》りつけられる。重要無形文化財指定品という証紙も貼りつける。事々しく割印が押される。割印の文字は本場結城技術保存会之印というものである。

チヨの嫁は、織った紬とひきかえに新柄に染めた糸を貰《もら》って帰る。若い指導員が、筬《おさ》通しや機巻きを必ず手伝ってくれる。馴れたもので仕事は手早かった。

「三郎が怪我したって噂《うわさ》だがよ」

「ああ、大怪我してよ、まだ病院だが」

「どげして大怪我になっただね」

「俺もよく分んねだ。お前と同じように町に残した方が良がったとそればかり思ってるのよ」

「俺は能なしだがら田舎に残ったたっち、三郎は出来たがら、羨《けな》るがっていたっちが、近頃はおかしげな噂べ聞くからよ、心配してたんだわ」

「ありがとよ。俺も一時は目の前まっくらになったけど、病院にいても行方不明よりやましだがら。居場所が分ってるだけでもなんぼか安心だ」

「そげなもんかね」

「ああ、そげなもんだ」

「三郎は病院出たら大学に戻るかね」

「さあ、俺は帰ってもらいてえと思っているがね」

チヨの嫁は、相手が三郎の幼馴《なじ》染みであるので、手先を忙しく動かしながらも、他人には滅多に洩《も》らさない話をしていた。本当に、何も東京の大学なんぞへ行かせることはなかったのだ。この若者のように織物指導所に勤めてくれていれば、そしてこうやって本当の親子二人で機巻きをしているのであったならば、どんなに幸せだったろう。

いざり機から不意におりてきたチヨが、大声で叫んだ。

「三郎、三郎でねか。やれ、いつ帰っただ」

織物指導所の若者も、チヨの嫁も仰天した。チヨは目まで耄碌《もうろく》してしまったのだろうか。若者の顔を穴があくほど見詰めて、

「三郎、俺は待ってたぞ。東京べ行っだまま何も言わねでよ、帰らねがったのは何故《なぜ》だと思ってよ、なに帰らね筈《はず》はねと思っていたのよ。そっちこっち、おかしげなこと俺に言う者があったが、お前のおっ母まで俺を虚仮《こけ》にして妙なこどべ言っちったが、俺は三郎が帰って来ねえわけはねと思ってたのよ。さあ、温け飯でも喰えよ。俺が久しぶりで炊《た》いてやるべ」

「お婆、お婆。俺は三郎でねっち」

「なに」

「俺は三郎でね。よく見れって、俺は三郎でねがら」

大声で耳の傍で若者が叫ぶと、チヨは目を眇《すが》めて相手を見てから、

「お前も俺を虚仮にすっか。箆棒なこどを言うものでねぞ」

叱《しか》りつけて厨《くりや》へ行ってしまった。

チヨの嫁も茫然《ぼうぜん》として、やがて、

「三郎とは顔も形も何も似ていねえに、お婆は近頃勘違いが多くなったっちが」

と、織物指導所の若者に愚痴をこぼした。

「俺が三郎に見えるとはな。お婆は幾つになる」

「齢《とし》きくとよ、忘れたっち言うがら」

「自分の齢も忘れるぐれだら、孫の顔も見忘れて無理ねがな」

「それでも三郎だけは目ン中入れても痛ぐねほど可愛《かわい》がっていだがら、お前と三郎を間違えるのは、よっぽどだなあ」

筬通しは入念な作業だが、機巻きは男の方の力仕事だ。若者が機《はた》ぐきをはさみながら強くひっぱり巻きこんでいくのを、チヨの嫁は櫛《くし》に似た器具で糸のもつれを防ぎながら手伝う。

「お婆は、ときどきああなるかね」

「いや、ここんとごずっとだべ」

「えれえこどだな」

「なに、俺の若えときはいい姑《しゅうとめ》だったがら。俺も齢とればあげになっかと思って見てっがら」

若者はチヨの嫁の覚悟の前で声を失っていた。

チヨは三郎のために飯を炊くといっていたが、この家ではもうずい分前からプロパンガスを使って煮炊きをしている。薪《まき》もなかったし、竈《かまど》もないのだ。チヨは随分うろうろしたことだろう。しかし、鍋釜《なべかま》を探し、米のありかを探しているうちに、チヨは孫の三郎が帰ってきたことを忘れてしまっていた。それよりも食器棚の片隅から、古い皿小鉢を見つけ出すと、嫁に来たばかりの頃を思い出したのか、それを茶の間に並べて遊び出した。

織物指導所の若者が帰ってから、嫁はチヨの様子を見て、のんびりと食事の支度にかかった。電子ジャーを使っているから、夕飯にわざわざ飯を炊く必要はないのだった。台所の棚にはインスタント食品が沢山詰っていた。その中からラーメンを取出すと、嫁は自分の分はそれを鍋で温め、チヨにはジャーから白い飯を茶碗《ちゃわん》に盛って、

「おっ母、飯にすべ」

大声でチヨを呼んだ。

チヨの惣菜《そうざい》は相も変らず干納豆であった。干納豆は堅いものだが、チヨは平気で食べた。嫁はラーメンをすってから、あと一膳《ぜん》だけラーメン汁と佃煮《つくだに》で飯を食べた。二人とも黙っていた。嫁にはチヨに話すことがなかったし、近頃は怒鳴るような声でなければチヨには話が聞こえない。やっと聞こえてもチヨは意味をとり違える。だか

ら嫁は喋べることを諦《あきら》めていたし、チヨも食べている間は、昔のような賑《にぎ》やかさがまったくなくなっていた。

食事が終ると、嫁はチヨの小さな躰《からだ》を抱きあげてテレビの前に坐らせ、するとチヨはイヤホーンを耳に差込む。番組の選択は、もっぱら嫁の方でするようになっていた。チヨは何であってもテレビの画面さえ見ていれば楽しい。

平穏な毎日が過ぎていた。チヨは孫のことはもう口に出すこともなかったし、嫁の悪口を言いたてて狂いまわることもなくなっていた。ときどき娘たちがチヨの様子と三郎のその後を尋ねて中島に出かけてきたが、チヨは娘たちの顔を見ても、ぼんやりしていて懐《なつか》しそうな顔もしない。

大谷瀬に嫁にいった娘が、チヨの肩を叩《たた》いて、

「おっ母、しばらくだな」

と耳許《みみもと》で叫んだとき、チヨは不審そうに娘の顔を見て、

「お前は誰だ」

と訊いたものだ。

「やれ情けねな、おっ母。娘の顔まで忘れだっちか。俺はお前の娘だぞ」

チヨは、まじまじと顔を見てから、喉《のど》の奥で笑った。

「俺を虚仮《こけ》にするでね。俺の娘はお前のような年寄りでねっち」

嫁は小姑《こじゅうとめ》に、いつぞやの織物指導所の若者がすっかり三郎と間違えられた話をした。娘たちは笑いながらも薄ら寒い思いをして帰って行った。

暑い夏が来ていたが三郎はまだ帰らなかった。チヨの食欲《しょくよく》は落ちていないのに、躰は暑さにまけているのかいよいよ小さくなり、近頃はテレビを見ていても眠りこけてしまうことが多くなった。嫁は、温和しいチヨが却《かえ》って悲しくて、前よりまめまめしくチヨの面倒を見るようになった。チヨは、嫁の言いなりに、床が敷かれれば眠り、朝は嫁が起きろと言うまで横になっている。機織りは滅多にしなくなったが、嫁は日に一度はいざり機の中にチヨを入れて腰かけさせた。

眼が開いていても眠っているようなチヨの日常が、突然異変を来したのは、三郎が帰ってきたときだった。チヨは、その日も機の中でぼんやりしていたのだが、庭の向うから男の姿がぴょんぴょんと飛ぶようにして入って来るのを目でとらえると、小さな眼を、かっと瞠《みひら》いて、息をこらした。

「やあ、お婆。達者かい」

三郎は三年ぶりに生家に帰って来て、何より会いたかった彼の祖母に、子供の頃と同じ素直で明るい笑顔を向けたのだが、チヨはいざり機の中で足を踏んばって立上ると、叫び出した。

「お前、また来たな。しょうこりもなくまた来やがったな。今度は家には入れねぞ。お前のような疫病神《やくびょうがみ》を、この山本げに入れてたまっか。お前をこの家《げ》に入れてっからだ、俺げがえれえ目に遭ったのは。帰れ、帰れ。帰れよ。帰れっちに」

　三郎も驚いたが、嫁はもっと驚いた。嫁にはチヨの言っていることが皆目分らなかったし、何より待ちに待っていた筈の三郎が帰って来たのに、家に入れないとか帰れとか言うのが理解できなかった。

「おっ母、何を言ってるだ。三郎が帰って来ただぞ」

「なに」

「三郎が、帰って、来だっちに」

「なに、三郎だ。こいつが三郎か、ばかこけ。こいつは重田って野郎だっち。俺は忘れたことがねがら。こいつが尋ねて来てから、お父も三吉もえれえ目にあっただ。やい、入るなっちに。帰れ、帰れ、帰れッ」

「おっ母、間違えるな、これは三郎だっちに。よく見てけれ、ほれ、三郎だべ」

　嫁はチヨの躰をいざり機の中から抱き上げて、縁側に坐らした。

「なにが三郎だ。俺の孫はよ、五体満足に生れて来ただがら。あいつは右の足が、首から先なぐなっていただがら」

「お婆、あいつって誰のこどだい」

三郎もチヨの言うことが分らないから、驚きがすぎると、チヨの心の中を覗《のぞ》きこもうとした。

「お前のこどでねか、図々《ずうずう》しい野郎だな、まったく」

「右の足が、首から先なぐなっていたって言ったな、お婆」

「ああ」

「俺は、左の足がひん歪《まが》っただけだぞ」

三郎はズボンの裾《すそ》をやにわにたくしあげて、チヨの目の前に突き出してみせた。傷の上にまだ繃帯《ほうたい》はまいてあったが、足首はたしかに無事であった。チヨは泳ぐようにして縁から下に飛びおりようとしたので、嫁が慌てて抱えおろした。

「よし、俺が見てやっから。足さわらして見ろ。どんなに化けても俺の目はごまかせねっち」

チヨは三郎の足許《あしもと》に這《は》って行き、三郎の両方の足を撫《な》でまわした。

ふいにチヨは泣き声をあげた。

「三吉よオ、お前はやっぱり生きて帰ってきただなあ。俺は言ってただ、三吉は死んでね、三の字がついてるがらと言いはってだがら」

三郎の脚にしがみついて泣き続ける。嫁も三郎も途方に暮れて顔を見合せた。

「お婆はいつからこげなことになってただ、おっ母」

「一年ぐれ前から急にひどくなってよ」

「ふうん」

「近頃じゃ自分の娘も見忘れてるだがら」

「そんなになるものかね」

「何もさせねでテレビばっか見せてたのが悪かったかとも思うけどよ、なんせ齢だべ」

「ああ、びっくりした。家に入るなと言われたときは驚いたなぁ」

「んだべ、俺もどげするべと思っただがら」

嫁と孫の会話はチヨには聞こえなかった。チヨは涙をふくと、たちまち機嫌を取戻し、

「おい、三吉に飯喰わしてやんべ。戦争で、ろくに飯喰ってねだがら。よし、俺が炊いてやっから待ってろ」

チヨは嬉々《きき》として台所へ、思うように早く足が動かないのでもどかしげに、両手を

前に突き出して行ってしまった。

「三吉と言ったな。お父と俺と錯覚してるんじゃないのかな、あれは。お父が戦争から帰ってきたときと錯覚したんだよ、きっと」

嫁は三郎の口から戦争という言葉が出たので、ぎょっとしていた。チヨがテレビを見ながら、戦争だ、戦争だと言っていたのを思い出していたからである。

「大丈夫か、お婆は」

「うん、大丈夫だが、飯の支度はするべ。何が食べたいね」

「干納豆だなあ」

「へえ、妙なこど言うでねか」

「東京じゃ干納豆は売ってないんだ。懐かしいんだ、きっとふるさとの味って奴《やつ》だろ」

三郎が、初めてにっこり笑ったので、嫁はその場に崩れてしまいそうになった。大怪我をして、足を十何カ所の骨折をしたのに、とにかく繋《つな》ぎあわさって、こうしてともかく家に帰る気を起してくれたのだ。嫁は台所へ駈《か》けて行きながら涙を押えた。

四

「心配するな」

と、三郎は伯母に言った。

「そういうわげにゃいがねっち、お前のおふくろは病気でねか。お前のこど心配して、それで躰《からだ》悪くしただがら」

「そんな理屈なら、俺が帰って来たら癒《なお》る筈《はず》じゃないかよ」

「気張ってたがら、がっかりして倒れたでねか」

「まあ、内臓疾患は長引くからな」

「それにお婆《ばあ》の様子を見ろ。心配しねでいられっか。あの家にいだら誰が飯喰わせるか」

大谷瀬に嫁いだチヨの娘は、機《はた》織りの腕を見込まれて良縁を得ていた。甥《おい》の三郎とのこういう会話もいざり機の中で絶えまなく手を動かしながらであった。

三郎の母親は、秋に入って急に具合が悪くなり、ある日、台所で倒れ、意識不明になった。結城にある病院に運んで治療してもらっているが、貧血がひどい。腎臓病であることも分った。意識はすぐ戻ったし、もう重態とはいえないが、当人は無気力になっているし家にいつ帰れるか目途がたっていない。

チヨがあまりに老いているので、チヨの娘たちは嫁のいない家に耄碌《もうろく》したチヨを一人にするのが心配だった。三郎がどれくらいチヨの面倒を見るか、安心がならなかったのである。姉と妹は話しあって、ともかく大谷瀬の方でチヨを預り、しばらく様子を見ることになった。この家では舅《しゅうと》も姑《しゅうとめ》も、もう亡《な》くなっていたし、夫は物分りがいい。結城の家々では女が一家の中心の働き手であったから、男の方にあまり封建的な考えがないので、こういうことが他の地方ほど難しくない。

しかし、ついでに三郎までチヨについてきて、三度の食事をこの家でしている。家の中が賑《にぎ》やかになったから、それは一向にかまわなかったが、伯母にしてみればチヨも心配だが、三郎も心配だった。いったい東京で三郎の身の上に何が起ったのか、どうして学生の身で暴れ者などになったのか。

伯母としては訊《き》きたいことが山とあったが、三郎はその種類の質問には答えなかった。彼はときどき東京へ出かける。そういうときは身内の者がすぐ警察へ連絡することになっていたが、彼は尾行がつくほどの大物ではなかったから警察も動くわけではない。それに三郎もすぐ東京から戻ってきた。ただ、帰ってくるときは必ず古本を何冊も抱えていた。伯母が働いているいざり機のそばに寝そべって終日それを読んで暮す。左手と左足が不自由になっているので、伯母の夫の整経《はたのべ》も手伝うことができないから、誰も彼が働かないことを非難するわけにはいかなかった。

チヨのためには、家の中にテレビが常時つけっぱなしになっていた。チヨはいよいよ小さく、ちょこんと坐《すわ》って、耳にイヤホーンを差込み、テレビの画面から目を動かさない。前はドタバタ喜劇などを見るとひゃらひゃら笑ったものだが、この頃はすっかり静かになった。科学番組でも政治討論会でも黙って眺めている。面白くなくても面白くなくても表情に変りがないようだった。

「テレビっちものはよ、年寄りに一番の慰めもんだべ。テレビがなけりゃ、おっ母はえれえこどだっぺ」

チヨの娘は機織りしながら三郎に話しかけるが、三郎はノートをひろげて丹念なメモをとっているところだったから返事をしない。しかし三郎の伯母は一々返事がほしくて喋《しゃ》べっているわけではないので平気だった。

「本当だぞ。お前を見れば怯《おび》えるだべ。それによ、ふいと飛び出して帰って来ねえのが一番困るだがら。お前のおっ母もさぞ苦労したべと思ってよ。前からちいと妙な塩《あん》梅《べ》だとは見ていたがよ」

三郎は熱心に克明な年表を作成しているところだった。ノートには系図のようなものも書きこんであった。系図と年表を三郎は幾度も照合しては考えこんでいた。

「三郎」

「うん？」

「お前も折角東京の大学まで行って学問しただがら、それを無駄にしちゃなんねぞ。そげに本読んで勉強《べんちょう》するのもえだが、組合にでも勤めたらどうだ。お父が口きいてみべと言うちっちがね」

「組合が、俺を傭《やと》うかなあ」

「なに、働く気せありゃあ、帳簿づけでも、なんでも傭うべ。検査員もよ、数が足んねと言ってるがらよ。お前も家でぶらぶらしてるより、働きてえと思ってるだべ」

「働きてえか、ねえ」

三郎の生返事に対して、伯母は梭《ひ》を振りあげ、力強く振りおろしながら、

「そげこどだ。人間は生きてる間は働かねば、お天道《てんとう》さまに申訳ねべ。俺だちは若え頃にゃあ、おっ母から来る日も来る日も同じこど言われたもんだ。耳うるさく思ったこどもねえこだねがよ、年とれば本当だと思うこどばかりだぞ、お婆の言っちっちったこだあ」

声も調子もチヨが中年であった頃と、そっくりになっていたが、三郎は聞き流して部厚い本の頁《ページ》を繰っていた。

三郎の就職は、しかしチヨの娘の思うようにはいかなかった。織物組合では、三郎

が過激思想の集団に属していたことを怖《おそ》ろしがった。組合内部のごたごたが折角おさまって平和に運営されているところに、アカを傭うわけにはいかないと、はっきり拒否されてしまった。組合から出した奨学金がまるで無駄使いされたわけだのに、その上働かせてやるほど俺たちは人は好《よ》くねえぞと開き直る人々もいた。そう言われてみれば、まったくその通りだから、伯母夫婦は溜息《ためいき》をつくばかりだった。それにしてもチヨだけならともかく、三郎まで厄介者になって大谷瀬に居ついてしまうのは迷惑な話だった。

「三郎よ」

「なんだ」

「お前、いつまでそげに本べ読んで暮す気だ。お婆は俺の親だっち、俺は次第によっちゃ死ぬまで面倒見る気だが、お前は怪我《けが》べしても命は無事で、若えだがら」

「働いて金を稼げって言うのか」

「んだ」

「まあ待ってろよ、今その準備をしてるとごだから」

三郎は明るい声で笑った。チヨの娘は、耳を疑った。三郎が笑うことが不思議だったし、怪我して以来というもの三郎には幼いときにあった明るさが失われているように思えていたからである。

まあ東京で学問したのだから、したただけのことはあるのだろう。大学へ行ったことのない人間は、働くと言えば躰を動かすことしか考えないが、やっぱり三郎は違ったものだ。チヨの娘は機織りしながら三郎の言葉を頼もしげに聞き、その準備というのが、何の準備であるのか、さして深く考えることもなかった。

だから三郎が、不自由な躰をきしませながら、シャベルを担《かつ》いで八尺堂の裏手の土を掘り始めたとき、チヨの娘たちは仰天した。大谷瀬から三郎が動かなかった理由がようやく分ったのであった。三郎の伯母の嫁いだ家と、八尺四面の観音堂とは目と鼻の距離にあった。三郎はまだ残暑の去らぬむし暑い日も、朝から出かけ、昼は泥だらけになって帰って来る。チヨの娘は、この甥を、薄気味悪く迎え入れるしかなかった。

「三郎よ」

「うん？」

「お前、金掘《かねほ》り始めたな」

「ああ。やっぱり力仕事は躰にええな。飯が旨《うめ》え」

「冗談言うでね。何を篦棒《べらぼう》なこどすっか。お前のお父が、どげな死に方したか話してやっか。お前のお爺《じい》が、どげして死んだか聞かしてやっか」

「知ってるよ、俺は」

三郎の表情は、あくまでも明るいものであった。

「俺のお爺も、俺のお父も、戦争から帰って惚《ぼ》けてしまった。それで埋蔵金を掘ったという話だろう。家では誰も喋べらなかったが、俺は小さな頃から耳にタコが出来るほど聞かされていたからな。小学校にはいじめっ子がいたからな、親から聞いた話を俺の耳に吹っこむのよ。おかげで俺は小せえ頃は、肩身をせまくして暮していた。小学校でも中学でも大きな声一つたてることができなかった。みんな俺のお爺や、俺のお父を碌《ろく》でなしの恥さらしみてえに言ったがらな。俺も、ひょっとしてお爺やお父みてえになっては大変だと思ったりしたものよ」

「そげに分ってりゃ、なんで今になって掘るだか」

「俺の考えが変ったのは病院でだった。鉄パイプで叩《たた》きのめされて、てっきり死んだと思っていたのが、息を吹き返したときだな、きっと。今から思えば、あんときだ、うん」

「どういうわけだ、そりゃあ」

「人間は一度死ぬとよ、あとはやけに美しいものが好きになるんだ。お爺も、お父も、それだったのでねべか」

「金掘りが、なんで美しい。馬鹿《ばか》こくな」

「ひょっとして出るかもしれねえ、いや、万に一つも出ねえ埋蔵金だ。それを掘るというのは、お伽噺《とぎばなし》だぞ。そう思わねえか」

「何がお伽噺だ」

「埋蔵金は浦島太郎の龍宮城《りゅうぐうじょう》なんだ。桃太郎なら鬼ヶ島だ。裸の王様が着たがった目に見えねえ織物は、結城紬よりファンタスティックじゃないか。お爺も、お父も、それに熱中したんだ。俺は、はっきり理解したのよ。金掘りは恥でも何でもないんだ。日本の現状で資本主義や米帝の侵略と闘うより、もっと純粋に理想的な闘争なんだ。ユートピアを探究することだからね」

「何を寝言みてえなことを言うだ、三郎、よさねえか」

「よさねえ。俺はお父がやったようにィ、機械で大仕掛けにするのはァ、好みじゃない。科学万能主義の時代は終ったのだしィ、科学でお伽噺に挑戦するのはァ、滑稽《こっけい》なわけだ。だから俺はァ、お爺がやったようにィ、一人でエ、この腕でやるつもりだ。お爺は工兵だったからァ、穴掘りは旨えものだったたってなあ」

「三郎」

「俺は片手の骨が一度は粉々になっている。足はこうなった。条件はお爺より箆棒に悪いが、それだけ幻想的にやれるんだ、うん。それに」

三郎は演説調から急に声をひそめると、血の繋《つな》った伯母に向って、悪戯《いたずら》っ子のように可愛《かわい》い眼をして言った。

「ひょっとすると掘り当てるかも知れないんだぜ、埋蔵金を、さ。うつぎ観音は、文字通り穴だったたんだ」

それから三郎は大真面目《おおまじめ》で、自分のノートをひろげ、伯母に講釈をして聞かせた。

それは三郎が幼い頃、母に手をひかれて大谷瀬の観音詣《もう》でをしたときの記憶から説き起こされた。それは結城百万石の城主十六代政勝が建立《こんりゅう》した慈眼院という宏大《こうだい》な結城家の御廟《ごびょう》の遺跡である。慈眼院が廃寺になり、結城家の数ある墓も今は台石が土にのめりこみ、墓石はその上で倒れて雑草に包まれている有様だが、参道入口とおぼしきあたりにはうつぎの老木がおどろおどろとした姿で枝葉をしげらせている。観音堂はそのすぐ傍にあった。昔からこの地方では耳を患《わずら》った者が病気全快を祈願する土着信仰の対象になっていた。願うときも、黄金色の籾殻《もみがら》をうつぎの根元にまいて拝み、癒《なお》ったときも黄金色の籾殻を願ったときの倍も三倍もうつぎの根にまいて礼を言う。三郎は、チヨの耳が遠くなったとき、母親に連れられて観音詣《まい》りをしたのでよく覚えている。「朝日さす夕日かがやく三つ葉うつぎのその下に、黄金千杯、朱千杯」という文句も、いつの間にか覚えていた。その文句を唱えると、効きめがあらたかになるのだろうと、幼かった三郎は何度も何度も、意味も考えずに唱えたのだった。

今では三郎はうつぎが空木という文字を当てることや、ユキノシタ科の落葉灌木《かんぼく》であることも知ったし、幹が中空なのでそういう名がついたことも知った。材質が固いから木釘《きくぎ》に用いることも、枝葉の煎《せん》じ汁が黄疸《おうだん》に効くことも知っている。この木の花を、卯《う》の花と呼ぶことも。

「耳が遠くなるのは、今なら耳鼻科へ行けば原因はすぐ分るがよ、昔は耳に何か詰ったから聞こえねえと思ったんだろうな。だからうつぎの木に頼めば、うつぎのように中が通ると考えたんだろう。それで民間信仰が生れたんだ、きっと。信仰に古歌を托《たく》したのは伝承として最高だったな。朝日さす夕日かがやくというのは日本全国の埋蔵金伝説に付きものの上の句なんだがよ、三つ葉うつぎのその下に、というのは憎い文句だよ。うつぎというのは中は空っぽだという洒落《しゃれ》だからね、その下掘っても何も出ないという歌さ」

「それだけ分っていて、なんで掘るだ。篦棒でねか」

「俺も最初は洒落に挑戦してみようかと思ったんだが、しかし変だと思うのは、中は空《から》だということを、どうしてこの土地の人間に呪文《じゅもん》のように唱えさせていたのだろう。

まさしく支配者の智恵《ちえ》だったんじゃないか。空だ、空だと聞かされれば、誰も掘る者はないだろう、そう思って、耳の病気とあの歌を繋ぎ止めていたのじゃないのか」

「それは三郎の考え過ぎだべ。その証拠には掘った人間がいただがら」

「明治の始だな」

「そういう話だっち」

「あれはしかし、墓地の外と、墓地の真ン中の二カ所だからな。どちらも間違っていたのさ」

孫の三郎と娘との会話を、チヨは耳にも止めなかった。彼女の片耳には相変らずイヤホーンが差込んであったが、近頃は音量をボリューム一杯にあげても、チヨの耳にはさらに遠くなっていて、チヨはときどき眼を閉じて眠っていた。耳が遠くなっただけ、目のほうも見えるものがおぼろになっている。若い頃の泣き虫だったチヨも、三吉が帰るまで怒って暮していたチヨも、今はすっかり別の人だった。

朝早く、三郎はシャベルを抱えて家を出る。三郎の従兄弟《いとこ》たちが、それぞれ学校や勤め先に出かけるのと殆《ほと》ど一緒に家を出て、彼らと賑やかに語らいながら遠ざかって行く。埋蔵金を掘るときめてから、三郎は明らかに朗らかな心を取り戻した。大怪我をした不幸な肉体をひきずって歩いていることは忘れているようだ。

チヨの娘は溜息をついて見送り、夫に訊く。

「どげすべ」

「どげすべったっち、お前、どげすっこどもできるめ」

戦争に出かけた経験のある男は、三郎が祖父をも父をも理解して、自分も同じ道を歩くと宣言したのを妻から伝え聞いていたから、醜い躰を持つ義理の甥に、意見する気も起らないようだった。

三郎はシャベルを右肩に担《かつ》ぎ、左足をひいて、だから全身は激しく左右に揺れて歩いていた。歩くより、片足で飛んでいるように見える。そして間もなく大谷瀬の観音堂の前まで来ると、肩からシャベルをおろし、両手を合わせて祈願する。ときどき音をたてて柏手《かしわで》を打つこともあった。拝んでいる相手が神なのか仏なのか、三郎自身はよく分らない。

彼が掘っている場所は、観音堂のすぐ後である。三郎は埋蔵金の発掘が、これまではいつも墓地や宅地や古井戸に狙《ねら》いがつけられていたのを盲点だと考えた。神仏に対する懼《おそ》れからか、かつて祠《ほこら》や堂宇の下が掘られた例がなかった。墓ならば他人はあばけるのに、神の存在するところは手をつけない。それこそ巨額の黄金にとって格好の隠匿《いんとく》場所ではないか。

三郎の父親は小田林の金光寺を掘ったが、そのときも山内の神明神社は的から外していた。しかし三吉が死んだあとでは誰言うとなく、それは神罰だったことにされてしまっている。

三郎は神罰を怖れていない。近頃は神仏への畏敬《いけい》の念が一般に薄れている証拠に、うつぎの根元にまいた籾殻が黒褐色に変色している。少くとも三郎が子供の頃は、新しい籾殻で辺り一面が黄金色に輝いていたものであるのに。三郎は、神仏の存在はとっくに否定して極左暴力主義に走った若者であったけれども、老人の決して減っていない田舎で、医学が難聴を解決した筈もないのに、うつぎの下に籾殻が滅多にまかれなくなっている時代は好ましく思えなかった。

三郎が、いきなり八尺堂を壊さずに、少し遠くから掘り出しているのは、幼い日の記憶を守りたかったからである。チヨの耳が遠くならないように、母親と一緒に合掌して観音さまを拝んだのが、三郎には懐《なつか》しい。三郎は、竪穴《たてあな》の中に入ると、シャベルを土に突きさし、丈夫な右足でシャベルの肩を叩いて掘った。一時間もすると、彼の全身は汗でぐっしょり濡《ぬ》れた。掘り出した土を穴の外に掻《か》き出す作業が、また一時間。三時間すると、三郎は口もきけぬほど疲れはて、這《は》うようにして伯母の家に戻ることになる。泥だらけの手足を洗って台所へ顔を出すと、伯父と伯母が、黙って飯をよそってくれた。

三郎は、がつがつと飢えてでもいたように盛大な食慾《しょくよく》をしめす。伯父は箸《はし》をおいて出かけてしまう。伯母は、チヨのための茶碗《ちゃわん》や箸を置き直しながら、怨《うら》めしそうに三郎の横顔を見守っている。

「水が湧《わ》いたらこどだっち、気をつげろ」

「うん」

「腹痛《はらいた》おこしても、すぐ帰《けえ》って来いよ」

「うん」

「飯は旨えか」

「うん、旨えなあ」

「少し休めっちに」

「いや、休めねえな」

食事が終るときには、三郎の疲労は回復している。三郎は煙草《たばこ》も吸わなかったし、他に趣味は何もなかった。子供の頃は絵が好きだったが、大学の芸術学部デザイン学科に入った途端から、色彩や形象よりも、大学紛争の方に興味が傾いてしまったのだった。学生運動の中で、三郎は喉《のど》が裂けるかと思うほどシュプレヒコールもやったし、インターも唄《うた》った。祖父も父も埋蔵金探しで死んだということなど誰も知らない環境だった。東京に集ってきている若者たちは誰も、暗い過去をひきずっていない。彼らは恐怖すべき未来に向って、楽天的にただまっしぐらに走り出す。

三郎はその仲間に入ったのだった。

彼は、そうした青春が終ったのを病院のベッドの中で悟ったつもりだったが、自分が再び同じものに向って突進していることには気がつかなかった。

午後三時過ぎると、彼の肉体は午前中とは較《くら》べものにならないほど疲れ果てる。彼は祖父の若い頃とは似ても似つかないひ弱な躰の持主でありながら、祖父が持っていた穴掘りの技術さえなくて、ただやみくもに掘っているのだから、疲れ方は尋常ではなかった。穴の中で失神し、怪しんだ伯母たちが日暮れに覗《のぞ》きにきて助け出すことも一再ならずあるようになった。

チヨの娘二人が口を酸《すっぱ》くして意見をしたが、三郎は留置場で完全黙秘している学生のように答えなかった。それどころか彼の頬はこけ落ちて眼つきまで尋常ではなくなっていた。

「狐憑《きつねつ》きみでな顔になったでねか」

「俺だちのお父も、あげな顔してだべか」

「あの躰でよ、掘り続けだがら。昼は俺がうるさく言うで飯のあとはぐっすり眠るようになったがよ」

「お婆と同じだな、昼飯の後で眠るだら」

「んだ、それで夜は眼がさめてよ、それでまた出かけるだがら、箆棒なこどだっち」

「おっ母も困ったこどになったたな。俺だちのお婆は、夜中に歩きまわるような真似《まね》は一度もしなかったべ」

「俺だちのお婆は柱の下で糸よりしてべいただがら」

「いつまで機織りさせるのも考えものだな」

「んだ。年相応の仕事してだ方がえだべ」

小田林に嫁いでいる姉娘と、大谷瀬に嫁いでいる妹娘は、本来なら二人の母親の面倒を見る筈の嫁が入院したきりで少しもはかばかしくならないのを愚痴りながら、しかし今のところどうすることもできないと嘆きあった。

「おっ母も長えこたあんめと思うが、この夏の暑さはこたえたようだ」

「この夏はたまんねがっだ。俺だちでもえれえと思っただがら」

「秋に入って、大分鎮《しず》まったなあ。夜も少しは眠るがら。なんだア、テレビは二時や三時になると番組がなくなるがら、お婆も退屈するだべ」

「三郎も困ったもんだな」

「んだ。お婆一人でも大変だが。三郎がお婆の面倒みれるなら助かるだが、それが逆だがら」

「子供の頃にゃ、あげに可愛がっていだのが、妙だな」

「俺だちの方の孫には目もぐれながったによ。今は何もかも逆だな。一つ家の中で、お婆と三郎と同じときに飯も喰わせられねだがらよ」

「弱ったもんだな」

「弱ったもんだ」

小田林の姉娘の家には一人の病人をかかえていた。姑がリュウマチで寝たきりになっている。貧血症が近頃の農婦たちの慢性病かと思うほどで、どこの家にも病人が多い。小田林では、実の母親を妹に押しつけたような塩梅《あんばい》になっているのを済まないと思っている。

しかし、どうすることもできなかった。

うつぎ観音の後の穴は、もう随分深くなっていた。姉娘は大谷瀬からの帰り道に、その穴を覗きに行った。

太い柱で櫓《やぐら》が組まれ、太いロープで縄梯子《なわばしご》が作られている。穴のふちは土が盛られて、いよいよ穴の中を暗くしていた。今では掘ること以上に、掘った土を外へ運び出す作業が大変になっている。

「三郎、三郎」

穴の底から返事がない。

「三郎、俺だぞ、小田林の伯母だぞ。また疲れてぶっ倒れてるでねか。三郎、やい、返事せねば、俺が降りでぐぞ」

やがて三郎が、縄梯子を片手と片足で器用にたぐりながら上って来て、伯母の存在をまったく無視したまま、背負っていた土袋を外へ落し、自分も袋の方へ飛び降りて、袋の中身を空け、またするすると暗い穴の中に降りて行く。チヨの姉娘は、しばらく黙って眺めていたが、やがて諦《あきら》めて我が家に帰って行った。

チヨはこの夏から、昼はテレビの前でも横になって昼寝をする癖がついていた。イヤホーンを耳に差込んだままである。眼がさめると、やおら起き上ってまた画面を見詰める。他には三度の食事を自分の娘にあてがわれるだけだから、することは何もなかった。本当の夜が来ると、チヨはテレビの画面に何もうつらなくなる時間を持て余した。二時間も眠ればすぐ眼がさめてしまう昨今である。やることは何もない。チヨは寝床から闇《やみ》の中でチヨは、鬼怒川がしきりと自分を呼んでいるのを感じた。

這い出すと、呼ばれるままに外に出た。大がい戸口でがたがた言わせている間に、婿か孫の誰かが気がついて引止められてしまうのだが、五度に一度はするりと音もさせずに外へ出てしまう。いや、チヨにはもう日常的な音は何も聞こえなくなっていたし、家の中の若く健康な人々の耳は睡魔によって塞《ふさ》がれていたのであろう。

チヨは家を出ると東へ東へと歩き出す。チヨの小さな躰や、老いた年齢を考えることの出来ないほど達者な早足である。闇の中であるのに、チヨは必ず東へ向って歩く。誰の家に住んでいるのかさえ朧《おぼ》ろになっているのに、方向は決して間違わず、やがて鬼怒川の岸に立っている。上流にダムが出来てから、決して鬼のように怒ることのなくなった細く鋭い水の流れは、夜の中で銀色の蛇のように妖《あや》しく光り、躰をくねらせていた。チヨはいくら眺めても飽きなかった。あるときは川を見詰めて上流に歩いた。また、あるときは川に沿って下流に歩いた。目的がない証拠にはチヨの生れ故郷である小森の集落さえ通りぬけることがあり、チヨの嫁ぎ先である中島の集落にきても足を止めることがない。

暁方《あけがた》になって、ようやく大谷瀬の家でチヨのいないのに気がつき、大騒ぎになることも度々だ。ありがたいことに川べりの道は狭く、ことに夜中は幹線道路と交叉《こうさ》する場所でも自動車の交通量が少いので、チヨは安全だった。さらにありがたいことに結城はひろくなくて鬼怒川沿いに歩く小さな老婆を見つければ、すぐ駐在さんに連絡がいく。

チヨが見つかると、チヨの妹娘の一家は、やれやれと一息つくのだが、

「三郎も、いねえぞ」

と言う日もあって、どうしたことかと観音堂へ走って行くと、三郎が観音堂の下で、莫蓙《ござ》にくるまって眠っていたり、ほの白い朝の光の中で、もう掘り始めていたりする。

「かなわねな、お婆も、三郎も。どっちか一人にしてもらいてえもんだ」

チヨの娘とその一家は、毎日のように愚痴をこぼしたが、二人の癖は改まるどころか、どちらも知らぬ間に家を出る頻度が激しくなるばかりだった。家の者たちは戸閉りを頑丈にすることに腐心したが、何しろ三郎が先に開けてしまうのだからチヨは苦もなく外へ出られる。冬になれば縛ってでもおかねば仕様がないだろうとチヨの娘と婿は話しあった。しかし年寄りを縛るというのは、あまりにむごく、気のすすまないことであった。よほど寒くなってからにしようと夫婦はそれぞれ心の中でそう考えていた。

ある夜、チヨは川の呼び声につられて外へ出た。曲った腰が、却《かえ》って前へ歩く躰に弾みをつける。チヨはトコトコとまっしぐらに歩き続けて、やがて鬼怒川のふちに立

っていた。川の音が聞こえる。大地が唄うようだ。遠い山から語りつがれてきたもののようだ。チヨは聞こえない耳を傾けて、じっと鬼怒川の水音を聴いていた。若い日の想《おも》い出も、父母の死も、戦争も、すべてが水の音に織りこまれているようだった。

大きな魚が、凄《すさ》まじい音をたてて目の前で跳ねてチヨを驚かせた。

空に満月が輝いていた。黄色い光を浴びて鬼怒川がところどころ赤く照って見える。その一つから、まっ黒な魚が、また跳ね上った。「鯉《こい》さまだ」とチヨは思った。鯉さまが、俺に機嫌よく姿を見せたのか。チヨは小さな眼を凝らして、もう一度魚が姿を見せるのを待ったが、

「あッ」

チヨの前に再び姿を見せた鯉は、勢がなく、塩鮭《しおざけ》のように硬直して、一人の男の手に尾を握られていた。

「やあ、チヨさん」

チヨは顔をそむけたが、すでに見てしまった。片方の足首のない男であることを。チヨは逃げた。川と反対の方角へ逃げた。一目散に逃げたつもりだったが、どこを走っているのか見当がつかなかった。満月はチヨの躰に煌々《こうこう》と光を浴せ続けていた。

チヨが辿《たど》りついたのは大谷瀬の八尺堂だった。チヨはもちろん、そこでかつて溺愛《できあい》

していた孫が埋蔵金を掘っていることなど知らなかった。しかしチヨの幼い頃と同じ佇《たたずま》いを見せている観音さまの小さな堂宇は、チヨの心を充分和ませるものがあった。チヨは一息ついて背後を振返り、もうあの男の影もないことを知ると、懐しそうに辺りを見廻した。

「お婆」

急に声がしたが、チヨの耳には聞こえなかった。三郎が、白いものを胸にかかえて、チヨの前に立った。

「お婆、出たぞ、埋蔵金が」

三郎の気配で、チヨは孫の顔を振仰いで見た。

「見ろよ、ほら、ほら、みんな金だ」

月光を浴びて白いものが、三郎の胸から手へ、そして土の上へこぼれ落ちた。人骨か、獣骨か、チヨの目にも判然としないが、三郎は黄金を掘り当てたと信じているようだった。

「お前、また出たな」

チヨが金切り声をあげて叫んだ。

「お婆、穴の中は、黄金で一杯だ。見に来るか。見せてやろうか」

「お前は、いつまで俺げをうろついて仇《あだ》するだ。俺が逃げてべいると思えば大間違えだぞ」

「何を言ってるんだ、お婆」

「俺が逃げたのは鯉さまに遠慮しだがらだ。もう逃げねぞ。こいつが、畜生め」

「お婆、よせよ。何するんだ」

飛びかかったチヨに、三郎は笑いながら身をよじった。三郎にはチヨの闘志はまったく理解できなかったし、自分が誰と思い違えられているのかわけが分らなかった。三郎は僅《わず》かに正常な判断力の中で、チヨがふざけているのだと思った。三郎が幼い頃、二人はよく縁先の日だまりで、仔犬《こいぬ》のように転げあって遊んだことがあった。

「お婆、よせよ、よせったら。危ねえぞ、穴は深いんだ。落ちたら大怪我だっちに」

チヨは、しかし猛然として敵にいどんでいた。足首のない男に。そして三郎も、平衡感覚を失っているところは、あの男と変らなかった。

三郎が悲鳴をあげた。チヨの猛撃をかわしそこねて穴へ落ちるときだった。あいにく縄梯子は、その先に骨片を詰めた袋をしばって、上へ引きあげたばかりだった。もう一度、地の底から鈍い物音が聞こえた。続いてチヨも落ちたからだった。空の満月には雲一つかかっていなかったが、うつぎ観音堂の辺りにはそれきり何も聞こえなかった。大地はチヨと同じように耳を塞《ふさ》いだらしい。秋であるのに虫の声も立たなかった。

この小説は昭和四十九年一月号から昭和五十年八月号まで「新潮」に連載したものです。登場する人物はすべて創作で、モデルはありません。結城の埋蔵金に関しては、桑田忠親氏の『日本宝島探検』（光文社）と、畠山清行氏の『日本の埋蔵金』（番町書房）を参考にさせて頂きました。

著者

なお本作品中、今日の観点からみると差別的ととられかねない表現が散見しますが、作品自体のもつ文学性ならびに芸術性、また著者がすでに故人であるという事情に鑑み、原文どおりとしました。

（新潮文庫編集部）

解説「それは母よ」

小山鉄郎

有吉佐和子さんは昭和五十九年（一九八四年）八月三十日、五十三歳の若さで亡くなっています。私はその年の春に勤務先の文化部文芸担当記者となったばかりで、取材などでお会いしたことは、残念ながらありません。でも一度だけ、奇妙な体験をいたしました。

有吉佐和子さんというと、この体験を思い出さずにはいられないので、そのことから、この解説を書き始めてみたいと思います。

有吉佐和子さんに『和宮様御留』というベストセラーがあります。皇妹・和宮が徳川将軍家に降嫁するのですが、実はこの和宮が「替え玉」だったという物語。そして替え玉の娘フキも発狂してしまい、さらに「身代わり」になる娘には左手首がなかったという小説です。そしてたぶん昭和五十八年ぐらいのことだったと記憶しているのですが、「和宮」を崇敬する人たちによって「身代わり」ではなかったという短編映画が作られたのです。

当時、私は社会部で、新宿・中野・杉並区を担当する事件記者だったので、杉並区に住んでいた有吉さん関連の取材が回ってきたのだと思います。私もその映画を観《み》ましたが、それには和宮愛用の琴など、多くの遺品が映されていたのですが、その一方で、和宮であることが明確な人の左手がある写真が示されているわけではありませんでした。

そこで、執筆側の有吉佐和子さん本人の話を聞きたいと思い、杉並のお宅に電話をしたのです。電話に出た女性に、当方の職業と名前を名乗ると、有吉さんは不在で、自分は有吉家のお手伝いの者とのことでした。

そのお手伝いさんが、どんな件での電話かと聞くので、『和宮様御留』に対して、和宮には左手首があったという映画ができたので……と話しますと、「それは、あなた」と言って、和宮の左手首がなかったことの理由をその女性が、次々に話すのです。『和宮様御留』のあとがきにも出てくる『増上寺　徳川将軍墓とその遺品・遺体』という徳川将軍家墓地を改葬した際の調査結果を書いた本で、和宮の墓から、左手首が見つからなかったということもおっしゃいました。私も図書館で、その報告本に載っている和宮の遺骨写真などを見ていることを伝えると、さらに詳しくお手伝いさんが説明します。

「あのー、もしかしたら有吉佐和子さんご本人ではありませんか?」と、私は聞きましたが、「いいえ、私はお手伝いの者です」とおっしゃいます。でも「そんなに疑問なら……」と言って、和宮の塑像《そぞう》などを見たらどうかと、和宮像のある場所まで教えてくれました。私はもう一度、「有吉さんでは?」とお聞きしましたが、答えは変わりませんでした。やむなく電話を切ったのですが、たぶん二、三十分近く電話で話していたと思います。

その後、和宮の像を見にも行きましたが、確かに左手は見えませんでした。それが元々、左手首がないのか、十二単衣《じゅうにひとえ》姿ゆえに見えないのか、私にはわからないのですが、でも強い印象を残す、電話取材となりました。

そして、有吉佐和子さんの死から五年後、一人娘の有吉玉青さんが『身がわり――母・有吉佐和子との日日《にちにち》』を刊行して、文筆活動を始めました。今度は、その本で有吉玉青さんにインタビュー、その後もお話をうかがう機会が何度かありました。

ある時、この有吉家のお手伝いさんとの電話の一件をお話しすると、玉青さんは「きっと、それは母よ」と言いました。99・9%そうだろうと、ずっと思ってはきたのですが、一人娘の玉青さんから断定的に同意してもらうと、0・1%のお手伝いさんの部分も消えていきました。有吉佐和子さんは面白い人だなぁと思います。お会いして取材したかったなぁと、つくづく思います。

『和宮様御留』は和宮の降嫁の話ですが、この『鬼怒川』も主人公・チヨの嫁入りから始まっています。有吉さんは嫁入りの物語が好きなのでしょうか。よく知られるように、有吉さんには『紀ノ川』『有田川』『日高川』など、川ものと呼ばれる長編があります。自らの家系である紀州・和歌山の素封家の女三代の物語をたどりながら、明治、大正、昭和の女性の姿を描いた代表作『紀ノ川』も、著者にあたる華子の祖母・花の川沿いを行く嫁入りの場面から始まっています。ですから『鬼怒川』を書く、有吉さんの心にはもちろん『紀ノ川』のことなどもあったでしょう。

「結城と一般に呼ばれている地方は鬼怒川に沿った貧しい農作地帯であった。貧しさを補うために江戸時代に結城の藩主が農閑期の養蚕業と機織りを奨励し、百姓が片手間でごつい指を使って不器用に織り上げた部厚い紬は、却《かえ》って丈夫で長持ちする。江戸に売り出すと評判がよかった」と本書にあります。

チヨはその鬼怒川沿いにある茨城県結城郡絹川村の貧農の娘です。チヨは十六歳にして結城紬《ゆうきつむぎ》の上手な織り手として、評判の少女でした。チヨの兄は日露戦争の旅順口海戦で戦死。そこにチヨに縁談がもちあがり、栃木県下都賀郡絹村の山本家に嫁いでいくのです。

チヨの嫁入り先も豊かとは言えないのですが、でも農耕用の「牛」がいる農家です。しかも結婚相手である三平は、二〇三高地でも死ななかった「日露戦争の勇士」なのです。

そうやって始まる『鬼怒川』は戦争に揺れ続けた、明治、大正、昭和という近代日本の姿をその時代を生き抜いたチヨの生涯を通して描く物語です。明治、大正、昭和という時代を女性の視点を通して描いていくところにも『紀ノ川』などの作品と呼応するものを感じますし、『紀ノ川』の最後にも「増鏡」を華子が祖母の枕辺《まくらべ》で読んであげる場面がありますが、この『鬼怒川』では、チヨたちを神話的なスケールの中に置いて、有吉佐和子さんが物語を書き継いでいるのではないかと、私には感じられるところがあります。

チヨは結城紬の織りの名手ですが、その嫁入りの際に挨拶《あいさつ》に立った絹村の村長はチヨのことを「棚機姫《たなばたひめ》」と呼んで紹介しています。その「棚機姫」が「牛」のいる家に嫁入りする場面から物語が動き出しているのですから、これは「鬼怒川」を天の川と見立てれば、織女が牽牛《けんぎゅう》のもとへ、おもむく七夕神話でしょう。

物語の中でチヨは休まずずっと紬を織っていますし、牛の話は何度も何度も繰り返し出てきます。これは、私の妄想でもないと思います。例えば、チヨが嫁に来て、三十五年、ずっと同じ場所に坐《すわ》り、糸を紡ぎ続けていると、「国家総動員法というのが国会を通過して以来、奢侈《しゃし》禁止令という政令もそれに基いて発布され、皮肉にも七月七日という七夕から実施されていた」とわざわざ「七夕」のことが関係づけられて書かれてもいるのです。

七夕神話は中国から来たものですが、日本では牽牛が天の川を渡っていくのに対して、逆に中国では織女のほうが天の川を渡っていきます。そして「織女」が織物を生み出す人であるなら、「牽牛」の「牛」のほうは農業の象徴です。

牛馬に牽《ひ》かせて田畑を耕す「犂《からすき》」という大陸伝来の農具がありますが、その「犂」の字形の中にもあるように、中国では「牛」は農業の象徴なのです。日本でも天皇が新嘗祭《にいなめさい》などで農業に関わり、皇后が養蚕などで織物に関わっています。ここにも東アジアの七夕神話の広がりのようなものが、私には感じられます。そして、畑を耕して農業に勤《いそ》しむこと、機を織ることは、よく働き、生きていくことの基本なのです。

「うわァッ。うおうッ。ぎゃぁッ。ぐあぁッ。うはは ッ。ぎゃああッ」。よほど恐ろしい体験をしたのか、夫の三平は戦争の恐怖の夢で毎晩激しくうなされます。そして昼間はいつもぼんやり。父親に言われない限りは「一向に自分から働く気配がない」

人間になってしまっているのでした。「しょんね奴《やつ》になったな。前《めえ》は、あげな男でなかったっけが。戦争からこっち、腑抜《ふぬ》けになっちって、おチヨがびっくらこいて、がっかりしてんでねかと俺は心配でなんねぞ」と父親が思うくらいです。

それが日露戦争の戦友が三平を訪ねてきた時に、ガラッと変わって、何かに夢中になっていく。その戦友が残していった埋蔵金探しの話に夢中になっていくのです。三平はついに、山本家で大切な「牛」を売って、埋蔵金探しの資金に充てようとまでします。

「馬鹿こくな。牛が売れっか。誰が耕すだ」と父が言い、三平は「俺は運の強い男だっちに。戦友が言っちったが忘れったか。俺は、やっと働く気になってシャベル買ってきただぞ」と反論します。でも父親は「埋蔵金掘るな働くこどでね。働くっちゃ、土を起して、種蒔《たねま》いて育てるこどだ。足りね分は、紬を織るこどだべ」と言うのです。

この父親の言葉にも、牽牛と織女の労働の大切さが語られているように、私は感じるのです。だが三平は黙って「牛」を売り、埋蔵金探しにのめり込んでいってしまいます。

本作品は当初「黄金伝説」というタイトルで、雑誌「新潮」に連載され、途中で「鬼怒川」に改題されました。「黄金伝説」とは、チヨの夫や、さらに息子、孫までが発掘に夢中になる「結城の埋蔵金」のことです。

結城氏は源頼朝に忠誠を誓って数々の功を上げた小山七郎が、それまでの下野小山《しもつけおやま》から、下総《しもうさ》結城に本城を移したことから始まります。その小山七郎から十七代目の結城晴朝が地中深く埋めたという財宝が「結城の埋蔵金」です。私の生地、群馬には日本の埋蔵金としては最も有名な「赤城山の埋蔵金」があって、幼児期から随分聞かされました。「結城の埋蔵金」も「赤城山の埋蔵金」と並んで日本の三大埋蔵金話の一つと言われるものです。

その「埋蔵金」の話だけではありません。この『鬼怒川』には妙な縁を感じます。例えば、私の出身地である群馬県伊勢崎も奈良時代から養蚕が行われた土地ですし、伊勢崎銘仙と言われる絹織物の名産地でした。しかも私の育った家は、その銘仙を織る組合の責任者をしていたこともあったので、チヨが織物を織っていく姿は、幼児期の私にとって日常のものでした。でも伊勢崎銘仙は、戦後日本人が普段着として着物を着なくなるとともに、急速に衰退していきました。

一方、チヨたちの結城紬は高級織物として、戦後、重要無形文化財に指定されるまでになっていきます。チヨたち棚機姫たちの力によって、またデザインをはじめさまざまな工夫をしていく人たちの力で生き残っていったのでしょう。二〇一〇年には、いユネスコの無形文化遺産にも茨城県結城市、栃木県小山市の「結城紬」が登録されています。

昭和五十年（一九七五年）刊行の作品ですから、もちろんユネスコ登録は出てきませんが、国の重要無形文化財指定の頃には、代表的結城紬の織女として、チヨがマスコミから取材を受ける場面も登場します。着物好きの読者なら、結城紬の発展を、織る現場の目からたどって知ることができる小説でもあると思います。

『鬼怒川』によれば、結城家の始祖である小山七郎が、結城姓を名乗るのと期を一にして結城紬が朝廷に献上されて、世に喧伝《けんでん》されていくのだそうですが、その結城氏始祖「小山七郎」と私の名前が少し似ていたり……、いやいや、これはたぶん、私の家とは関係がないと思いますが、それでも随分、親しみを抱いて読めるのです。

また群馬県・上州と言えば、空っ風と嬶天下《かかあでんか》が有名です。嬶天下は女性たちが、織女として、経済的に自立しているから、そういう風土が生まれたと言われています。チヨが嫁入りした隣県の栃木県はどうなのでしょうか。「チヨも嫁も手に職があるので、金に関しては鷹揚《おうよう》なものだった。働きさえすれば食べるに困ることはない。だから結城の女たちは愚痴っぽくない」とあります。こんな女たちにも、懐かしいものを感じます。

『鬼怒川』という小説は、そんな織女をはじめ、ひたすら働く人たちの姿と、牛を売り、夢のような埋蔵金を追いかける夫、息子、孫の話と、近代日本が突き進んでいった日露戦争や太平洋戦争とが三《み》つ巴《どもえ》で進んでいく物語です。

チヨの初夜の場面、三平が戦友がやってきて急に多弁となる場面など、印象深いシーンがあるのですが、私が一番、心動かされるのは、チヨが出征している息子・三吉の無事を願って、「高橋《たかはし》神社」に参拝しての帰り、村長の家に行くところ。村長は留守なのでチヨが帰ろうとすると、若い女中がチヨの背に「お国のために捧《ささ》げただがら、死んでも心配することたあんめに」と言い放つ場面です。

「なにィ」と振り返ったチヨは村長の家の厨《くりや》に押し込んで、その若い女中に摑《つか》みかかります。「この阿魔ァ。子を産んだこどもね癖して何をしゃら臭え。親にならねば分らねこどが世の中には山と有るだぞ」。大声で喚《わめ》きたてるのです。「若い娘はチヨの形相の凄《すさ》まじさに圧倒され、まっ蒼《さお》になっていた」と記してあります。チヨもやっぱり織女、かなり恐いですね。でも私はこの言葉を記すために、この長編があるのかなと思いました。

昭和四十一年（一九六六年）刊行の『われらの文学15　阿川弘之・有吉佐和子』のために、三十五歳の有吉さんが書いた「ああ十年！」という文章があります。昭和三十一年に「地唄」が「文學界」新人賞候補作として掲載されてから、「十年」ということですが、その中に「私が小説を書き初めたそもそもは、岡本かの子女史の作品に心酔している時期であった。あの息の長い母性讃歌に私はただ茫然《ぼうぜん》として、圧倒されていた」とあります。

でも、ごく最近になって、心酔していた岡本かの子の作品を多少とも批判することができはじめたことを述べ、その理由について「具体的には、妊娠から出産以後の体験が、女史の寿《ことほ》ぐ母性への疑念を育てていた。少くとも私の観念が受止めていた母性のイメージが、自分の子供が育つと共に音たてて崩れ去ったのである。真実はどうあれ、現在の私は、かの子女史の作品は石女《うまずめ》の文学という認識を持つに到っている。母性を主題とするならば、子を持つ女の肉体の微妙で強靱な変化《へんげ》自在を書かなかったのは何故だろうという疑いからである」と書いています。

さらに「作家として作家らしい生きる姿勢は、こうしてようやくはっきりしてきた」と続けているのです。

私には、この文章が、チヨが若い女中に摑みかかる姿に重なってくるように感じられます。『紀ノ川』は二十八歳の作品。一人娘の有吉玉青さんを生んだのは三十二歳の時。四十四歳の時の作品『鬼怒川』との間に「子を持つ女の肉体の微妙で強靱な変化自在」としての、母性への認識が横たわっていることは忘れてならないと思います。

その「母」の力とは何か。それを『鬼怒川』で書かれたことから考えてみれば、祈る力ではないかと思います。チヨは鯉《こい》を尊ぶ高椅神社に行って、一心に祈ります。鯉はもちろん、「三吉に赤紙が来てからは出汁雑魚《だしじゃこ》一匹口にはしていないから、どうぞ一つ三吉の命は助けてやって下せえと、チヨは心の中で大声をあげながら合掌し、眼を瞑《つぶ》っていた。傍ではチヨの娘も必死で拝んでいる。チヨの娘はもう三人の子持ちだった」とあります。心から祈る、そのほんとうの言葉の力だけが、人をこの世につなぎとめるということなのだと思います。

この『鬼怒川』の三年後に書かれたのが『和宮様御留』です。そのあとがきに「私は三十余年前の太平洋戦争と和宮東下が重なって見え、二つが同じものに思えてきた。どちらに関りを持った者も、みな犠牲者だった。たとえばフキは、赤紙一枚で召集を受け、どこへ行くのか、なんのためにか知らされぬまま軍隊に叩《たた》き込まれ、その生活に適性を持たぬままに狂死した若者たちと少しも変らない」「私はフキを、敗戦に終った太平洋戦争の犠牲者の中でも、最も無力であった人々に対する鎮魂歌として書いた」と記されています。

この言葉も、本書を読み、悲惨な戦争に従軍したチヨの夫やチヨの息子の運命を読んだ人たちなら、彼らを心配するチヨの心を知った人たちなら、その思いをしっかり受け取ることができるのではないでしょうか。

有吉佐和子さんは、時代の動きを敏感に摑みとった『複合汚染』や『恍惚の人』などのベストセラー作品でも知られますが、『鬼怒川』のチヨの孫・三郎が、七〇年安保闘争に関わった世代(私も世代的には同世代ですが)にもかかわらず、埋蔵金探しに夢中になるなど、その世代が、その後、バブル経済を担う企業戦士となっていくことを予見しているようでもあって、時代を見通した、その有吉佐和子さんの洞察力には驚くばかりです。

最後に少し加えれば、人間の優しいところもちゃんと記されています。例えば、チヨが最初に娘を産んで、三平が親となる場面。しげしげと子供を見詰めて「良《え》がったな、女で」と三平が洩《も》らすところ。ほんとうは優しい心根を持った人であることがわかります。地元の名産「干納豆」がとても美味しそう。登場人物たちが繰り返し使う「篦棒《べらぼう》」という言葉も、つい使ってみたくなる小説です。

(二〇一四年七月、共同通信編集委員)

この作品は昭和五十年十一月新潮社より刊行された。

有吉佐和子著

紀ノ川

小さな流れを呑みこんで大きな川となる紀ノ川に託して、明治・大正・昭和の三代にわたる女の系譜を、和歌山の素封家を舞台に辿る。

有吉佐和子著

香（こうげ）華

小説新潮賞受賞

男性遍歴を重ねる美しく淫蕩な母、母を憎みながら心では庇う娘。肉親の絆と女体の哀しさを、明治から昭和の花柳界を舞台に描く。

有吉佐和子著

華岡青洲の妻

女流文学賞受賞

世界最初の麻酔による外科手術――人体実験に進んで身を捧げる嫁姑のすさまじい愛の葛藤……江戸時代の世界的外科医の生涯を描く。

有吉佐和子著

一の糸

十七歳の時に聞いた三味線の響に、女は生涯の恋をした――。芸道一筋に生きる文楽の三味線弾きと愛に生きる女の波瀾万丈の一代記。

有吉佐和子著

複合汚染

多数の毒性物質の複合による人体への影響は現代科学でも解明できない。丹念な取材によって危機を訴え、読者を震駭させた問題の書。

有吉佐和子著

芝桜

（上・下）

芸者としての宿命に泣く一本気の正子。男を手玉にとり嘘を本当と言いくるめる蔦代。二人の対照的な芸者の凄まじい愛憎の絡み合い。

山崎豊子著

暖簾（のれん）

丁稚からたたき上げた老舗の主人吾平を中心に、親子二代〝のれん〟に全力を傾ける不屈の大阪商人の気骨と徹底した商業モラルを描く。

山崎豊子著

ぼんち

放蕩を重ねても帳尻の合った遊び方をするのが大阪の〝ぼんち〟。老舗の一人息子を主人公に船場商家の独特の風俗を織りまぜて描く。

山崎豊子著

花のれん

直木賞受賞

大阪の街中へわての花のれんを幾つも幾つも仕掛けたいのや――細腕一本でみごとな寄席を作りあげた浪花女のど根性の生涯を描く。

山崎豊子著

しぶちん

〝しぶちん〟とさげすまれながらも初志を貫き、財を成した山田万治郎――船場を舞台に大阪商人のど根性を描く表題作ほか4編を収録。

山崎豊子著

花紋

大正歌壇に彗星のごとく登場し、突如消息を断った幻の歌人、御室みやじ――苛酷な因襲に抗い宿命の恋に全てを賭けた半生を描く。

山崎豊子著

仮装集団

すぐれた企画力で大阪勤音を牛耳る流郷正之は、内部の政治的な傾斜に気づき、調査を開始した……綿密な調査と豊かな筆で描く長編。

鬼《き》怒《ぬ》川《がわ》

新潮文庫　あ-5-15

昭和五十五年五月二十五日　発行
平成二十六年八月三十日　二十三刷改版

著者　有《あり》吉《よし》佐《さ》和《わ》子《こ》

発行者　佐藤隆信

発行所　株式会社　新潮社

郵便番号　一六二―八七一一
東京都新宿区矢来町七一
電話　編集部(〇三)三二六六―五四四〇
　　　読者係(〇三)三二六六―五一一一
http://www.shinchosha.co.jp

価格はカバーに表示してあります。

乱丁・落丁本は、ご面倒ですが小社読者係宛ご送付ください。送料小社負担にてお取替えいたします。

印刷・二光印刷株式会社　製本・株式会社植木製本所

ISBN978-4-10-113215-0　C0193